보표무격

保鏢無敵

보표무격
保鏢無敵

보표무적 2

장영훈 新무협 판타지 소설

초판 1쇄 찍은 날 § 2003년 10월 5일
초판 1쇄 펴낸 날 § 2003년 10월 15일

지은이 § 장영훈
펴낸이 § 서경석

편집장 § 문혜영
편집 § 장상수 · 권민정 · 유경화
마케팅 § 정필 · 강양원 · 이선구 · 김규진 · 홍현경

펴낸곳 § 도서출판 청어람
등록번호 § 제1081-1-89호
등록일자 § 1999. 5. 31
어람번호 § 제2-0265호

주소 § 경기도 부천시 원미구 심곡1동 350-1 남성B/D 3F (우) 420-011
전화 § 032-656-4452 팩스 § 032-656-4453
http://www.chungeoram.com
E-mail § eoram99@chollian.net

ⓒ 장영훈, 2003

값 8,000원

ISBN 89-5505-838-1 04810
ISBN 89-5505-836-5 (SET)

장영훈 신무협 판타지 소설

保鑣無敵

보표무적

2

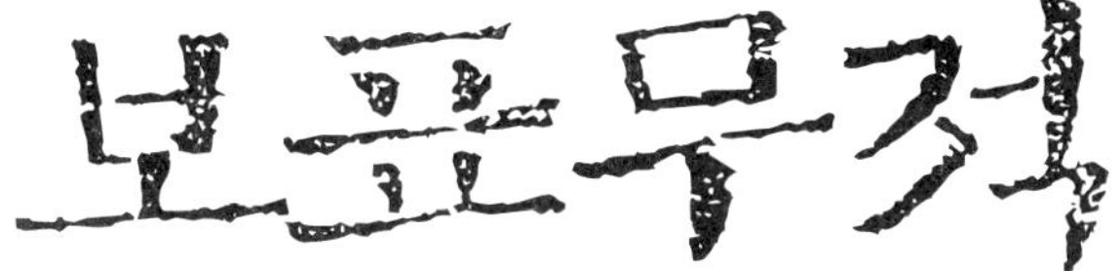

도서출판 청어람

목
차

⑪ 객잔풍운

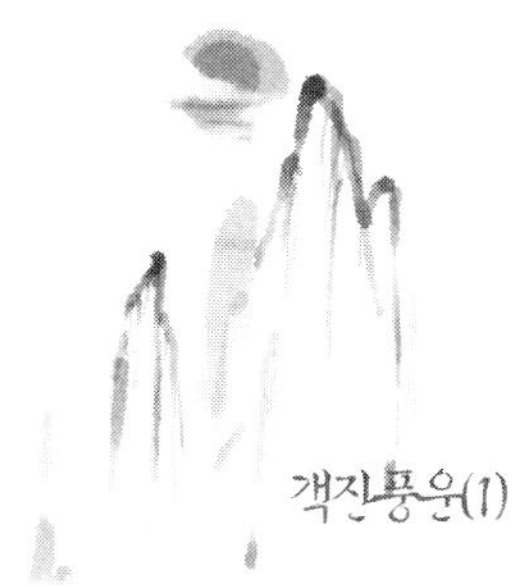

거령패도(巨靈覇刀) 류막소(柳鎭小)가 어울리지 않는 조심스러운 걸음으로 풍화루(風花樓)에 들어선 것은 다 나름의 이유가 있었다.

평소의 그였다면 자신을 거스르는 그 어떤 것도 다 부숴 버릴 위풍당당함으로 들어섰을 곳이다.

자신의 허리에 매달린 거도(巨刀)는 단지 크기만으로 상대에게 겁을 주기 위해 존재하는 것이 아니었다.

마치 폭풍처럼 상대를 휘감아 찢어발긴다고 해서 붙여진 또 다른 별호가 폭풍도(暴風刀)였다.

물론 실제로 그의 도에 그러한 끔찍한 일을 당한 자들은 강호의 삼류 조무래기들에 불과했지만. 어쨌든 인근 몇 개의 산채(山寨)와 주변 고을 안에서는 적어도 그의 도(刀)는 무시당하지 않았다.

그런 그가 오늘은 마치 첫날밤을 맞이하는 새색시같이 얌전하게 객잔 안으로 들어섰다. 커다란 두 눈을 살포시 내리깔며 되도록 다른 이들의 눈에 띄지 않으려는 노력까지 기울이면서 말이다.

평소의 그의 모습을 아는 사람이 보았다면 필경 강호에 큰 이변이 발생할 징조라고 혀를 차거나 고개를 흔들며 눈앞의 이 진귀한 현상을 믿으려 하지 않을 게 분명했다.

그러나 막소의 행동은 틀림없는 현실이었다.

"어서 옵서!"

점소이의 경쾌한 목소리에 막소는 점소이의 입을 찢고 싶다는 생각이 들었다. 지금 그는 그 누구에게도 시선을 받고 싶지 않기 때문이었다.

그것은 바로 그의 품속에 든 한 권의 책 때문이었다.

일반인들에게는 뒷간 휴지로나 사용될 이해 못할 그림책이었지만 무림인들에게는 꿈에도 그리는 무공비급이 바로 그의 품속에 있었던 것이다.

강호의 이류(二流)와 삼류(三流) 사이를 아슬아슬 하게 줄타기하며 매일 자신의 목을 만져 보며 안도의 한숨을 내쉬던 거렁패도 막소에게 드디어 기회가 온 것이다.

이틀 전 우연히 발견한 시체가 그의 인생을 뒤바꾸기 시작했던 것이다. 은밀히 말하면 그가 발견했을 때에는 아직 시체가 아니었다.

사내의 몸은 온통 상처투성이였고 열병(熱病)을 앓기라도 하듯 온몸이 펄펄 끓고 있었다.

치료는 고사하고 그냥 지나만 가줘도 고마워해야 할 막소의 더러운 성격이었지만 의식을 잃은 그의 입에서 나오는 헛소리는 막소의 발걸음을 단박에 붙잡았다.

"…천지일기공(天地一氣功)……."

그 말을 듣는 순간 막소의 머리 속에 천둥이 울렸다.

지금까지 그가 살아오는 동안 단 한 번도 느낄 수 없었던 충격이 몰려왔고 그것은 서서히 쾌감(快感)으로 바뀌었다.

가슴이 두근두근 뛰기 시작했고 오줌이 찔끔 흘러나왔다.

천지일기공은 천하삼대기공(天下三大氣功) 중 하나이자 귀견수(鬼見手) 담백(淡白)의 독문절학(獨門絶學)이었다.

담백이 누구던가? 천하제일의 수공(手功)으로 강호십대고수의 한 자리를 당당하게 차지하고 있는 인물이 아니던가?

막소는 드디어 강호에서 말하는 기연(奇緣)이 자신에게도 찾아왔음을 느꼈다.

기연은 과연 하늘이 내리는가?

어제 만난 오입 친구이자 삼류 도둑놈인 흑견(黑犬)이 뭐라고 했던가?

담백의 넷째 제자 놈이 천지일기공을 들고 날아버렸다는 소리를 하며 이전에는 감히 꿈도 못 꾸던 아쉬움을 내비치지 않았던가? 그렇게 쉽게 빼낼 수 있는 물건이었다면 진즉에 한번 노려볼 걸 그랬다며 귀가 간지럽도록 한숨을 내쉬지 않았던가?

막소는 죽어가는 그의 옆에 쭈그리고 앉았다.

헛소리를 지껄이며 혼수상태인 사내 옆에서 그는 자신의 인생에서 가장 진지한 고민에 빠졌다.

'이대로 그럭저럭 안전하게 살아갈 것인가, 목숨을 건 모험을 할 것인가?'

짧은 시간이었지만 그가 살아온 사십 평생보다 더 길게 느껴지는 순간이었다.

그러나 처음 발걸음을 멈추던 순간 이미 예정된 결말이었다.

덜덜 떨리는 손으로 그의 품속을 뒤졌다.

한 권의 책자가 막소의 손에 쥐어졌다. 처음 뒤지려고 사내의 품속에 손을 집어넣었을 때보다 열 배는 더 손이 떨렸다.

그리고 손에 들고 있던 도(刀)를 사내의 가슴에 쑤셔 넣었다.

기왕 목숨을 건 이상 확실하게 일을 처리해야 한다는 게 그의 생각이었다. 그리고 품속에 비급을 넣고 뒤도 돌아보지 않고 달리기 시작했다. 그 방향은 자신이 평소 자주 얼굴을 들이밀던 곳과는 반대 방향이었다.

분명 사내를 다치게 한 흉수(兇手)가 있을 것이고 무엇보다 보물에는 임자를 자처하는 이들이 많기 마련이었다.

사흘을 내내 달려 도착한 곳이 바로 낙양에서 오십 리쯤 떨어진 이곳 풍화루였던 것이다.

입구에서 가까운 자리에 앉아 간단한 식사를 주문한 막소는 은밀히 주위를 살펴보았다.

객잔 안에는 다양한 부류의 손님들이 자리하고 있었다.

우선 제법 명문의 풍모를 갖춘 일남삼녀(一男三女)가 눈에 들어왔는데 누가 보더라도 강호 유람을 나선 풋내기 도련님과 그 누이들 같아 보였다.

그 옆으로 네 명의 젊은 표사들이 식사를 하고 있었다.

그들 옆에 작은 표기(鏢旗)가 세워져 있었는데 '만(萬)'이라고 쓰여 있는 것으로 보아 낙양의 만리표국(萬里鏢局) 표사들 같았다.

구석진 자리에 앉은 중년 문사와 젊은이는 아마 사제지간으로 보였는데 풍기는 기도가 바르고 단정한 것이 명문가의 자제임을 알 수 있었다.

그러나 정작 막소의 시선을 끄는 것은 그들이 아니었다.

바로 구석에 홀로 앉아 술을 마시고 있는 면사여인이었다.

비록 병장기를 휴대하고 있지는 않았지만 무림인이라는 느낌을 강하게 주었다.

그러는 사이 음식이 나왔다.

사흘 내내 긴장을 풀지 못한 채 제대로 음식을 먹지 못했던 막소였기에 점소이가 가져온 술과 오리 구이의 구수한 냄새에 연신 침을 삼켰다.

술을 시원하게 들이키며 막소는 마음을 다잡았다.

'깊은 산속에 들어가서 딱 십 년, 아니지, 이십 년만 참는 거야. 그때쯤이면 귀견수도 늙어 죽겠지.'

이것이 바로 막소의 생각이었다.

그만큼 귀견수 담백은 강호인들에게 공포의 대상이었다.

그의 무공도 무서웠지만 정작 무서운 점은 그의 차가운 성정(性情)이었다. 그는 자신의 비위를 거스르는 그 어떤 것도 용서하지 않는 냉정하고 잔인한 성격의 소유자였던 것이다.

그 성격이 강호에 알려지기까지 많은 시간은 필요하지 않았다. 대신 그의 손에 죽어간 수많은 피해자들을 필요로 했다.

막소는 담백을 떠올리자 등으로 한기(寒氣)가 올라왔다.

어차피 천지일기공을 연마할 시간이 필요했다.

두 눈 꼭 감고 짧게는 십 년, 길게는 이십 년만 참으면 절세의 고수로 강호를 호령할 수 있게 되는 것이다.

이십 년 후면 그의 나이 예순.

좀 늦은 나이지만 천하제일의 무공으로 강호를 호령할 수 있다면 그깟 늘어지는 피부나 주름살 정도는 참을 수 있었다.

아침 저녁으로 귀견수가 죽기를 빌면 아마 한 몇 년은 더 빨리 죽을지도 모르겠다는 생각이 들었다.

막소는 오리 다리를 뜯으며 흐뭇한 미소를 지었다. 생각만 해도 신나는 일이었다.

그러던 그의 미소가 순식간에 사라졌다.

마주쳐서는 결코 좋을 게 없는 자들이 객잔 안으로 들어서고 있었기 때문이다.

강호인들은 되도록 살기를 아끼려고 한다.

큰 싸움을 앞둔 무인들은 함부로 살기를 낭비하지 않는다.

살기란 그 말의 무서움만큼이나 비무나 싸움의 결과에 막대한 영향을 미치기 때문이다. 사실 살기는 말할 것도 없고 자신의 가진 바 무공조차 안으로 숨기려 하는 경향이 있다.

굳이 반박귀진(返璞歸眞)의 거창한 예를 들지 않더라도 대부분의 무인들은 자신이 가진 바를 아끼는 것이 오래 사는 지름길이라고 인식하고 있었다.

그러나 막소의 목구멍으로 넘어가던 오리 고기를 목구멍에 딱 걸리게 만든 자들은 위의 이론에 대해 상당한 불만을 가진 자들로 보였다.

그들은 보는 것만으로도 사람을 죽일 것 같은 살기를 내뿜으며 객잔 안으로 들어섰던 것이다.

싸늘한 기운이 순식간에 객잔 안으로 퍼져 나갔고 그들은 모두의 시선을 단숨에 끌어 모았다.

그리고 일순간 객잔 안은 침묵이 감돌았다.

'어서 옵서' 를 외치려던 점소이마저 그들의 무시무시한 기세에 인사를 하려던 어설픈 자세로 얼어붙었다.

"…귀주삼살(貴州三殺)."

누군가의 입에서 나지막한 말이 흘러나오자 그 말은 장내를 더욱 얼어붙게 만들었다.

귀주삼살이라면 귀주 지방에서는 우는 아이도 뚝 그치게 만든다는 그 살명이 쟁쟁한 살인귀(殺人鬼)들이었다.

그러한 실내의 반응에 귀주삼살의 첫째 호격살(胡擊殺)이 흐뭇한 미소를 지었다.

이러한 맛에 보람을 느끼는 그들이었다.

타인에게서 흘러나오는 공포를 자신들의 기쁨으로 변화시킬 수 있는 특이한 재능을 가진 자들이었다.

'젠장, 저자들이 왜 이곳까지?'

막소는 숨이 차 오르는 것을 느끼며 애써 태연한 척하려고 안간힘을 쓰고 있었다.

'꼬투리 잡히면 끝장이다!'

그것은 틀림없는 사실이었다.

그의 무공으로는 그들 중 하나도 제대로 상대할 수 없었고 혹여 그들이 자신의 비급을 발견하게 된다면 이 객잔에서 살아남을 사람은 아무도 없을 것이다.

호격살은 두 동생과 함께 서서히 발걸음을 떼었다.

객잔의 한가운데 탁자에 자리한 그들은 손가락을 까닥거려 점소이를 불렀고 부들부들 떨며 다가온 점소이의 어깨를 가볍게 토닥여 주는 여유마저 보여주었다. 물론 점소이로서는 전혀 바라지 않는 호의였다.

갖은 안주와 좋은 술을 시키고 여유만만하게 주위를 돌아보던 그들의 시선이 한곳으로 고정되었다. 근처에 앉아 있던 일남삼녀가 그들의 무섭고도 음탕한 시선에 걸려들었던 것이다.

'오호!'

세 여인의 미모는 그 어디에서도 찾아보기 힘들 만큼 아름다웠다.

부녀자를 희롱하는 것을 삶의 가장 큰 보람으로 삼는 그들의 표현을 빌리자면 그녀들은 바로 극상품(極上品)이었다. 게다가 셋! 자신들과 숫자도 꼭 맞았다. 어젯밤 꿈에 돼지가 용을 안고 구른 것도 아닌데 호박이 넝쿨째 굴러들어 온 것이었다.

게다가 그 미녀들과 함께 있는 젊은 놈은 이쪽의 시선에 벌써부터 얼굴이 붉어지며 불쾌한 반응을 내보이고 있었다.

한마디로 애송이란 소리였다.

귀주삼살이 동시에 침을 삼켰다.

좋은 일로 마음을 합치자면 물론 단 한 번 해본 적도 없지만 석 달 열흘이 걸리는 그들이었다. 그러나 이런 일은 한마디 말조차 필요없었다.

그들의 수작을 지켜보던 막소는 과연 그 여인들이 천하의 둘도 없는 미녀들이라는 것을 알 수 있었다.

아까 보았을 때는 품속의 비급에 신경 쓰느라 그러한 것을 제대로 보지 못했던 것이다.

어쨌든 세 명의 미인과 동석한 젊은이는 얼굴이 벌겋게 달아올라 있었다.

귀주삼살이 노골적으로 여인들을 바라보기 시작하자 음심(淫心) 가득한 그들의 눈빛에 여인들은 곤혹스러워하고 있었던 것이다.

결국 일남삼녀가 나가려고 일어나자 호격살이 본색을 드러냈다.

"사해(四海)가 고향이란 말처럼 강호동도들은 따지고 보면 모두 친구 아니겠소? 이리 와서 같이 한잔합시다."

호격살이 전혀 어울리지 않게 문자까지 동원한 말을 점잖게 건네자 그에 비해 둘째와 셋째는 그 생김만큼이나 천박한 키득거림으로 호격살의 말에 장단을 맞추었다.

말은 정중했으나 결국 같이 술 먹고 놀자는 시비 아닌 시비였다.

"귀인(貴人) 분들을 모시고 마땅히 술을 대접해 드리는 게 도리겠지만 소첩과 동생들이 지금 급히 가야 할 곳이 있어 다음을 기약하였으면 합니다."

세 여인 중 약간 창백한 안색의 여인이 정중하게 거절했다.

갸녀리지만 기품이 서린 그녀의 말은 삼살의 음심을 더욱 부채질했다.

"아무리 바빠도 술 한잔할 시간은 있으리라고 보오. 나중에 저희가 목적지까지 안전하게 모셔다 드리지요."

쉽게 보내줄 호격살이 아니었다.

“형님, 뜸 들이지 말고……”

셋째의 말은 끝을 맺지 못했다. 그전에 호격살의 주먹이 그의 얼굴을 강타했기 때문이다.

호격살은 셋째 놈의 다음 말을 뻔히 알고 있었다.

잘 나와봐야 ‘뜸 들이지 말고 냉큼 해치웁시다’ 거나 ‘아끼면 똥 된다’ 라는 정도일 테니까.

간만에 애써 만든 점잖은 분위기를 홀랑 날려먹으려 드는 것을 그냥 보고만 있을 수 없었던 것이다.

셋째는 한쪽 눈을 감싸며 씩씩거렸고 이쯤 되니 그들이 쉽게 떠나기는 더욱 어렵게 되었다.

막소는 쾌재(快哉)를 불렀다.

귀주삼살의 시선이 저 여인들에게로 간 이상 자신은 적당한 틈을 봐서 슬그머니 빠져나가면 되는 것이 아닌가?

그러나 막소는 세상일이 진실로 자신의 뜻대로 되지 않는다는 것을 곧 바로 느끼게 되었다.

앞서의 살기보다 더한 살기를 내뿜으며 또다시 누군가 객잔 안으로 들어섰기 때문이다.

들어온 사람은 붉은 장삼을 걸친 오 척 단신의 노인이었다.

지금껏 강 건너 불 구경 하듯 여유롭게 앉아 있던 면사여인의 미간이 좁아졌다.

귀주삼살이 세 미녀를 희롱하는 것을 여유롭게 구경하던 그녀였다. 좀 더 정확히 말하자면 담린과 세 미녀, 즉 맹주의 딸인 연화 소저와 제갈 혜, 그리고 냉하연이 귀주삼살에게 당하는 수모를 구경하며 즐기고 있던 소향이었다고 해야 할 것이다.

그랬다. 그들은 바로 연화를 호위하고 길을 나선 소향과 국화조 대원들이었던 것이다.

소향은 이번 연화 소저의 안전한 호위를 위해 대원들을 세 조로 나누었다.

우선 명문가의 자제로 분장한 것은 담린과 연화 소저, 그리고 제갈혜와 냉하연이었다.

원래 남궁소천이 담린의 역에는 제격이었지만 소향은 너무 어울려도 이상하다는 말도 안 되는 논리를 내세워 담린을 지목했다. 조금이라도 담린을 제갈혜와 가깝게 만들어주겠다는 나름의 배려였다.

두 번째 조는 만리표국의 표사로 위장한 나머지 네 명의 대원, 즉 남궁소천과 심한진, 오령과 하윤덕이 그들이었다.

그리고 소향은 홀로 여행하는 여낭인으로 분장해서 호위하는 중이었던 것이다.

주작단의 입체적인 연화 소저 호송 임무였다.

오늘 새벽 맹을 빠져나온 그들은 암중(暗中)으로 연화 소저가 탄 마차를 호위하며 이곳까지 온 것이다.

늦은 점심을 해결하러 들른 이곳에서 귀주삼살을 만나게 되었고 방금과 같은 일들이 벌어졌던 것이다.

어찌 대처해야 할지를 몰라 얼굴만 울그락붉으락하는 담린의 모습을 소향은 내심 여유있게 즐기고 있던 차였다.

귀주삼살의 악명은 높았지만 자신에 비해 몇 수 아래란 것을 이미 확인한 차였다.

재작년 귀주 지방에 전대 맹주를 호위하고 내려갔을 때였다.

우연한 마찰로 이미 그들과 한 번의 충돌이 있었고 그때 그들의 실력을 확인했던 것이다.

그래서 다소 여유롭게 상황을 지켜보며 어린 후배들의 임기응변(臨機
應變)을 지켜보고 있었다.

그러나 다시 객잔에 들어온 사람을 본 소향은 안색이 어두워질 수 밖
에 없었다.

그녀는 그 노인이 누구인지 한눈에 알아보았다.

그는 그녀로서도 함부로 상대하기 힘든 인물이었다.

바야흐로 강 건너 불이 강 너머로 옮겨 붙는 순간이었다.

그녀가 대원들에게 경거망동을 금(禁)하는 전음(傳音)을 부지런히 날
리고 있을 때 사태 파악을 못한 귀주삼살의 셋째가 사고를 치고 말았다.

"네놈은 뭐냐?"

짜리몽땅한 늙은이가 문을 박차고 들어와서 야릇하게 주위를 돌아보
는 모습에 셋째의 급한 성질이 터져 나왔던 것이다.

그 모습에 노인이 비웃는 것인지 아니면 미안함의 웃음인지 살짝 웃자
그것이 셋째의 분노에 기름을 부었다.

뭔가 이상함을 느낀 호격살이 채 말리기도 전에 셋째는 노인을 향해
신형을 날렸다.

지금까지 귀주삼살이 그 많던 악행에도 불구하고 지금까지 목을 어깨
위에 달고 다닐 수 있었던 가장 큰 이유는 그들에게 '눈치' 란 놈이 있기
때문이었다.

그놈은 간혹 고금절후(古今絶後)의 무공보다도 더 유용한 것이어서 그
들로 하여금 나설 때와 나서지 말아야 할 때를 알려주는 소중한 인생의
친구였던 것이다.

그러나 이미 음심으로 눈이 뒤집힌데다 큰형으로부터 눈두덩이에 커
다란 멍 자국을 얻은 그의 짜증이 돌발적으로 터져 나왔던 것이다.

결국 그는 오 척 단신의 늙은이라는 기준만으로 상대를 평가하는, 그

의 인생 최악의 실수를 저지르고 말았던 것이다.

툭!

그 대가는 단순했다. 어깨 위가 가벼워졌던 것이다.

셋째의 머리통이 떼구루루 호격살의 발 아래로 굴러왔다.

그 표정은 호격살과 마찬가지로 어리둥절한 표정이었다. 마치 자신이 왜 이렇게 되었나를 묻고 있는 것 같기도 했다.

순식간에 일어난 이 일은 마치 저 멀리 다른 세상에서 일어난 일처럼 낯설게 다가왔고 그 잔인한 장면에 누구 하나 비명을 지르는 이도 없었다.

잠시의 침묵이 지나고 제 물건을 잃은 몸뚱이가 쿵 하고 쓰러졌다.

비로소 그 모습에 냉하연이 주루가 떠나가도록 비명을 지르기 시작했다.

냉하연의 비명이 신호가 되었는지 연화 소저가 휘청거리며 쓰러졌고 담린이 급히 그녀를 감싸 안았다.

한순간에 객잔 안이 죽음의 공포로 싸늘하게 식었다.

삼살의 어이없는 죽음에 멀게만 느껴졌던 죽음이라는 존재가 모두에게 성큼 다가선 것이다.

호격살은 그제야 눈앞의 존재가 누구인지 알 것 같았다.

어떻게 손을 썼는지조차 모르게 귀주삼살의 셋째를 저 세상으로 보낼 수 있는 붉은 장삼을 입은 오 척 단신의 노인은 흔하지 않았다.

그가 바로 천지일기공의 주인인 귀견수 담백이었던 것이다.

"…귀견수 담백!"

그 소리에 너무 놀라 비명을 지를 뻔한 사람은 바로 막소였다. 그러나 너무 놀라 비명 소리조차 나오지 않았다. 그것은 다행스런 일이기도 했다.

'혁! 저자가 귀견수? 그런데 여기에?

자신도 모르게 온몸이 사시나무 떨리듯이 부들거리며 식은땀이 줄줄 흐르기 시작했다. 가슴속의 비급이 살아서 꿈틀거리려고 하는 착각에 빠져들었다.

다행히 모두의 시선이 담백과 호격살에게 집중되어 있어서 그의 그런 변화를 신경 쓰는 사람은 없었다.

이십 년을 함께해 온 형제를 한순간에 생이별시킨 사람치고 담백은 귀주삼살을 너무나 무시하고 있었다.

담백의 시선은 이미 그들에게 떠나 있었고 오히려 지금까지 구석에서 있는 듯 마는 듯 용케 자리를 지키고 있는 중년 문사와 청년에게로 향했다.

그들과 눈이 마주친 담백의 눈에 이채가 서렸다.

그의 무서운 안광(眼光)에 움찔할 만도 한데 청년은 담담하게 그 시선을 받아내고 있었다.

그때 말없이 셋째의 시체를 내려다보던 귀주삼살의 둘째가 입을 열었다.

"아무리 선배지만……."

그러나 그는 뒷말을 잇지 못했다.

아마 그가 하고자 했던 말은 '아무리 선배지만 이건 너무한 처사가 아니오?' 정도가 아니었을까?

담백의 가벼운 손짓이었다.

모두가 그 손짓을 볼 수 있었고 그의 손끝에서 무엇인가 발출된다는 것을 느낄 수 있었다.

그러나 이살은 그것을 피할 수 없었다.

쿵!

담백의 손짓 한 번에 이번에는 이살이 그대로 넘어갔다.

그리고는 영원히 다음 말을 하지 못할 신세가 되고 말았다.

호격살은 더 이상 귀주삼살은 존재하지 않는다는 사실이 실감나지 않

있다.

이제 그에게 남은 것은 동생들의 죽음을 외면하고 구차하게 살아남은 '과거 귀주삼살이었던 비겁한 호격살'이라는 불명예일 것이다. 물론 지금의 상황에서 살아남는다면 말이다.

사실 그들과 어울려 다니며 온갖 나쁜 짓을 하면서도 단 한 번도 그들에게 자신의 진심을 내비친 적이 없던 호격살이었다.

그들은 자신을 대형(大兄)이라 따르며 자신을 위해 목숨조차 바치겠다는 의지를 보였지만 그는 달랐다.

그는 그들의 그러한 말을 믿지 않았다.

자신이 믿지 못한다면 남 역시도 그러할 것이라고 생각했다.

만약에 셋이 나누기 아까운 보물이 나타난다면 망설임없이 그들의 등에 비수를 꽂을 것이리라 마음먹고 있던 그였다.

그러나 눈앞에서 이렇게 허무하게 두 동생들이 죽어버리자 마음 깊은 곳에서 분노가 치솟아올랐다.

지금까지 자신들에게 죽은 수많은 이들의 심정이 이러한 것이었나?

이렇게 억울하고 어이없는 것이었나? 찢어 죽이고 싶은 분노로 온몸을 떨며 자신들을 노려보던 시선들이 바로 이러한 기분 때문이었나?

"젠장!"

잠시 잊고 있었다.

자신들을 무서워하며 고개조차 들지 못했던 자들은 모두 자신들보다 약한 자들이었다는 것을. 그 귀주 변두리의 달콤한 우물 맛에 빠져 우물 밖 세상의 무서움을 잊고 있었다.

강호는 따뜻함과 차가움이라는 두 개의 얼굴을 가지고 있다는 것을. 그 차가운 얼굴이 고개를 들면 그 어떤 강호인도 견뎌내질 못한다는 것을. 강호는 바로 강호인의 피를 먹고 산다는 것을……

챙!

호격살이 검을 뽑아 들었다.

자존심이 아니었다. 의리도 아니었다. 명호에 살(殺) 자가 들어 있는 존재들이 무슨 의리를 찾겠는가?

복수는 더 더욱 아니었다.

그러나,

언젠가 죽여 버릴 놈들이라고 생각했었는데 그게 아니었나 보다.

지난 십 년간 머리 속으로는 언제가 죽여 버려야지 하면서도 자신도 모르게 서서히 쌓여온 것, 그것은 바로 정(情)이었다.

호격살은 태어나서 처음으로 정을 느끼고 있는 것이었다. 그것도 한마디 말도 남기지 못한 채 돼져 버린 멍청한 녀석들에게 말이다.

'단 일 합에 죽게 되리라.'

하지만 이렇게라도 해주지 않으면 죽은 놈들이 너무 불쌍할 것 같았다.

"빌어먹을, 죽어서도 발을 잡아끄는 멍청한 새끼들……. 기다려, 곧 따라갈 테니. 제기랄."

그의 입에서는 끊임없이 욕설이 흘러나왔다.

이미 그는 목숨을 버릴 각오를 한 것이다.

그런 그의 격정에도 불구하고 노인의 표정은 아무런 변화가 없었다.

호격살이 한 발 내디뎠고 담백의 손이 다시 서서히 그를 향해 들려지려는 순간이었다.

"잠깐!"

중년 문사와 함께 있던 젊은이였다.

그의 제지로 객잔은 또다시 새로운 국면을 맞이했다.

객진풍운(2)

"그를 살려주었으면 하오."

분위기 파악 못하는 애송이 문사의 정의감이라고 생각하기에는 현재의 상황은 너무나 살벌했다.

더구나 그의 스승으로 보이는 중년 문사 역시 그러한 제자의 망언을 말없이 지켜보기만 할 뿐 별다른 걱정을 하는 것 같지 않았다.

그렇다면 답은 하나! 그만한 자격이 있다는 소리였다.

담백 역시 그러한 판단을 내렸는지 객잔에 들어선 이래 처음으로 입을 열었다.

그것은 단 한 마디였다.

"이유는?"

과연 귀견수(鬼見手)는 그러한 말을 할 자격이 있는 사람이었다. 그의 손이 한 번 움직이면 상대는 귀신을 보게 된다는 귀견수가 바로 그였으니까.

젊은이의 입에서 생각지도 못한 대답이 나왔다.

"그도 악당, 나도 악당이기 때문이오."

그 말에 담백뿐 아니라 실내의 모든 이들의 표정에 놀람과 경악이 떠올랐다.

"나는 악당들을 좋아한다오."

청년이 환하게 웃으며 대답했다.

훤칠하고 단아한 모습의 젊은이의 입에서 상상도 못한 말들이 이어져 나왔다.

반면 담백은 어이없는 표정이 되었다.

살아오면서 이런 대답을 들은 적이 있었던가?

칠십 평생의 반 이상을 '죽일 것인가, 살릴 것인가' 만을 결정하며 살아왔던 삶이다.

천하십대고수에 든 지 이미 이십 년이 지난 그였다.

검왕(劍王), 도왕(刀王), 권왕(拳王), 창왕(槍王)…….

그들도 죽을 각오를 하지 않고서는 자신 앞에서 병기를 뽑을 수 없었다.

'건방진 놈, 감히!'

새파랗게 젊은 녀석에게 우롱당했다는 생각에 담백의 짙은 눈썹이 꿈틀거렸다. 하지만 지금까지의 말은 젊은이의 다음 말에 비하면 아무것도 아니었다.

"사실 내가 보기에는 당신이 가장 악당인 것 같소. 사람을 그렇게 쉽게 죽이다니, 벌레를 죽여도 그럴 수는 없을 것이오."

담백의 표정이 싸늘하게 가라앉았다.

"네 무공이 그 혓바닥보다 한 치라도 짧으면 넌 반드시 죽는다."

담백 주위의 공간이 일그러지기 시작했다.

구우우우!

그와 동시에 청년 주위의 공간 역시 기이하게 변형되기 시작했다.

객잔 내의 공기가 두 사람을 중심으로 일정한 흐름을 타며 휘돌기 시작했다.

그 순간 담린과 신입 대원들의 숨이 컥 막혀왔다.

두 사람의 주위를 흐르던 공기들이 날카로운 비수가 되어 객잔 내를 휘돌기 시작했던 것이다.

신입 대원들이 내공을 올려 저항하려 했지만 역부족이었다. 자신의 내력을 밖으로 형상화시킬 수 있는 경지는 절정고수들만의 경지. 직접적인 공격은 아니었지만 그것은 신입 대원들에게는 치명적인 것이었다.

그 와중에도 그들은 본능적으로 몸을 움직여 담린 주위로 빙 둘러섰다. 갑자기 담린이 애처롭게 느껴졌다거나 사랑스러워서가 아니었다. 바로 담린의 품에 정신을 잃은 연화 소저가 안겨 있기 때문이었다.

거센 기운이 그들을 휘몰아쳤지만 그들은 이를 악물고 참았다.

소향이 그들 앞으로 나선 것은 바로 그때였다.

슈우우욱!

소향의 몸을 중심으로 새로운 공기의 흐름이 만들어지기 시작했다.

그리고 소향의 몸에서 만들어진 기류는 신입 대원들 주위를 감싸며 그들을 보호하기 시작했다.

그 흐름은 비록 그 두 사람의 것처럼 강맹하지는 않았지만 두 사람 사이에서 흘러나오는 기세를 막기에는 충분했다.

그제야 담린과 신입 대원들은 자신들에게 가해오던 압력에서 벗어나게 되었다.

"휴우……."

그들 중 가장 내공이 약한 하윤덕이 한숨을 내쉬었다.

조금만 늦었어도 크게 부상당할 뻔했던 것이다. 그만 좀 먹고 내공 수련 하라고 잔소리하던 사부의 얼굴이 떠오른 순간이었다.

연화 소저를 내려보던 담린 역시 안도의 한숨을 내쉬었다.

여전히 정신을 잃은 상태였지만 연화 소저는 무사한 것 같았기 때문이다.

순간 모두의 시선이 얽히며 신입 대원들의 얼굴에는 잠시 안도감이 떠올랐다 사라졌다.

연화 소저는 무사했지만 장내의 상황은 여전히 무시무시한 상태였다.

냉하연은 긴장감에 새하얗게 질린 채 거의 실신 직전의 상태였다. 언제나 단단함만을 보여주던 심한진조차 입술이 바짝 마른 채 장내를 말없이 주시하고 있을 뿐이었다.

소향의 작은 몸에서 부드러운 기운이 끊임없이 쏟아져 나오면서 자신들을 지켜주고 있었다.

제갈혜는 자신도 모르게 입술을 깨물었다.

그러한 소향의 모습이 정말로 멋있다는 생각이 들었기 때문이다. 자신들에게 보여주던 그 술주정과 지금의 모습은 정말로 대조적이었다. 소향의 작은 등은 비바람을 막아내는 든든한 울타리처럼 느껴졌다.

그리고 지금 이 순간 소향의 모습은 이제 막 강호에 들어선 제갈혜에게 앞으로 그녀가 나아가야 할 하나의 길을 제시해 주고 있는 순간이기도 했다.

이제 담린과 신입 대원들이 할 일이라고는 아무것도 없었다.

바야흐로 싸움은 그들의 손을 완전히 벗어난 것이다.

객잔 안을 세 개의 전혀 다른 성질의 기류가 폭풍처럼 휘돌았다.

"크악!"

비명 소리가 터져 나왔다.

바로 막소였다.

죽을힘을 다해 그 기류에 대항하던 그였다. 그러나 자신의 무공으로 그 기세를 막는다는 것은 애초부터 불가능한 일이었다.

품속의 비급을 움켜쥐고 끝까지 참으려고 했으나 모든 일에는 한계라는 것이 있는 법이었다.

과욕은 죽음을 부른다는 강호의 격언이 그의 머리 속을 휘몰아쳤고 이 모든 일이 품속의 비급 때문이라는 생각이 들자. 그 순간 그의 의지력은 바닥을 드러냈다.

결국 자신을 압박하던 공포와 고통을 참지 못하고 막소가 비틀거리며 앞으로 나섰던 것이다. 그의 손에는 천지일기공이 들려 있었다.

"비급은 여기에… 살려주십시… 크윽."

채 말을 마치지 못하고 막소는 한 모금의 피를 토해냈다.

막소가 마지막 힘을 다해 비급을 내던졌고 비급은 세 사람이 대치 중인 곳을 향해 날아갔다.

담백은 자신의 제자가 가지고 도망친 비급이 엉뚱한 사람에게서 나오자 순간 흠칫 놀랐다.

그 놀람은 정말 찰나의 순간을 다시 백으로 나눈 만큼의 순간이었다.

그러나 그 순간 네 인영이 동시에 움직였다.

우선 가장 빠른 반응을 보인 것은 청년이었다.

담백의 심기가 흔들리는 그 촌각의 순간 청년은 담백을 향해 장력을 내질렀다.

담백 역시 가히 빛과 같은 속도로 장력을 맞받아쳤다.

퍼엉!

두 기운이 폭음을 내며 장내를 흔든 순간 두 사람은 동시에 충격을 받고 뒤로 물러섰다.

그 순간 두 사람의 얼굴에는 공통된 표정이 떠올랐다.

그것은 놀라움이었다.

서로가 상대의 공력에 놀라 두 눈을 치켜떴던 것이다.

그와 동시에 젊은이와 함께 있던 중년 문사가 비급을 향해 몸을 던졌다. 동시에 소향도 몸을 날렸다.

그러나 소향의 움직임이 조금 더 빨랐다.

사실 중년 문사의 신법이 소향에 비해 조금 더 빨랐지만 비급과 가까운 것은 소향이었던 것이다.

비급이 소향의 손에 들어갔다.

다행히 중년 문사는 소향을 공격하지 않고 다시 뒤로 물러났다.

이 모든 것은 한순간 거의 동시에 일어난 일이었다.

장내의 모든 동작들이 멈췄다고 생각되는 그 순간 이번에는 담백이 소향을 향해 번개처럼 움직였다.

소향의 비도가 발출되려는 그 순간,

담백을 향해 청년의 두 번째 장력이 날아갔다.

펑!

다시 폭음이 터져 나왔다.

담백은 한 손으로 청년의 장력을 막으며 그 탄력으로 움직이던 방향을 급선회했다.

바로 소향 옆에 서 있던 국화조 대원들을 향해서였다.

담백은 처음부터 그곳을 노리고 있었던 것이다.

가장 놀란 것은 바로 소향이었다.

그러나 그렇다고 비도를 사용할 수도 없었다.

담백의 뒤에는 거의 무방비나 다름없는 국화조원들이 일곱이나 서 있었던 것이다.

그나마 다행인 것은 담백이 달려듦과 동시에 담린이 연화 소저를 안은 채 바닥으로 뒹군 것이었다.

연화 소저를 노린 것 같았던 담백의 움직임이 다시 급선회했다.

펑!

객잔의 천장에서 먼지가 쏟아져 내렸다.

잠시 후 먼지가 가라앉자 천장에는 커다란 구멍이 뚫려 있었다.

담백은 그곳으로 사라진 것이었다.

그리고 또 한 사람이 보이지 않았다.

바로 제갈혜였다.

중년 문사가 거의 실성 직전의 두 악당 막소와 호격살을 양 옆구리에 꼈다.

청년과 소향의 시선이 부딪쳤다.

소향이 살짝 고개를 숙여 감사의 뜻을 전하자 청년은 그저 작은 미소만을 지었다.

그리고 청년과 중년 문사는 한마디 말도 없이 어디론가 떠나 버렸다.

소향 역시 그들의 정체에 대해 묻지 않았다.

어차피 그들의 무공은 소향보다 뛰어났고 그들이 먼저 말해 주지 않는 이상 알아낼 수 없는 일이었다.

그들이 떠나기가 무섭게 담린이 나섰다.

"제가 가겠습니다."

붉게 충혈된 담린의 눈동자를 보면서 소향은 짧은 탄식을 내쉬었다. 쓸데없이 강호의 은원에 휩싸이게 된 것이다.

그것도 천하십대고수 중 가장 난폭하다고 이름난 귀견수 담백이 개입된 큰 사고였다.

게다가 정체를 알 수 없는 그 청년의 존재 역시 마음에 걸렸다. 귀견수와 평수를 이루는 무공을 펼쳤음에도 그 진면목을 알 수 없었다는 것은 예사로운 일이 아니었다.

소향은 자신의 손에 놓인 비급을 내려다보았다.

귀견수의 평생 절기가 담겨 있다는 천지일기공이었다.

모든 것이 자신의 실수였다.

그녀가 비급을 향해 몸을 날린 것은 모든 것이 불확실한 그 상황에서 그것만이 자신들을 구해줄 눈에 보이는 유일한 담보라는 순간적인 판단에 의해서였다.

그러나 설마 담백이 비급 대신 제갈혜를 인질로 삼아 사라져 버릴 줄은 상상도 못했던 것이다.

'태호(太湖).'

떠나면서 담백이 소향에게 남긴 한마디의 전음이었다.

태호에서 인질과 비급을 교환하자는 뜻일 것이다.

태호라면 여기서 말을 달리면 꼬박 하루가 걸리는 거리였다.

마땅히 그녀가 직접 가야 할 상황이지만 그녀에게는 주어진 임무가 있었다.

연화 소저를 모시고 구화산으로 가야 하는 것이다.

제갈혜가 아니라 모든 대원들이 다 인질로 잡혔어도 소향은 연화 소저를 안전하게 모시고 목적지로 가야 한다. 그것이 바로 자신의 임무이자 후배들에게 가르쳤던 바가 아닌가?

하지만 제갈혜를 그냥 그렇게 두고 갈 수는 없었다.

아무리 제갈가라는 배경이 있다지만 상대는 강호에서 가장 상대하기 까다롭다는 귀견수 담백이다.

담백이 상대의 배경이 무서워 자신의 뜻을 굽혔다는 이야기를 들어본 적이 없다.

누군가는 태호로 가서 비급과 제갈혜를 교환해 와야 했다.

"저도 함께 가겠습니다. 혜아는 제 친구입니다."

남궁소천이 뒤이어 나섰다.

소천과 담린의 눈이 마주쳤다.

두 사람의 눈빛 모두 타오르고 있었다. 하지만 서로에 대한 적대심이라기보다는 제갈혜에 대한 걱정의 눈빛이었다.

소향이 다시 한숨을 내쉬었다.

담린과 소천에게 맡기려니 물가에 뛰노는 갓난아이를 두고 길을 나서는 어미의 마음이 들었다.

"우리 모두 흉적(凶賊)의 뒤를 쫓아 혜 동생을 구하도록 해요."

연화 소저가 안타까운 표정으로 말했지만 그건 절대로 있을 수 없는 일이었다.

위험을 감수하면서 호위 무사 하나의 생명을 위해 목적지를 바꾼다는 것은 결코 있어서는 안 될 일이었다.

게다가 연화 소저는 치료를 위해 나선 길이 아니던가? 한시바삐 구화산의 철관 도인에게 모시고 가야 하는 입장이었다.

결국 담린과 남궁소천을 보내는 것이 최선의 방법이었다.

"절대 경거망동하지 말고 신중해야 한다. 알았지?"

"네."

"임무를 마치면 최대한 빨리 태호로 뒤따라갈 테니까 조심해."

비급을 품 안에 넣으며 담린과 소천이 비장한 표정으로 고개를 끄덕였다.

"특히 다른 사람에게 절대 비급을 보여선 안 돼. 알았지?"

"네, 알겠습니다."

소향의 걱정은 그 뿐만이 아니었다.

'둘을 함께 보내도 괜찮을까?'

두 사람 사이가 껄끄럽다는 것은 소향 역시 느끼고 있었다. 그러나 그 모든 것들도 제갈혜 때문에 발생한 일이고 보면 결국 그들 스스로 풀어야 할 매듭인 것이다.

담린과 소천이 태호 방향으로 달려가기가 무섭게 소향도 연화 소저를 태운 마차 고삐를 힘껏 움켜쥐었다.

그들을 진정으로 돕는 것은 하늘이 무너지는 걱정이 아니라 단 일각이라도 빨리 임무를 마치는 것이었다.

구화산으로 향하는 소향의 마음이 급해졌다.

모닥불이 활활 타올랐다.

불길 주위로 불나방들이 모여들더니 이내 불꽃 속으로 사라져 갔다.

일렁거리는 불빛 사이로 그녀의 얼굴이 보이는 것 같아 담린은 고개를 돌렸다.

눈이 아팠고 여전히 가슴이 벌렁거렸다. 머리도 무거웠고 아무 생각이 나지 않았다.

"괜찮나?"

걱정스런 표정으로 남궁소천이 말했다.

담린은 멍한 눈으로 고개를 끄덕였다.

담린과 소천은 반나절 이상을 쉬지 않고 달려 더 이상 말이 달릴 수 없게 되자 잠시 쉬어가기로 한 것이다.

경공으로 달려가겠다는 담린을 설득한 것은 소천이었다.

악적을 상대하는 데 미리 힘을 다 뺀다면 어떻게 제갈혜를 구하겠냐는 말에 담린은 흥분을 가라앉혔다.

사실은 밤이 깊어 달리고 싶어도 불가능했다. 오히려 길을 잘못 들어 낭패를 볼 수도 있었다.

소천에게 제갈혜는 어려서부터 쭉 함께한 죽마고우(竹馬故友)였다. 비록 남녀지간이지만 그러한 것을 초월한 진정한 친구였다.

그런 그였지만 정말 미친 듯이 제갈혜를 위해 달리는 담린을 보니 오히려 자신이 너무 태연한 게 아닌가 하는 생각이 들었다.

담린이 지금 무엇을 걱정하는지 소천은 알 수 있었다.

비급과 교환하기로 한 이상 제갈혜의 목숨은 안전할 것이라는 자신의 생각과는 다르게 담린은 혹시 일어날지 모를 또 다른 일을 걱정하고 있는 것이었다.

그것이 아마 친구와 사랑하는 사람과의 차이점일 것이다.

어차피 늦었다면 이미 늦은 일이었다.

나쁜 일이 일어나지 않았기만을 바랄 뿐이었다.

'자네는 정말로 그녀를 사랑하는군.'

소천은 담린이 얼마나 제갈혜를 사랑하고 있는지 불과 반나절 만에 확실히 알 수 있었다.

두 사람은 잠을 이루지 못한 채 모닥불가에 멍하니 앉아 있었다.

잠이 올 리 만무해 날이 밝을 때까지 이렇게 잠시 쉬었다 가야 할 것이다.

"괜찮겠지?"

혼잣말처럼 담린이 말하자 소천이 고개를 끄덕이며 대답했다.

"그럼. 그녀는 제갈가의 무남독녀라네. 함부로 대하진 못할 걸세."

소천의 말에 담린은 다소 안심하는 표정이 되었다.

자신 역시 그렇게 생각했지만 소천의 입을 통해 한 번 더 확인하고 싶은 마음이었던 것이다.

"내가 한심해 보이나?"

불쑥 담린이 다시 말을 던졌다.

"무슨 뜻인가?"

"아니네. 그냥 해본 소리야."

"혜아에 대한 마음 말인가?"

그 말에 담린의 눈빛이 일렁거렸다.

소천이 모닥불을 응시하며 조용히 말을 이었다.

"혜아는 세상에서 가장 아름다운 여인이지만 사실은 가장 평범한 여인이라네. 그게 바로 혜아의 가장 큰 슬픔이지."

"혹시 자네가?"

담린의 떨리는 목소리에 무엇을 묻고 있는지 알겠다는 표정으로 소천이 담담하게 말했다.

"내가 혹시 그녀를 사랑하고 있지 않느냐는 말인가?"

담린은 말없이 소천을 응시했다.

"물론 그녀를 좋아하네. 하지만 그것은 친구로서의 감정일 뿐이야. 우린 서로에 대해 너무 많은 것을 알고 있네. 그 말은 곧 친구 이상이 될 수 없다는 소리이기도 하네. 사랑에는 환상이 필요하다고 생각하네. 우리에겐 그것이 없지."

담린이 고개를 떨구었다.

"미안하네."

"미안하기는, 자네와 나도 친구 아닌가?"

어쩐지 부끄러웠다. 소천의 당당한 태도에 비해 자신은 끊임없이 초조해하고 있다.

담린은 검집에서 검을 살짝 뽑았다.

검에 비치는 자신의 얼굴을 보았다.

강호의 영웅이 되고픈 꿈 많은 청년의 모습은 온데간데없고 사랑의 열병을 앓는 나약한 모습이 비춰졌다.

'이래선 안 돼.'

검을 쥔 담린의 손에 힘이 들어갔다.

파다닥!

모닥불을 향해 불나방 한 마리가 날아들었다.

무엇엔가 이끌리듯 불꽃을 향해 날아드는 나방을 향해 담린의 검이 휘둘러졌다.

나방은 두 조각 나 바닥으로 떨어졌다.

담린이 눈빛 속에 모닥불이 일렁거렸다.

마치 정해진 운명 따윈 없다고 말하는 눈빛이었다.

그 모습을 보고 있는 소천은 담린의 마음을 약간은 이해할 수 있을 것 같았다.

소천은 그런 담린이 부럽다는 생각이 들었다. 아직까지 자신은 저러한 열병을 앓는 사랑을 해본 적이 없기 때문이었다.

태호에서 반나절 거리의 한 길가에 피어오른 모닥불은 그렇게 말없이 흔들리고만 있었다.

⑫ 신도방과 백이문

신도방과 백이문(1)

종대의 두터운 입술 사이로 침이 흘러내렸다.

그의 커다란 입은 헤벌쭉 벌어졌고 눈은 팔 자 모양으로 축 늘어져 내렸다.

그 모습은 마치 머리에 꽃 꽂고 노래하길 좋아하는 하촌 바닥의 유명한 미친년 앵앵이의 표정과 크게 다를 바 없었는데, 사실 이것은 그의 기분이 최고로 좋을 때 나타나는 표정이었다.

부러진 팔은 덜렁댔고 두 눈두덩의 멍 자국은 가시지 않은 그였지만 그의 기분은 지금 최고였다. 그 이유는 바로 백이문에서 흔쾌히 고수를 파견해 주었기 때문이다.

이제 곧 흑오파 놈들을 이곳 하촌 거리에서 깨끗이 지워 버릴 생각을 하니 절로 콧노래가 흘러나왔다.

흑오만 생각하면 이가 갈리는 종대였다.

어디서 몇 수 배워온 잔재주로 그동안 얼마나 자신을 괴롭혔는가?

덕분에 구역(區域)의 절반 이상을 놈에게 고스란히 빼앗겼고 자연히 들어오는 수입도 절반으로 뚝 잘려 버렸다. 돈도 돈이지만 그동안 수하들 앞에서 체면도 많이 구겨졌다.

부하들은 은근히 일 대 일로 붙어 깨버리라는 노골적인 시선을 보내왔지만 이런저런 핑계로 피해왔던 것이다. 놈이 싸우는 것을 먼발치에서 본 적이 있었다. 두 눈에 핏발이 서서 미친놈처럼 날뛰는 흑오 놈을 보고 종대는 간담이 서늘해졌던 것이다.

"크하핫!"

종대가 크게 웃음을 터뜨렸다.

이제 그 모든 치욕은 끝이다.

흑오파는 오늘로 끝장이 날 것이 틀림없었기 때문이다.

자신의 팔을 부러뜨리고 두 눈에 먹물을 들인 그 신도방의 젊은 놈도 이제는 안중에 없었다.

종대를 이토록 유쾌하고 여유있게 만든 것은 바로 자신과 함께 걸어가고 있는 세 명의 사내 때문이었다.

칼로 찔러도 피 한 방울 안 나올 것 같은 냉막한 인상의 사내들. 그들은 바로 백이문뿐만 아니라 이곳 태호에서도 그 명성이 자자한 살귀삼웅(殺鬼三雄)이었던 것이다.

그들이 별호처럼 귀신까지 죽일 수 있는지는 모를 일이었지만 적어도 그들과 대적해서 살아남은 사람이 있다는 소리를 종대는 들어본 적이 없었다.

그들은 완벽한 합격술(合擊術)을 구사했다.

그들은 언제나 셋이 함께 움직였는데 상대가 한 명이라도 셋이 나섰고 상대가 백 명이라도 셋이 나섰다.

한 명을 상대하는 데 셋이 나서는 것을 부끄러워하지 않았고 셋인 그들에게 백 명이 달려든다고 해도 비겁하다 하지 않았다.

한 사람이 세 자루의 검을 사용하는 듯한 착각을 일으킬 만큼 그들의 연합 공격은 매섭고도 완벽했다.

지난 이차 정사대전 때 마교의 귀마대(鬼魔隊) 살귀(殺鬼) 스물셋을 벤 그들이었다. 그날 이후 그들은 '귀신을 베는 세 영웅'이란 이름으로 불리기 시작했다.

그런 그들을 백이문에서 파견해 주었다.

이러니 종대의 기분이 어찌 터질 듯 부풀어 오르지 않겠는가?

종대는 귀밑까지 찢어진 입을 간신히 다물며 그들을 이끌고 흑오파의 본거지로 위풍당당하게 걸음을 옮기고 있는 중이었던 것이다.

'삼웅은 백이문 내에서도 일류에 속하는 고수들이다. 그런 그들을 파견한 것은 백이문주가 나 종대를 높게 평가해 준 것이라 할 수 있을 것이다.'

자신의 집에 침입한 두더지를 쫓아내기 위해 토끼는 늑대를 초대했다. 이제 곧 두더지를 쫓아낼 수 있다는 생각에 토끼는 웃음을 감추지 못했지만 그에 비해 초대받은 늑대의 기분은 최악이었다.

그 늑대는 바로 입술을 지그시 깨물고 눈을 내리간 채 묵묵히 종대의 뒤를 따르는 살귀삼웅이었다.

문주의 명령으로 나서기는 했지만 이런 하류배들의 싸움에 개입한다는 것은 정말로 내키지 않았다.

신도방 쪽에서 고수를 파견했다는 소리만 아니었어도 제아무리 문주의 명령이라고 해도 쉽게 받아들이기 어려웠을 것이다.

그만큼 살귀삼웅은 자존심이 강한 사람들이었다.

특히 그들 중 자존심이 강하고 성질 급하기로 소문난 이웅(二雄)은 문주가 자신들을 무시한 게 아니냐며 난리를 피우기까지 했다. 물론 문주

앞에서야 차마 그럴 수 없었지만 어쨌든 백이문의 숱한 고수들 중에 자신들이 이 일에 선택되었다는 것만으로도 썩 기분이 내키는 일이 아니었던 것이다.

다들 내심이야 어떻든 그들은 춘화루에 도착하여 흑오파가 머무른다는 별관으로 내달았다.

그 과정에서 살귀삼웅은 다시 한 번 인상을 쓰지 않을 수 없었다.

개 떼처럼 달려가는 꼴들이라니?

병법(兵法)도, 작전(作戰)도 없이 괴성과 함께 도끼를 흔들며 달려가는 그들의 모습에 한숨을 내쉬지 않을 수 없었다.

자신들을 개 떼 속에 섞이게 만든 놈을 반드시 두 쪽 내버리겠다는 생각으로 그들은 서서히 걸음을 옮겼다.

그러나 그들이 별관에 이를 때까지 그들을 제지하는 흑오파 대원들은 한 명도 없었다.

"뭐야? 다 어디로 간 거야?"

종대의 당황한 목소리였다.

아니나 다를까, 별관은 텅 비어 있었다.

그러잖아도 냉막한 삼웅의 인상이 더욱 무섭게 일그러졌고 종대는 발을 동동 구르며 애꿎은 부하들만 닦달했다.

결국 춘화루의 기녀 하나가 끌려 나왔다.

그리고는 마치 생으로라도 씹어 먹을 듯 노려보는 종대에게 부지런히 입을 놀렸다.

"오라버니들은 아까 모두 나가셨어요. 신도방에서 나오신 고수 분을 모시고 급히 나가셨어요."

"이런 제기랄, 어디로 간다더냐?"

"…그건 소녀도 모르지요."

그때 살귀삼웅 중 일웅(一雄)이 말했다.

"멍청한! 그들이 갈 곳은 뻔하지 않는가?"

그의 말에 종대의 얼굴이 일그러졌다.

"설마? 우리에게로?"

"저들이 먼저 시작한 전쟁이네. 다시 공격해 온다 해도 하나 이상할 것이 없지."

고개를 끄덕이긴 했지만 종대는 솟구치는 의구심을 감출 수 없었다.

'끝장낼 거였으면 왜 그때 끝내지 않았을까?'

하지만 지옥에서 나온 야차처럼 인상을 쓰고 있는 삼웅을 보고 있자니 이 상황을 수습할 어떤 말이라도 해야 했다.

그가 수습책이랍시고 내놓은 말은 고작 '다시 귀환한다' 였고 살귀삼웅의 인상은 두 배는 더 일그러졌다.

일웅의 말처럼 그 시간 흑오는 혈랑조의 안방을 제집처럼 휘젓고 있었다.

그러나 흑오 역시 별로 좋은 기분이 아니었다.

그토록 부숴 버리고 싶었던 혈랑조의 본거지를 장악하고 마음껏 부숴 버렸지만 정작 찾아야 할 것을 못 찾고 있었던 것이다.

애꿎은 집기들만 부서져 나갔고 텅 빈 대청에 흑오의 고함만이 울려 퍼졌다.

"제기랄, 이것들이 다 어디로 사라졌지?"

흑오는 쉴 새 없이 씩씩대면서 한편으로는 눈앞의 중년 사내의 눈치를 보느라 여념이 없었다.

학식 높은 고고한 문사(文士)처럼 두 눈을 지그시 감고 뒷짐을 진 채 허공을 응시하고 있는 사내. 바로 그가 있었기에 이렇게 당당하게 혈랑조의 안방까지 쳐들어와 큰소리치고 있었던 게 아닌가?

매풍검(梅風劍) 한선(韓琁).

화산(華山)의 속가 출신으로 신도방주조차 함부로 대하지 못한다는 검객이 바로 그였던 것이다.

그가 어떠한 이유로 신도방의 식객(食客)을 자처하고 나섰는지는 알려지지 않았지만 방 내에서 차지하는 비중은 매우 높다고 알려져 있었다.

그는 이미 오십 줄에 들어선 나이임에도 불구하고 아직 삼십 중반을 채 벗어나지 않은 듯 보였다. 가히 타고난 동안(童顔)이라 불릴 만했다. 그런 이유로 과거 그를 어리다고 깔보다가 화를 당한 이들이 부지기수였다.

흑오는 한선의 '담백한 시선과 여유있는 뒷짐, 이것이야말로 진정한 고수의 풍모가 아니겠는가?' 라며 내심 감탄하고 있었지만 사실 그것은 그의 착각이었다.

한선은 노기(怒氣)가 치밀어 오를 대로 올라 폭발하기 일보 직전의 위험한 상태였던 것이다.

그나마 마음을 다스리는 데 둘째라면 서러운 화산의 제자답게 눈꼬리가 하늘로 치솟는 것을 겨우겨우 참으며 표정 관리를 하고 있었다.

한선은 도대체가 마음에 들지 않았다.

우선 이런 잡다한 일에 자신이 직접 나서야 한다는 것도 내키지 않았고 또한 흑오파를 이끈다는 흑오란 놈도 마음에 들지 않았다.

찢어진 두 눈에 얇은 입술은 그야말로 배신을 밥 먹듯이 할 인상이었고 제딴에는 잘 보일 요량으로 실실거리며 굽실거리는 것도 질색이었다.

하지만 방주가 친히 부탁한 일이고 또한 근 몇 년간 제대로 밥값이라 할 만한 일이 없었던 탓에 미안한 마음에 나선 길이었다.

혈랑조인지 뭔지 단칼에 베어버리고 돌아갈 생각이었는데 이건 처음부터 꼬여도 너무 꼬인 형국이었다.

비루먹은 개처럼 비실대는 저 흑오란 놈은 도대체 상대방이 있는지 없는지 조사도 않고 공격을 했다.

이게 도대체 말이 되는 소리인가?

신도방이라면 절대 있을 수 없는 일이었다.

아니, 어린애들끼리 패싸움을 해도 적어도 정찰 정도는 하는 게 상식 아닌가?

역시나 삼류잡배들의 싸움답다는 생각에 열이 부글부글 끓어오르고 있는 중이었다.

그때 어디선가 사내 하나가 쪼르르 달려와 보고했다.

"혈랑조 놈들이 춘화루를 덮쳤답니다."

"뭐야? 그 개……!"

욕설을 퍼부으려던 흑오는 한선의 눈치를 살피며 말꼬리를 흐렸다.

"지금 놈들이 다 거기 모여 있다고 합니다."

"건방진 놈들, 감히 우릴 치다니……!"

흑오의 말에 한선은 내심 실소를 터뜨렸다.

이쪽 처지 역시 상대를 기습하러 온 상태가 아닌가? 게다가 지금 흑오의 처지로서는 '감히'란 말을 쓸 처지가 전혀 아니지 않는가?

그런 생각을 아는지 모르는지 어쨌든 흑오는 한선을 향해 공손히 입을 열었다.

"한 대협, 놈들과 길이 엇갈렸나 봅니다."

그런 흑오를 보며 한선이 가볍게 고개를 끄덕였다.

"일단은 춘화루로 돌아가야겠습니다."

"그러지."

짤막하게 한마디 하고 한선이 먼저 밖으로 나섰다.

한선은 지금 눈앞에 있는 모든 놈들을 모조리 다 베어버리고 혼자서 모든 일을 처리한 다음 방주에게 사죄할까 하는 욕망에 사로잡혀 있었다.

그런 한선의 마음도 모르고 흑오가 실실거리며 말했다.

"그전에 잠시 요기라도 하시지요. 하촌 거리에 제법 손맛이 있는 곳이 있습니다요."

자꾸만 손이 검(劍)으로 가려는 것을 한선은 지난 반백(半百)의 인생에서 터득한 모든 인내력을 다 동원해 간신히 참아내고 있었다.

＊　　　　＊　　　　＊

제갈혜가 담백의 옆구리에서 내린 것은 어느 허름한 골목 어귀에서였다. 얼마나 오랫동안 그의 옆구리에 매달려 있었는지 내려서자 현기증이 일었다.

비틀거리는 그녀 옆으로 꼬마 녀석들이 와자지껄 지나쳐 달렸다.

그녀가 고개를 들어 주위를 살펴보니 시장 골목의 입구였다.

길 양 옆으로는 싸구려 음식을 파는 가판(街販)들이 줄지어 있었고 수많은 사람들로 북적이고 있었다.

제갈혜는 이곳이 어딜까 기억을 떠올려 봤지만 이전에 한 번도 와보지 못한 곳이라는 것을 알 수 있었다.

"여기가 어디죠?"

제갈혜가 차갑게 물었다.

담백의 잔인하고 가공할 무위(武威)를 직접 본 그녀로서는 감히 '이 악적(惡賊), 이게 무슨 짓이냐?' 따위의 말은 꺼낼 수 없었다.

"알 것 없다."

담백이 짤막하게 대답한 후 성큼성큼 앞서 걸어갔다.

그녀는 힘없이 그의 뒤를 따를 수밖에 없었는데 담백이 먼저 걸어간 것은 그녀에게 '이제 네 갈 길을 가라'는 뜻이 아니라 '잔말 말고 빨리 따라오란' 뜻이기 때문이었다.

내공을 모아봤지만 전혀 모이지 않았다.

이미 몇 군데 혈도(穴道)를 제압당한 상태였다.

게다가 담백과 같은 초절정고수의 솜씨였기에 자력(自力)으로 풀려는 노력은 시간 낭비에 불과했다.

북적이는 사람들 사이를 헤쳐 나가던 담백이 잠시 걸음을 멈췄다.

담백이 말없이 한곳을 주시했다.

자그마한 객잔의 간판이었는데 담백은 말없이 한참을 응시했다.

그의 눈에서 복잡한 심정을 읽을 수 있었다.

그러나 이내 담백의 표정은 원래대로 돌아왔다.

"시장하군. 넌 어때?"

담백의 말에 제갈혜도 자신이 지금 몹시 배가 고프다는 것을 느낄 수 있었다.

제갈혜가 말없이 고개를 끄덕이자 담백은 고분고분한 그녀의 태도가 마음에 든다는 듯 미소를 지으며 걸음을 옮겼다.

*　　　　*　　　　*

거짓말을 할 때면 표가 나는 사람들이 있다.

그들은 대부분 심성이 착하고 온순한 사람들로서 그들의 거짓말은 쉽게 들통나기 마련이었다.

거짓말을 잘하고 못하고가 선악(善惡)의 기준이 되기에는 미흡한 면이

많음에도 어쨌든 대부분의 선한 사람들은 거짓말을 잘하지 못했고 그에
비해 악인들은 거짓말을 진짜보다 더 진짜처럼 할 수 있었다.

영춘객잔에도 거짓말과는 아주 거리가 멀지만 항상 상대를 잘 다루고
있다고 착각하고 있는 사람이 하나 있었다.

바로 영춘이었다.

영춘은 불손한 마음이 들거나 거짓말을 할 때면 항상 왼쪽 볼이 씰룩
거리는 버릇을 가지고 있었는데 영춘객잔 식구들은 물론이고 한 달에 한
번씩 들르는 거지들조차 그것을 알고 있었다.

영춘은 사나흘이나 지난 재료로 만든 남전환자(南煎丸子) 요리를 내
놓으면서 손님들에게 이제 막 뽑아 올린 죽순과 표고가 들어갔다고 할
때나 석 달 후에 틀림없이 품삯을 올려주겠다고 말할 때 어김없이 왼쪽
볼을 실룩였다.

모두 그것을 알고 있었지만 단 한 사람, 영춘 자신만이 그것을 모를 뿐
이었다.

하지만 워낙 천성이 착한 영춘이었기에 모두들 영춘의 그러한 점을 오
히려 인간적인 장점으로 생각하고 있었다.

어쨌든 이곳에 온 지 한 달밖에 안 된 우이도 그것을 알고 있었다. 그
렇기 때문에 우이는 고개를 갸웃거릴 수밖에 없었다.

영춘은 우이를 상촌(上村)에 있는 일종의 술 도매상인 용씨주가(龍氏
酒家)로 심부름을 보내면서 다른 때보다 더 심하게 왼쪽 볼을 실룩이고
있었던 것이다.

"내 몸이 좋지 않네. 그러니 자네가 좀 다녀오게."

언제나 그곳에는 영춘이 직접 갔었는데 오늘은 아프다는 핑계로 우이
에게 부탁하고 있는 것이었다.

조금 이상하긴 했지만 일하는 입장에서 거절할 수도 없는 노릇이라 결

국 늙은 당나귀가 끄는 작은 수레를 몰고 객잔을 나설 수밖에 없었다.

"그럼 다녀오겠습니다."

"천천히 다녀오게. 늦으면 거기서 하루 묵고 내일 아침에 와도 좋네."

"네, 그러겠습니다."

우이가 수레에 걸터앉아 터덜터덜 저 멀리 사라지자 영춘은 길게 한숨을 내쉬었다.

"휴, 땀나는군."

땀을 훔치면서 영춘은 자신의 완벽한 연기력에 내심 감탄하고 있었다.

영춘이 우이를 서둘러 내보낸 데에는 다 이유가 있었다.

잠시 전 흑오파의 졸개 한 놈이 쪼르르 달려와 좀 있다 흑오파가 객잔을 전세 낼 테니 미리 음식 준비를 하라고 했던 것이다.

게다가 귀한 손님도 모시고 오는 자리니 만반의 준비를 하라고 으름장까지 놓고 갔던 것이다.

가슴이 철렁 내려앉은 영춘은 일단 우이를 그들과 마주치지 않게 하기 위해 없는 일까지 만들어 심부름을 보냈던 것이다.

"빨리빨리 준비해!"

주방을 닦달하기 시작한 영춘의 마음에는 작은 꼬투리라도 잡히는 일이 없어야 한다는 생각뿐이었다.

영춘객잔이 잠시 후에 들이닥칠 흑오파 때문에 한참 부산할 때였다.

객잔 안으로 두 사람이 들어왔다.

영춘은 일부러 오늘 흑오파가 전세를 내어 영업을 하지 않는다는 글을 문밖에 붙여놓았다. '흑오파가 올 예정이다' 라는 한마디만으로 오라고 사정해도 올 사람은 없었다.

'외지(外地) 사람들인가?'

약간 인상을 찡그리며 그들을 살펴보던 영춘은 두 눈이 휘둥그레 떠졌다.

들어온 사람은 노인과 젊은 여인이었다.

노인들이 주로 온화한 색의 장삼을 입는 데 비해 이 작달막한 노인은 붉은색의 장삼을 입고 있었다.

영춘이 놀란 것은 물론 그 작달막한 노인이나 그가 입고 있는 어울리지 않는 붉은 장삼 때문이 아니었다.

바로 그 옆의 여인 때문이었다.

장사를 하면서 숱한 여인들을 보아온 그였지만 이렇게 아름다운 여인은 본 적이 없었다.

영춘이 오늘 장사 안 한다는 말을 못한 채 넋을 놓은 사이 노인과 여인은 이미 자리를 잡고 앉았다.

그제야 정신을 차린 영춘이 달려갔다.

"오늘은 장사를 하지 않습니다. 밖에 붙은……."

"술을 가져오게."

노인은 영춘을 보지도 않은 채 말했다.

간단한 한마디였지만 영춘은 오금이 저려왔다. 차가운 한기(寒氣)가 뼛속 깊이 들어오는 느낌이었다.

난생처음 보는 미녀에 난생처음 겪는 무서운 느낌이었다.

산전수전(山戰水戰) 다 겪은 영춘이었다.

나설 때와 물러설 때를 아는 눈치만큼은 평생을 전쟁 속에 살아온 대장군(大將軍) 못지않았다.

후들거리는 다리로 간신히 주방까지 온 영춘은 들어서자마자 주저앉아 버렸다.

달호와 아연이 깜짝 놀라 영춘을 부축했다.

"무슨 일 있으세요?"

놀란 아연이 밖을 내다보려 하자 영춘이 아연의 팔을 붙잡았다.

"보지 마. 빨리 술이랑 안주 준비해, 제일 좋은 걸로."

"무슨 일이신데요?"

아연은 속이 탔다.

요즘 들어 사고만 일어나면 우이가 개입되는 통에 뭔 일이 생길라 치면 가슴이 철렁했다.

"무서운 자들이 왔어. 이럴 땐 찍소리 말고 하라는 대로만 하면 돼."

"오라버니는?"

"우이는 심부름 보냈으니까 걱정 말고."

그제야 안심하는 아연이었다.

주방의 도마질 속도가 한참 빨라지고 있을 때쯤 담백이 나지막한 목소리로 물었다.

"이름이 무엇이냐?"

일흔을 넘은 나이였지만 두 눈에 이글거리는 정염(情炎)은 젊은이 못지않았다.

순간 제갈혜는 가슴이 철렁 내려앉았다.

'그가 불순한 마음을 먹기라도 한다면?'

아마 자신은 저항 한 번 못하고 꼼짝없이 당해야 할 것이다.

그러나 곧 그녀는 모든 것을 체념했다.

어차피 그녀는 담백의 손아귀에 잡힌 신세이고 모든 것은 눈앞의 저 작달막한 늙은이에게 달려 있었다.

"제갈혜입니다."

그녀의 말에 담백의 표정에 약간 놀라움이 일었다.

"혹시 제갈가의 여식이더냐?"

"네."

뜻밖이라는 표정으로 담백이 다시 입을 열었다.

"그럼 혹시 네가 제갈가의 강남제일화(江南第一花)라 불리는 그 아이냐?"

"그렇습니다."

"그렇다면 아까 동행했던 일행들은 누구냐? 제갈가의 사람들은 아닌 것으로 보였다."

"선배님과 손속을 나누었던 젊은이는 처음 보는 이였고 제 동료들에 대해선 말씀드릴 수 없습니다."

"흠!"

담백은 더 이상 말을 하지 않았다.

다행히 담백은 제갈가에 대해서 그다지 악한 감정을 가지고 있는 것 같지 않았다.

"무엇 하나 여쭤봐도 되겠습니까?"

제갈혜의 말에 담백이 고개를 끄덕였다.

"혹시 그 비급이 선배님과 관련있는 것입니까?"

"그것은 내 것이다."

"아!"

제갈혜는 지금의 상황에 대해 모든 것을 이해할 수 있었다. 자신을 데 려온 것은 바로 비급과 교환하기 위함이리라.

"…그들은 오지 않을 것입니다."

제갈혜의 말에 담백이 무슨 뜻이냐라는 표정이 되었다.

"중요한 일을 수행하던 중이었습니다."

그 말에 담백이 비웃듯이 말했다.

"넌 내가 그깟 비급을 되찾기 위해 이곳에 온 줄 아느냐?"

제갈혜의 표정에 의혹이 깃들었다.

'그럼 무엇 때문에?'

그때였다.

왁자지껄 소란스러운 소리와 함께 장정 열댓 명이 객잔 안으로 들이닥쳤다.

주방의 휘장을 열고 고개를 내민 영춘의 인상이 일그러졌다.

흑오파 놈들이 객잔 안으로 들어서고 있었던 것이다.

흑오파가 춘화루로 돌아왔을 때에는 이미 혈랑조는 사라지고 없었다.

다시 혈랑조와 길이 엇갈린 흑오는 폭발 직전의 한선을 달래고 달래 식사를 대접하려고 영춘객잔에 미리 기별까지 넣었던 것이다.

한선 역시 아침도 제대로 먹지도 못한 채 이리저리 끌려다니느라 허기를 느꼈다. 물론 한선은 흑오와 함께 식사 할 생각은 전혀 없었다. 그러나 하촌에는 흑오파가 본거지로 삼은 춘화루 외에는 객잔이라곤 영춘객잔 뿐이었다.

그러나 춘화루는 기방(妓房)이었고 한선의 체면상 그곳에 들 수는 없는 노릇이었다.

따로 식사를 하려면 다시 상촌으로 가야 했다. 결국 못 이기는 체 흑오를 따라나설 수밖에 없었던 것이다.

객잔 안으로 들어선 흑오는 인상을 찡그렸다.

분명 자리를 비워두라고 했건만 웬 노인과 계집이 버젓이 자리를 잡고 앉아 있지 않은가?

인상을 쓰며 영춘을 향해 소리를 버럭 지르려고 입을 벌렸지만 소리는 나오지 않았다.

여인이 그들을 향해 살짝 고개를 돌렸던 것이다.

모두의 입이 떡 벌어졌다.

그날의 그 일은 그렇게 시작되었다.

신도방과 백아문(2)

숨이 턱 막혔다.

여인의 얼굴을 보고 숨이 막힌다는 느낌을 받아본 적이 있었던가?

기방에서 나고 자란 흑오였다. 나름대로 여자 보는 눈만큼은 일가견이 있다고 자부하던 그였다.

그러나 눈앞의 여인은 뭐라 말로는 표현할 수 없는 미모를 지니고 있었다. 지금까지 아름답다고 생각되었던 모든 여인들이 한순간에 머리 속에서 사라졌다.

잠시 객잔 안은 조용히 침 넘어가는 소리만 들렸다.

잠시 그들을 바라보던 여인이 다시 고개를 돌렸다.

누군가의 입에서 아쉬움의 탄식이 터져 나왔다. 모두들 그 탄식에 동조했다. 여인의 미(美)에 모두들 압도당하고 있었다.

흑오가 얼핏 옆을 보니 한선 역시 그녀에게서 눈을 떼지 못하고 있었다. 제아무리 고고한 척 굴어도 미녀 앞에서는 어쩔 수 없다는 생각이 들었다.

그 순간 흑오의 머리가 돌아가기 시작했다.

결과론적인 이야기지만 흑오는 이때 조용히 한선과 함께 별채로 들어가 술이나 한잔 먹으며 '어떻게 혈랑조를 쳐부술까' 나 연구했었어야 했다.

그러나 그는 '어떻게 하면 저 미녀를 손에 넣을까' 에서부터 그녀를 이용해서 한선과 나아가 신도방에까지 확실한 줄을 댈 묘안을 떠올리고 있었던 것이다.

"잠시만 기다려 주십시오."

흑오가 담백과 제갈혜에게 다가섰다.

한선은 흑오가 어떻게 할 요량인지 대충 짐작이 갔지만 고개만 끄덕였다. 평상시 같으며 그냥 지나쳤거나 인상을 찌푸릴 일이었지만 제갈혜를 보고 나서 마음이 바뀌었다.

눈이 반쯤 뒤집힌 흑오에게 여인 앞의 작달막한 노인은 안중에도 없었다.

"난 이곳 태호를 관리하는 흑오라 하오. 외지에서 오신 분 같은데 우리 인사나 나눕시다."

'태호? 불과 두세 시진 정도 달려온 것 같은데 여기가 태호라니?'

제갈혜는 다시 한 번 담백의 경공(輕功)에 놀라지 않을 수 없었다. 자신이 납치된 곳에서 이곳 태호까지의 거리는 말로 달려도 꼬박 하루를 달려야 할 거리였던 것이다.

"소저의 방명(芳名)을 알 수 없겠소?"

흑오의 수작에 제갈혜가 피식 웃음을 터뜨렸다.

저 죽을 줄 모르고 호랑이 아가리에 머리통을 들이미는 형상이 가여웠던 것이다.

제갈혜가 웃자 그녀를 지켜보던 모든 이들에게서 탄성이 터져 나왔다.
마치 한 송이 꽃이 활짝 피어나는 모습이었다.

그 웃음의 내막을 모르는 흑오가 호쾌하게 따라 웃었다.

"말이 통할 것 같군요. 저희와 잠시 합석하셔서 강호의 도(道)와 새 만남의 기쁨을 나눠보심이 어떠신지요?"

뻔히 속보이는 수작이었지만 제갈혜는 장단을 맞춰주었다.

"그럴까요? 하나 어쩌지요? 저희 할아버지께서 허락을 안 해주실 것 같은데요?"

그때까지도 담백은 아무 말 없이 그들이 하는 양을 조용히 보고만 있었다.

그녀의 말에 흑오는 담백을 보며 인상을 있는 대로 썼다.

딴에는 '이래도 네가 허락을 안 할 테냐' 하는 나름대로의 협박이었는데 노인의 입에선 허락 대신 무서운 말이 나왔다.

"모두 한쪽 눈알을 뽑아라. 그러면 목숨만은 살려주겠다."

잠시 침묵이 흘렀으나 곧 흑오가 웃음을 터뜨렸다. 뒤이어 모두 따라 웃었다.

눈치로 말하자면 태호에서 둘째가라면 서러울 흑오였다.

만약 흑오파만 있었다면 흑오의 반응은 달랐을지도 몰랐다. 그러나 지금의 흑오에게는 한선이 있었다. 흑오에게 한선은 무적(無敵)이었다.

"이 미친 영감탱이가……."

흑오는 자신의 말을 마칠 수 없었다.

오른쪽 눈을 감싸 쥐고 바닥을 뒹굴어야 했기 때문이다.

"끄아악!"

흑오의 소름 끼치는 비명이 울려 퍼졌다.

잠시 후 한쪽 눈에서 피를 쏟아내던 흑오가 죽었는지 살았는지 축 늘어졌다.

　그때까지도 흑오파의 부하들은 무슨 일인지 몰라 두 눈을 껌벅이기만 했다. 그들의 눈에는 갑자기 흑오가 혼자 눈을 감싸 쥐고 비명을 지르며 나뒹군 것으로 보였기 때문이다.

　그러나 한선의 표정은 무섭게 가라앉아 있었다.

　그는 노인의 손가락이 번개처럼 움직여 흑오의 눈에서 무엇인가를 꺼내는 것을 보았던 것이다. 실로 가공할 만한 속도였다.

　'귀견수!'

　한선의 머리 속에 천둥이 울렸다.

　실제로 본 적은 없었지만 붉은 장삼의 오 척 단신 노인의 무서움은 수도 없이 들어왔던 바였다.

　'이런 멍청한…….'

　개 떼들의 싸움에 어울리다 보니 눈알조차 개 눈깔이 되어버린 것인가?

　돌이킬 수 없는 낭패감이 한선을 엄습했다.

　제아무리 매풍검의 검이 날카롭다 해도 귀견수에 비할 수는 없는 노릇이었다.

　짜증이 치미는 와중에 배가 고팠는데 제갈혜라는 미녀가 끼어들었다.

　평상시의 한선과는 아무 관계가 없는 사소한 것들이었다.

　한선은 짜증과는 거리가 먼 평상심(平常心)의 소유자였고 식탐(食貪)이나 여색(女色)을 밝히는 사람도 아니었다.

　그러나 오늘 우연히 그것들이 겹쳐지면서 그의 판단력을 흐리게 만들었다. 그리고 그 결과는 치명적인 위험이 되어 돌아왔다.

　한선이 알고 있는 귀견수는 타협과 용서란 것이 없는 사람이다.

　그렇다고 한쪽 눈을 스스로 뽑을 수도 없었다. 그 선택은 비록 자신의 목숨을 살릴 수 있을지 몰라도 대신 사문의 명예를 죽이는 것이었다.

그것은 자신이 죽는 것보다 백 배는 더 나쁜 결과였다. 비록 자신은 속가였지만 화산의 검은 그렇게 가벼운 것이 아니었다.

한선은 자신이 구사할 수 있는 가장 빠르고 매서운 초식을 떠올렸다.

노인이 천천히 일어나며 말했다.

"이제 늦었다. 모두 죽이겠다."

그때까지만 해도 농담처럼 들리던 그 말은 온몸에 피 칠갑을 한 채 검을 휘두르던 한선의 노력에도 불구하고 채 반 각(半刻)이 지나지 않아 현실이 되었다.

*　　　*　　　*

덜컹덜컹!

금방이라도 쓰러질 것 같은 늙은 당나귀는 자갈 섞인 오솔길을 잘도 걸어갔다. 우이는 수레 뒤에 벌렁 드러누운 채 그 흔들리는 반동을 즐기며 하늘을 올려다보고 있었다.

먹구름이 잔뜩 몰려드는 것이 아무래도 한바탕 비가 쏟아질 모양이었다.

하지만 우이는 길을 서두르지 않았다.

아니, 서두르려 해도 그럴 수가 없었다.

저 늙고 마른, 그렇지만 갖은 힘을 다해 제 임무에 충실하려는 당나귀에게 채찍질이라도 했다간 천하십대악인(天下十大惡人)의 반열에 오를지도 모를 일이라는 생각이 들었다.

실없는 자신의 생각에 우이는 실소(失笑)를 터뜨렸다.

너무 행복해서 하늘이 질투할까 두렵다는 말.

요즘 우이는 그 말이 왜 생겨났는지 알 것 같았다. 행복한 마음만큼 불안감도 커져 갔다.

'이곳으로 이끈 것도 결국 하늘의 뜻.'

지난 한 달간 그는 많은 변화를 겪었다.

성격도 바뀌었고 세상을 보는 눈도 변했다. 어쩌면 무림맹에 있었던 십 년보다 더 큰 변화였다.

사람을 바꾸는 데 필요한 것은 기나긴 세월만이 아니었다.

작은 환경의 변화나 어떤 사소한 계기가 사람을 바꾸기도 하는 것이다. 앞으로 또 어떻게 바뀌어갈지 모를 일이기도 했다.

과거의 그의 삶은 항상 긴장되고 경직되어 있었다. 숨이 막혔었다.

그런 우이에게 이제 작은 마음의 여유가 생겼다.

마음의 여유는 자연 삶의 여유로 이어졌고 그것은 우이에게 행복으로 자리 잡았다.

그렇다고 무림맹을 완전히 잊은 것은 아니었다.

아니, 잊을 수가 없었다.

자신을 아껴주고 이해하는 상관이 있는 곳, 자신을 사랑하는 여인이 있는 곳, 자신을 존경하는 후배가 있는 곳, 자신이 지켜야 할 정의(正義)가 있는 곳, 그리고 한 자루의 검으로 자신을 말할 수 있는 곳!

쿠르르룽!

한바탕 요동 끝에 비가 쏟아지기 시작했다.

말라 있던 대지가 한껏 기지개를 켜며 고개를 치켜들었다.

올해 들어 처음 내리는 겨울비였다.

비는 점점 더 세차게 내렸고 수레가 오솔길을 벗어날 무렵에는 거의 앞이 보이지 않을 정도로 쏟아졌다.

"이거 너무 쏟아지는데?"

그때였다.

저 멀리 빗줄기 사이로 천막 하나가 보였다.

자세히 보니 국수를 말아 파는 간이 천막이었다.

우이는 수레를 그쪽으로 돌렸다.

겨울비의 흥취가 아무리 좋다지만 그렇다고 폭우 속을 헤쳐 나갈 정도는 아니었던 것이다.

천막에는 탁자 서너 개와 의자가 열 개 남짓 놓여 있었는데 밖에서 보는 것보다는 규모가 컸다.

중년 여인이 반갑게 그를 맞아주었다.

"어서 오세요."

"하늘에 구멍이라도 났나봅니다."

우이의 말에 그녀가 빙긋 웃으며 말했다.

"좀 더 살아보면 하늘이 얼마나 변덕쟁이인지 알게 되지요."

"하하, 그렇군요."

행상(行商)을 하는 여인치고는 어딘지 모르게 우아한 기품이 엿보였다. 명문가의 여인들을 많이 보아왔던 우이였기에 그녀들에게서 풍기는 독특한 느낌을 이 여인에게서도 느낄 수 있었다.

"국수 한 그릇 주세요."

"비만 피할 생각이었다면 그냥 쉬었다 가세요."

"아닙니다. 아까부터 배가 출출했습니다."

사실 그다지 배가 고프지는 않았지만 폭우를 피해갈 수 있다는 고마움에 비하면 국수 한 그릇은 당연한 예의였다. 게다가 여인의 아름다운 마음씨에 꼭 한 그릇 팔아주고 싶다는 생각이 들었다.

"여기서 장사하신 지 오래되셨나요?"

"한 삼 년쯤 됐어요."

"저는 이곳에 온 지 얼마 안 됐습니다. 그래서 여기에 이런 곳이 있는 줄도 오늘 처음 알았습니다."

"아, 실례지만 어디에 계신 분이신지?"

"전 저 아래 영춘객잔에서 일하고 있습니다."

그 말에 여인이 의외라는 표정을 지었다.

"그런 곳에 계실 분이 아닌 것 같은데……."

"일에는 귀천(貴賤)이 없다고 생각합니다."

그런 우이를 보며 여인이 미소를 지었다. 우이는 자신보다 이 여인이 더욱 이런 일에 어울리지 않는다는 생각이 들었다.

김이 모락모락 나는 국수가 나오자 그 향긋한 국물 냄새에 우이는 침이 고였다.

우이가 막 젓가락을 들려는 순간이었다.

휘장이 걷히고 두 사람이 천막 안으로 들어섰다.

십칠팔 세쯤 되어 보이는 소녀와 묵검(墨劍)을 가슴에 안은 사내였다.

두 사람을 보자 국수를 팔던 중년 여인의 인상이 굳어졌다. 이미 안면이 있는 사이인 것 같았다.

"국수 한 그릇."

소녀가 차갑게 말했다. 반말이 입에 착 달라붙는 걸 보니 귀한 집 여식임에 틀림없었다.

여인은 말없이 국수를 만들기 시작했다.

그런 여인을 보며 소녀는 '흥!' 하는 표정이 되었는데 표정과 눈빛에서 복잡한 심정을 읽을 수 있었다.

소녀 역시 비를 많이 맞은 상태여서 옷이 착 달라붙어 온몸의 굴곡이 그대로 드러났다.

깜찍하고 어려 보이는 얼굴에 비해 몸에서는 제법 원숙미가 풍겼다. 그런 우이의 시선을 느꼈는지 소녀의 시원스런 이마가 살짝 찡그려졌다.

우이는 재빨리 시선을 돌렸지만 이미 늦었다.

"방금 날 훔쳐봤지?"

'어이쿠!'

우이는 울상이 되어 국수 그릇에 코를 빠뜨릴 정도로 고개를 숙였다.

"어! 거기다 무시까지 해?"

그 말에 우이가 후닥닥 고개를 들고 말했다.

"아닙니다, 아가씨. 헤헤."

우이는 비굴한 웃음까지 덧붙였다.

다행히 우이의 그런 노력에 소녀의 기분은 다소 풀리는 것처럼 보였다.

이런 천방지축인 아가씨를 다루는 길은 두 가지뿐이었다.

맞춰주든지 강하게 나가든지.

그것을 잘 알고 있는 우이였지만 지금 우이가 선택할 수 있는 길은 하나였다. 지금까지 벌여놓은 일만으로도 충분히 넘치고 있었다. 그리고 영춘객잔과 관계없는 일에는 결코 개입하지 않겠다고 마음먹은 그이기도 했다.

"국수, 맛있어?"

언제 그랬냐는 듯이 미소를 지으며 소녀가 물었다.

"네, 국물이 끝내줍니다."

우이가 유쾌하게 대답하자 그 말에 소녀는 인상을 썼다.

'어? 이게 아닌가?'

"끝내준다 이거지? 만약에 맛없으면 어쩔래?"

"글쎄요?"

"죽을 줄 알아!"

소녀는 노골적으로 시비를 걸어오고 있었다.

‘휴……’

소녀의 변덕스러움에 한숨이 절로 나왔다. 그 순간 우이는 소녀 뒤의 사내와 눈이 마주쳤다.

굳게 다문 입술과 강인한 두 눈빛. 우이는 순간 사내에게서 강렬한 어떤 것을 느꼈다. 그것은 바로 동질감(同質感)이었다.

보표(保鏢) 특유의 정서.

주위를 관찰하는 날카로운 시선, 한순간도 긴장을 늦추지 않으려는 마음, 어떠한 일이 있어도 주인을 지켜내겠다는 강렬한 의지…….

아마 저 사내는 아주 오랫동안 이 소녀 옆을 지켜왔을 것이다.

눈이 마주친 것은 순간이었지만 우이는 많은 것을 느낄 수 있었다. 사내 역시 뭔지 모를 감정을 우이에게서 느낀 듯 보였다. 사내의 눈빛이 약간 흔들렸지만 표정은 여전히 변화가 없었다.

그때 국수가 나왔다.

반면 중년 여인의 표정은 담담했다.

국물을 한입 마시던 소녀가 국물을 뱉어냈다.

“퉤퉤! 이게 뭐야?”

소녀는 자신이 표현할 수 있는 모든 험악한 인상을 다 쓰더니 국수를 바닥으로 내던졌다.

그릇이 산산조각나면서 국수 가락이 바닥으로 흩어졌다.

“이따위가 맛있다고? 비영(秘影), 저놈을 혼내줘.”

‘어이, 철부지 아가씨! 매번 이런 일에 혼을 내야 한다면 아가씨 보표는 발이 백 개라도 모자랄 거야.’

그러나 생각뿐이었다. 괜히 자극하면 더 날뛸 가능성이 많았다.

“비영, 뭐 해? 혼내주라니까!”

소녀는 비영이라 불린 사내를 재촉하기 시작했다.

이쯤 되니 우이도 당황하지 않을 수 없었다. 비영이라 불린 사내의 상식적인 이성을 믿어볼 수밖에 없었지만 소녀에 대한 일만큼은 상식이 통하지 않는 사내였나 보다.

사내가 성큼성큼 우이에게로 다가왔다.

"에구, 살려주세요!"

우이가 과장되게 머리를 숙이며 비는 시늉을 했다.

그러나 사내는 우이의 멱살을 틀어쥐었다. 사내의 눈빛에는 미안함이 깃들어 있었다. 한 방 날아오기 직전.

"그만두세요."

중년 여인이었다.

그녀는 사내를 우이에게서 떼어냈다.

마치 기다렸다는 듯이 사내는 쉽게 물러났다.

"죽여 버리라니까!"

흥분한 소녀가 고함을 쳤다.

그러나 사내는 자신을 가로막은 여인을 어쩌지 못했다. 어쩔 수 없다는 표정으로 소녀에게로 돌아섰다.

소녀는 울먹이며 여인에게 말했다.

"두고 봐! 절대로 당신을… 당신을……."

말을 채 잇지 못하고 소녀가 뛰쳐나가자 사내가 그 뒤를 따랐다.

밖으로 나가며 사내가 우이를 돌아보았다.

다시 둘의 시선이 얽혔다.

사내가 살짝 고개를 숙여 인사했다. 미안하다는 의미 같기도 했고 또 다른 의미가 있는 것 같기도 했다.

우이는 다만 방긋이 웃어주었다.

그 웃음을 보더니 사내는 재빨리 소녀의 뒤를 따라 사라졌다.

“어디 다친 데 없나요?”

부인이 걱정스럽게 물었다.

“네, 전 괜찮습니다만 국수가 아깝군요.”

우이가 국수를 내려다보며 말하자 여인은 살짝 입을 가리고 웃었다.

그녀는 웃고 있었지만 그 이면에는 바닥에 흩어진 국수 가락 같은 복잡한 사연이 있을 듯했다.

빗줄기는 이제 많이 수그러들어 있었다.

“그럼 잘 먹고 갑니다.”

우이가 천막을 나서자 중년 여인은 미소로 우이를 배웅해 주었다.

천막을 나온 우이가 다시 수레를 끌고 채 백 장도 가지 못했을 때였다.

한 무리의 사내들이 저쪽에서 걸어오더니 가장 앞서 오던 사내가 말했다.

“어, 저놈은?”

흑오파와 길이 엇갈린 채 자신을 씹어 먹을 듯이 노려보는 살귀삼웅의 시선을 애써 피하며 힘없이 돌아가던 종대였다.

“어, 당신은?”

우이가 자신을 알아보자 종대가 자신도 모르게 뒷걸음질쳤다.

막상 우이를 다시 보니 그날의 공포가 자연스럽게 떠올랐던 것이다.

“저, 저놈입니다. 바로 저놈이…….”

우이를 가리키며 종대가 말까지 더듬었다.

우이를 보며 살귀삼웅은 다시 인상을 찡그렸다.

손짓 한 번에 삼십여 명을 쓰러뜨린 고수라고 허풍을 친 종대였다.

그 고수가 바로 저 비루먹은 당나귀 뒤의 수레에 멍한 표정으로 걸터앉아 있는 젊은 놈이란다.

“아직 안 떠났군요. 분명 사흘이 지났을 텐데?”

우이의 말에 종대가 찔끔 뒤로 물러섰다.

분위기로 보아하니 저자가 확실했다.

그러잖아도 종대란 놈 때문에 헛수고를 두 번이나 한 그들이었다. 화가 치밀 만큼 치민 상태였다. 두말 않고 막내 삼웅이 그를 향해 성큼성큼 나설 때 말리지 않은 것도 그것 때문이었다.

단전을 파괴하고 무공을 폐지하는 것!

그것은 강한 자가 약한 자에게 가하는 가장 악랄한 짓 중 하나라고 우이는 생각하고 있었다.

살인의 부담감은 줄이고 악행을 벌한다는 명목으로 자신에게 돌아올 작은 복수의 가능성마저 없애 버리는 이기심.

그가 살고 있는 삶 자체를 모조리 뒤집어 버리는 행위.

강호인을 하루아침에 일반인으로 돌아가라는 일방적인 폭력.

차라리 죽이는 것보다 더 나쁜 짓이라고 우이는 생각했다.

그래서 우이는 그냥 죽지 않을 만큼만 패주기로 결심했다.

퍽!

살귀삼웅 중 셋째의 턱이 돌아갔다.

그가 땅바닥을 때굴때굴 굴렀다.

초식이 아닌 그냥 맨주먹에 맞아본 게 언제였던가?

일곱 살 때였던가?

동네 꼬마들과 어울려 싸움박질할 때 이후 처음이었다.

삼웅이 턱을 어루만지며 일어났다.

일웅과 이웅이 놀랍다는 표정으로 우이를 쳐다보았다. 순간 그들의 눈에 긴장감이 감돌았다.

"과연 한 수 있는 놈이구나."

일웅과 이웅이 앞으로 나섰다. 그러나 삼웅이 손을 들어 그들을 제지했다. 삼웅의 표정에는 억울함이 가득했다.

일웅이 고개를 끄덕였다. 여전히 상대는 어리숙해 보였고 삼웅의 기분도 생각해 주어야 했다.

언제나 셋이 함께 싸우는 그들이었다. 하지만 삼류건달들과 하루 종일 어울려 다닌 탓에 삼웅이 홀로 나서는 것을 그대로 두고 본 결과이기도 했다.

이번에는 좀 더 조심스럽게 삼웅이 접근했다.

최대한 무공을 쓰지 않으려는 우이였지만 영춘객잔과 관련된 혈랑조와 흑오파는 예외였다. 시장 상인들의 피눈물을 마시며 호위호식하는 놈들이었다. 봐줄 필요성을 전혀 느끼지 못했다.

지금 자신에게 얻어맞은 삼웅이 신도방에서 나온 사람인지도 모르는 우이였다. 그저 혈랑조나 흑오파 사람이거니 생각하는 우이였다.

삼웅이 일장을 내질렀다.

허초(虛招)였다.

상대의 실력과 무공을 알아보려는 의도였는데 그럴 수 없게 되었다.

퍽!

순식간에 날아든 우이의 모진 발길질이 그의 배에 박히자 그는 도대체 이게 무슨 초식인가를 생각할 여유도 없이 꼬꾸라졌다.

그 순간 동시에 일웅과 이웅이 검을 뽑아 날아들었다.

챙!

두 사람은 서로 아무 말도 나누지 않았지만 자연스럽게 하나의 초식을 발출해 내고 있었다. 삼웅을 쓰러뜨리는 우이의 한 수는 그냥 보아선 단순한 발길질로 보였다. 그러나 삼웅이 그러한 발길질에 쓰러질 리가 없었고 그렇다면 답은 하나였다.

두 사람의 검은 벼락처럼 빠르게 우이를 향해 날아들었다.

퍽!

그러나 단 한 번도 실패한 적이 없었던 합격술이 부러진 이빨과 함께 추락했다. 일웅은 얼굴을 감싸 쥐고 바닥을 굴렀고 이웅은 우이에게 붙잡혀 뺨을 얻어맞았다.

살귀삼웅은 도무지 정신을 차릴 수가 없었다.

모든 게 꿈만 같았다.

비록 삼웅이 빠졌다고는 해도 일웅과 이웅이 시도한 연합 공격은 피하고 싶다고 해서 피할 수 있는 그런 것이 아니었다.

청해성(靑海省) 일대를 주름잡던 백룡도(白龍刀) 허유(許由)는 이 초식을 피하기 위해 팔 하나를 내놓아야 했고 감숙성(甘肅省) 최고의 낭인 무사라 불리던 무명검(無名劍) 소우(巢玗)는 그대로 목이 떨어졌다.

그런데?

'왜 내가 뺨을 맞고 있는 거지?'

이웅은 우이에게 도리질을 당하면서도 이게 어떻게 된 상황인지를 이해할 수가 없었다. 같이 날아들던 큰형이 돌연 비명을 지르며 뒤로 날아갔고 자신은 어느새 멱살이 잡힌 것이다. 어디가 어떻게 제압당했는지 온몸에 힘이 쭉 빠져 손끝 하나 까닥할 수 없었다.

너무 맞아 눈물이 찔끔 나왔다.

권장(拳掌)에 일격을 맞거나 검에 베어 팔이 하나 떨어진다 해도 비명조차 지르지 않을 이웅이었다.

그러나 지금은 상대에게 멱살을 잡힌 채 너무나 원초적으로 두들겨 맞다 보니 자연 본성(本性)이 나오게 되었다.

"잠깐! 왜 나만……?"

두 손을 허우적대며 안 맞으려고 몸부림치던 이웅이 겨우 말했다.

“아, 그렇군요. 미안합니다.”

그 말을 들은 우이는 이웅을 내던지고 다시 옆에 쓰러져 있는 일웅의 멱살을 쥐었다.

일웅의 얼굴이 일그러졌다.

그 광경에 삼웅은 그대로 기절한 척 움직이지 않았다.

짝짝!

일웅의 얼굴이 알아보지 못할 만큼 부어올랐다.

그때 그를 구해준 것은 살귀삼웅의 이십 년 우정도 아니었고 삼십 년간 연마한 자신들의 무공도 아니었다.

바로 종대였다.

우이가 일웅을 두들겨 패고 있는 도중 종대는 열심히 뒷걸음질치고 있었는데 마침 우이의 눈에 그것이 들어온 것이다.

이들이 모두 종대의 부하들이라고 생각하는 우이였다.

우이의 시선이 본격적으로 그들에게 향하자 지금까지 얼어붙어 있던 혈랑조원들이 사방으로 흩어지며 달아났다.

양 떼를 덮치는 호랑이처럼 우이가 달려들었다.

호랑이의 목표는 아직도 두 눈가에 멍이 시커멓게 남은 채 비실거리며 뒷걸음치는 종대라는 이름의 양이었다.

신도방과 백이문(3)

꽝!

육십 년 전 신도방이 처음으로 둥지를 틀 때 태호의 가장 이름 높은 장인(匠人) 노문덕(盧門樾)이 만들어 바쳤다는 유서 깊은 석상이 산산조각 났다.

여의주를 문 용은 꼬리만 남긴 채 먼지 속으로 사라져 버렸다.

방주(幫主)가 가장 아끼는 석상이 부서져 내리고 있음에도 신도방의 제일 모사(第一謀士) 백리준(百里俊)은 그냥 멀뚱히 보고만 있었다.

뿐만 아니라 날쌔고 용맹하기로 이름난 수십 명의 신도방 무인들 역시 고개만 숙인 채 꿈짝도 하지 않고 있었다.

평!

이번에는 정원의 가장 오래된 매화나무가 부러져 나갔다. 그것 역시 방주가 가장 소중히 가꿔온 나무였지만 아무도 막지 못했다.

그도 그럴 것이, 이 모든 소동의 주인공이 바로 신도방주 임철군(林鐵

君) 본인이었던 것이다.

"상방(上方)의 모든 무사들을 다 불러들여! 신도단(神刀團), 철마대(鐵馬隊), 호위단(護衛團)! 남김없이 불러들여! 전쟁이다!"

방주는 미친 듯이 고함을 질러대며 지금의 신도방을 있게 한 가장 큰 힘이자 자신의 성명절기(盛名絶技)인 벽력신장(霹靂神掌)을 연이어 쏟아냈다.

두 눈을 질끈 감고 있는 무사들 사이로 거센 장력이 휘몰아쳤다. 흥분이 가라앉으면 분명 후회할, 깨어져서는 안 될 귀중한 것들이 또다시 먼지가 되어 사라졌다. 그나마 다행인 것은 수하들을 향해 그 무시무시한 장력을 날리지는 않는다는 정도였다.

백리준은 그런 방주의 분노가 가라앉기만을 기다렸다.

"헉헉!"

여전히 분이 풀리지 않는다는 듯 임철군의 얼굴은 시뻘겋게 달아올라 있었다.

"진정하십시오, 방주님."

백리준이 차분한 어조로 말했다.

"진정하라고? 방금 진정하라고 했나?"

평소 수하들 앞에서만큼은 백리준에게 깍듯하게 대하는 임철군이었다. 그만큼 지금 화가 나 있다는 소리였다.

"저걸 봐! 저걸 보라고!"

방주가 가리키는 곳에는 시체가 한 구 누워 있었다.

두 눈에서 흘러내린 피가 온 얼굴을 시커멓게 덮은 채 흉측하게 말라붙어 있었다.

바로 한선의 시체였다.

한선은 임철군의 의동생이었다.

비록 속가(俗家)였지만 화산의 제자인 한선이 이곳 신도방에 머물러 있었던 것도 바로 임철군과의 그러한 관계 때문이었다.

하촌(下村)의 세력 다툼에 백이문이 개입했다는 소리에 바람이나 쐬라 보냈던 한선이었다.

한선이라면 간단하게 해결하고 돌아올 거라 당연히 믿고 있었다.

그러나 그런 한선이 두 눈이 휑하니 빠진 채 끔찍한 몰골로 돌아왔다.

한선의 시체를 보자 방주의 발작이 시작되었던 것이다.

모두들 평소 방주와 한선 사이의 깊은 우애에 대해 잘 알고 있는 터라 감히 아무도 나서서 말리지 못했다.

"더러운 백이문 놈들! 한 놈도 남김없이 쓸어버리겠어!"

방주가 두 주먹을 쥐고 부르르 떨었다.

"출동 준비하라는데 뭣 하고 있어? 다 불러 모아!"

"안 됩니다."

백리준이 단호하게 말했다.

"뭣?"

"침착하셔야 합니다."

"네놈이 감히!"

방주가 백리준을 향해 손을 번쩍 들었다.

그러나 방주의 광기에도 불구하고 백리준의 표정은 차분하기만 했다.

모두들 두 눈을 감았다. 아무리 방주의 신임(信任)을 받고 있는 백리준이라지만 지금 방주는 제정신이 아닌 상태였다.

"방주님!"

백리준이 나지막이 방주를 불렀다.

그것은 고함을 질러 방주를 말리는 것이나 무작정 고개를 숙인 채 방주의 흥분이 가라앉기만을 기다리는 소극적인 방법에 비해 확실히 효과가 있었다.

"방주님!"

다시 한 번 백리준의 나지막하고도 준엄한 목소리가 흘러나왔다.

흔들리던 방주의 눈빛이 차분하게 자리 잡았다.

방주의 손이 천천히 내려졌다.

"미안하네. 내가 잠시 홍분했네."

방주의 얼굴에서 순식간에 홍분과 분노가 사라졌다. 방주가 자신의 마음을 다스리기 시작한 것이다.

방주의 이런 점 때문에 강소성(江蘇省) 제일의 귀재(鬼才)라 불리던 백리준이 신도방을 태호 제일의 방파로 만드는 선두에 기꺼이 섰던 것이다.

홍분을 가라앉힌 방주가 태사의에 앉았다. 어쩌면 이런 상황까지 예측한 홍분이었는지도 모를 일이었다.

"그러나 그냥 둘 수는 없네."

방주가 나지막하게 말했다.

"물론입니다. 우리를 건드린 대가를 열 배, 백 배 돌려줘야겠지요. 하지만 홍분만 앞세워 대책없이 움직였다가는 저들의 함정에 빠지게 될 겁니다."

백리준의 말에 방주가 고개를 끄덕였다.

"그렇지."

"게다가 이번 일은 그리 단순한 일이 아닙니다."

"단순하지 않다?"

"네, 우선 백이문에서 이런 식으로 나왔다는 것은 전면전(全面戰)을 각오했다는 것인데 그들에게 심어져 있는 우리 측 비선(秘線)으로부터 그러한 움직임을 전혀 보고받지 못했습니다."

그 말에 방주가 신음성을 터뜨렸다.

백리준은 결코 호락호락한 사람이 아니다. 백이문이 전쟁을 일으키려는데 백리준이 미리 알아채지 못했을 리 없었다. 그 정도의 백리준이었다면 이미 오래전에 신도방은 백이문에게 먹혔을 것이다.

"게다가 방주님께서도 아시다시피 한 대협의 무공은 가히 절정고수라 할 수 있습니다. 백이문 내에서도 한 대협을 상대할 수 있는 자들은 한정되어 있지요."

방주가 또다시 고개를 끄덕였다.

"그런데 이번에 한 대협께서 당하신 괴이한 수법은 아직 한 번도 보지 못한 것입니다."

과연 그랬다.

임철군 역시 한선의 시체를 면밀히 살펴보았지만 이토록 잔인한 수를 사용하는 자가 백이문에 있다는 소리를 들어본 적이 없었다.

"이번 일은 신중히 처리해야 할 것 같습니다. 일단 제게 맡겨주십시오."

백리준의 말에 방주가 고개를 끄덕였다.

"자네에게 모든 것을 일임하겠네."

말을 마친 방주는 안으로 들어갔다.

백리준은 어디서부터 이 문제를 풀어야 할까를 생각하다가 우선 객잔에서 데려온 목격자들부터 만나봐야겠다는 생각을 했다.

왠지 모를 불안감에 발걸음이 무거웠다.

그러나 백리준은 이내 고개를 가로저었다.

지금까지 그래 왔듯이 어떤 위기가 닥쳐온다 해도 자신은 이겨낼 수 있을 것이다. 지금까지 자신의 예상을 뛰어넘는 일들은 일어나지 않았고 앞으로도 없을 것이기 때문이었다.

"위선자!"

멀리서 신도방주 임철군의 모습을 지켜보던 소녀가 말했다.

"전부 거짓말이야! 저 사람은 차가운 피를 가진 냉혈한일 뿐이야! 모두들 속고 있는 거야!"

소녀는 더욱 격분된 어조로 말했다.

"비영, 그렇지? 그렇게 생각하지?"

자신의 뜻에 동조해 주기를 바라며 소녀가 간절하게 말했다.

그러나 비영이라 불린 사내는 원하는 대답을 해주지 않았다.

"방주님은 아가씨를 아끼고 계십니다."

"그만! 아빠는 날 사랑하지 않아!"

소녀가 신경질적으로 소리를 질렀다.

국수집에서 소동을 피웠던 이 소녀가 바로 신도방주의 무남독녀(無男獨女) 임화경(林華境)이었다.

원래 그녀에게는 위로 오빠가 하나 있었는데 어린 시절 병을 앓아 죽고 말았다. 그 슬픔에 그녀의 어머니 역시 병을 얻어 얼마 후에 죽고 말았다.

그때가 화경의 나이 일곱이었다.

오빠 병수발에 엄마를 뺏기고 신도방에 아빠를 뺏긴 채 그녀는 외로운 어린 시절을 보냈다.

화경은 엄마와 오빠가 너무나 미웠다.

먼저 죽어버린 오빠도 미웠고 엄마는 더욱 미웠다. 오빠가 죽자 엄마는 삶의 의욕을 잃었다. 자신을 봐서라도 용기를 내고 힘을 냈어야 했다고 화경은 생각했다.

그러나 그녀의 엄마는 자식은 오직 오빠뿐이었다는 그릇된 오해만을 그녀에게 남긴 채 세상을 떠나 버리고 말았던 것이다. 졸지에 아들과 아내를 잃은 슬픔을 오로지 일에 열중하는 것으로 잊으려 한 아버지도 미웠다.

증오와 외로움만이 남았다.

그런 그녀에게 자신의 호위 무사인 비영은 유일한 친구였다.

그때 비영의 나이 열아홉, 화경의 나이 일곱 살이었다.

비영은 부모의 사랑을 제대로 받지 못한 채 삐뚤어지기만 하는 화경을 위해 나름대로 온갖 힘을 다 쏟았지만 그로서는 역부족이었다.

당시 열아홉의 비영은 어린 소녀의 결핍된 사랑을 채워줄 만한 나이가 아니었던 것이다.

그리고 십 년이 지났다.

"아버지는… 단지 그 여자만 사랑해!"

말을 마친 화경의 발걸음이 바빠졌다.

그 모습에 비영의 표정이 어두워졌다. 화경이 어디로 가려는지 알 수 있었기 때문이다.

같은 시간, 화경의 아버지인 임철군은 한발 앞서 화경이 가고자 하는 그곳에 이미 도착해 있었다. 모든 호위를 물리고 이십 년을 함께해 온 자신의 호위 무사인 자단(紫丹)만을 데리고 하촌과 상촌의 경계 부근에 있는 국수집에 온 것이다.

천막으로 들어서자 몇몇 장사치들이 국수를 먹고 있었다.

철군이 한 옆으로 자리를 잡았다.

철군을 보자 여인은 가볍게 인사를 건넸다. 그저 담담한 표정이었다.

"국수 한 그릇 주시오."

철군의 말에 여인은 말없이 국수를 만들었다.

그 모습을 철군은 조용히 지켜보았다.

호위 무사 자단이 철군의 옆 자리에 자연스럽게 앉았다.

자단이 철군을 호위한 지도 벌써 이십 년의 세월이 지났다.

이제는 주군(主君)이라는 감정보다는 혈육의 정이 느껴졌다. 자단은 아직도 잊지 못하고 있었다.

십오 년 전, 백이문과의 싸움이 한창일 때였다. 자단이 잠시 방심한 사이 철군이 암습을 당해 크게 부상을 당하게 되었다.

철군은 닷새가 지나도록 깨어나지 못했다.

그동안 물 한 모금 마시지 않고 그 옆을 지키던 자단이었다.

그날 밤 자단은 검을 뽑아 들었다. 방주를 지켜보던 자단이 결국 괴로움에 견디지 못하고 죽음으로 그 책임을 마무리 지으려 했던 것이다.

방주가 기적처럼 손을 내밀어 자단의 손을 잡은 것은 바로 그때였다.

의식이 거의 없는 상태에서 내밀어진 철군의 손.

그 따뜻함을 자단은 영원히 잊지 못할 것이다.

자단은 하나의 은혜를 받으면 열 개를 돌려주는 사내였고 그 열 개조차도 모자란다고 생각하는 그런 사내였다. 아마 앞으로 찾아올 방주의 위기는 자단의 시체 너머에 있을 것이다.

그 방주가 새로이 빠져든 여인이 바로 이 여인이었다.

부인이 죽은 지 십 년이 지났으니 이제 새출발할 때도 되었다. 그동안 신도방을 키우느라 새 가정이란 꿈도 꾸지 못한 임철군이었다.

그러던 그가 어느 날 우연히 지나치다 보게 된 국수 파는 여인에게 홀딱 빠져 버린 것이다.

신도방주라는 자리는 젊고 아름다운 여인을 얼마든지 구할 수 있는 자리였다. 그럼에도 방주는 가끔 이곳에 와 말없이 국수만 먹고 갔다. 여인도 그러한 방주의 마음을 알 법도 한데 단 한 번도 다른 내색을 비치지 않았다.

오늘같이 심란한 날이면 방주는 어김없이 이곳을 찾았던 것이다.

자단은 그러한 방주의 뒤늦은 사랑에 축복이 있기를 진심으로 바랬다.

그때, 두 사내가 천막 안으로 들어섰다.

명문가의 자제처럼 보이는 청년과 표사 복장을 한 청년이었다. 어울리지는 않는 복장의 만남이었지만 두 청년 모두 훤칠한 외모를 가지고 있었다.

"국수 두 그릇 주세요."

"네, 잠시만 기다리세요."

"그리고 이 근처에서 어디 묵을 만한 곳이 있나요?"

두 사내 중 표사 복장의 사내가 여인에게 물었다.

"음, 글쎄요?"

여인이 고개를 갸웃거렸다.

그러다가 문득 어제 이곳을 찾은 청년이 생각났다.

"아, 저 아래로 좀 내려가시면 영춘객잔이라고 있어요."

여인이 웃으며 대답했다.

기왕이면 그 마음씨 좋은 청년이 일하는 곳을 소개해 주는 게 좋겠다는 생각에서였다.

사내들은 뭐가 그리 바쁜지 국수를 먹는 둥 마는 둥 훌훌 마시고는 부리나케 달려나갔다.

꽈당!

그러나 급하게 나가려다 표사 차림의 사내가 천막 안으로 들어오던 이와 부딪치고 말았다.

"아얏!"

여인의 비명 소리가 들렸다.

"아, 미안합니……."

짝!

표사 차림의 사내 뺨에 작고 귀여운 빨간 손자국이 생겼다.

자신과 부딪쳤던 어린 소녀가 사정없이 자신의 뺨을 때렸던 것이다.

피할 수 없었던 것은 아니었지만 설마 하는 마음에 불시에 뺨을 내주고 만 것이다. 표사 차림의 청년이 눈을 치켜뜨며 말했다.

"이게 무슨 짓이오!"

"잘못을 했으면 벌을 받아야지."

"실수였잖소! 게다가 사과까지 했는데……!"

그 말에도 소녀는 지지 않고 말했다.

"그렇다면 실수로 사람을 죽여놓고 '미안해요' 한마디만 하면 되겠군요?"

표사 사내는 어이가 없다는 표정이 되었다.

"그 경우와는 다르지요."

"흥! 내겐 같아. 사내대장부라면 자신의 일에 책임을 져야지."

깜찍한 얼굴에서 끔찍한 말들이 이어졌다.

소녀는 바로 화경이었다.

뒤에 서 있던 또 다른 사내가 표사사내를 잡아끌었다.

그냥 이만 하고 나가자는 표정이었다.

표사사내도 얼굴에는 억울함과 분노가 가득했지만 바쁜 일이 우선이었는지 그냥 참고 나가려고 했다.

화경이 두 팔을 벌려 그들 앞을 가로막았다.

"이대로는 못 가!"

기가 막히는 표정으로 표사사내가 무엇인가 말하려고 하자 그를 제지하며 뒤에 있던 다른 사내가 말했다.

"그럼 어찌하면 우릴 보내주시겠소?"

“이 집 국수 먹었지?”

“그렇소.”

“맛있었어?”

이 소녀가 도대체 무슨 말을 하고 싶은 것인지 두 사내는 난감한 표정이 되었다.

“맛있었소. 됐소? 이제 우린 가겠소.”

“안 돼! 내가 먹어보고 맛있으면 보내주겠어.”

“세상에 이런 억지가 어디 있단 말이오?”

두 사내가 나가려고 하자 화경이 소리쳤다.

“비영!”

비영은 난감한 표정을 지었지만 결국 두 사내를 막아섰다.

그때였다.

“이게 도대체 뭔 짓이냐?”

임철군이 그 모습을 내내 인상을 쓰며 보고 있다가 소리를 지른 것이다. 화경은 아버지를 보았음에도 별로 놀라는 기색도 아니었다. 아버지가 이미 와 있음을 알고 있었던 것 같기도 했다.

“흥! 역시 여기 와 계셨군요?”

“도대체 무슨 생각으로 이따위 짓을 하고 다니는 거냐?”

임철군은 이런 일이 한두 번 있는 일이 아니라는 것을 직감했다.

자신에게 반항하는 마음에 이 여인을 숱하게 괴롭혔으리라.

화가 부글부글 끓어오르는 임철군이었다.

“제게 이래라저래라 간섭 마세요.”

짝!

철군이 화경의 뺨을 때렸다.

화경이 그렁그렁한 눈을 들어 말했다.

"그래요. 전 필요없으시겠죠. 저 여자랑 잘사세요!"

눈물을 뿌리며 화경이 달려나갔다.

철군을 바라보는 비영의 얼굴에 송구함이 가득했다. 그러나 철군은 비영에게 별다른 책망을 하지 않았다. 오히려 비영에게 미안한 마음이 들었다. 보통 성격으로는 화경의 비위를 맞추기 어렵다는 것을 잘 아는 까닭이었다.

그런 철군의 마음을 아는지 모르는지 가볍게 인사를 건넨 비영이 화경의 뒤를 따라 황급히 나섰다.

"미안하오."

철군이 정중하게 사과했다.

일이 이렇게 되자 오히려 두 청년의 입장이 난처해졌다.

"아닙니다. 신경 쓰지 마십시오. 급히 서둔 저희 잘못도 큽니다. 그럼 저흰 바빠서 이만."

두 청년이 나가자 철군이 길게 한숨을 내쉬었다.

"미안하오."

이번이 사과는 여인에게 하는 말이었다.

여인은 말없이 고개를 저었다.

자신의 삶에서 가장 가까운 두 여자에게 모두 사랑받지 못하고 있는 철군이었다.

자단이 방주의 몫까지 아주 긴 한숨을 내쉬었다.

*   *   *

임철군이 이런저런 시름에다 자식 걱정까지 골머리를 싸매고 있던 그때 백이문주(百二門主) 공야무(公冶無)는 그가 표현할 수 있는 가장 황당한 표정을 짓고 있었다.

하촌 뒷골목 싸움에 신도방이 끼어들었다는 소리에 적당히 압력도 가할 겸 기세도 눌러놓을 겸 해서 어지간한 큰일이 아니면 안 쓰는, 그야말로 아끼고 아끼는 살귀삼웅을 보냈던 것이다.

그런데 그들이 피떡이 돼서 돌아왔다.

뭐, 싸움을 하다 보면 이길 수도 있고 질 수도 있었다. 백이문주 공야무는 한두 번의 패배로 수하들을 모질게 몰아세우는 속 좁은 주인은 결코 아니었다.

문제는 팔이 잘렸다든지 내장을 상했다든지 하는 부상을 입고 돌아온 게 아니라 그야말로 얻어터지고 돌아왔다는 데 있었다.

얼굴이 잘려 나간 게 아니라 퉁퉁 부어올랐다.

내장이 상한 게 아니라 온몸이 그저 멍투성이였다.

한마디로 신나게 두들겨 맞고 돌아온 것이다.

그리고 셋이 입을 모아 죽여달라고 복창을 하고 있었다.

이러니 공야무가 어찌 황당하지 않을 수 있겠는가?

"도대체 어떻게 된 일이냐? 권왕(拳王)이라도 만난 게냐?"

공야무의 힐책(詰責)에 셋은 아무 말도 하지 못했다.

차라리 그랬다면 돌아와서 할 말이라도 있었을 것이다.

셋의 입은 조개처럼 다물어져 열리지 않았고 고개는 버드나무 잎처럼 숙여졌다.

"에잇, 못난 놈들! 모두 물러나랏!"

고개도 들지 못한 채 셋이 대전을 빠져나갔다.

"보통 일이 아닙니다."

문주 옆에 서서 말없이 그들을 지켜보던 청년이 입을 열었다.

스물두셋 정도 되어 보이는 청년이었는데 전체적으로 인상이 간사해 보였다. 게다가 눈가가 어둡고 목소리 또한 착 가라앉아 있어 그다지 호감 가는 인상이 아니었다.

그가 바로 공야무의 아들이자 백이문의 소문주(小門主)인 공야패(公冶狽)였다. 어려서부터 무공보다는 잔머리 굴리는 데 일가견이 있었던 공야패는 꾸준히 그 성정을 발달시켜 지금은 백이문의 소문주 자리보다는 머리 쓰는 일에 앞장서고 있는 중이었다.

"신도방! 이놈들!"

공야무가 뿌드득 소리가 나도록 이를 갈았다.

"삼웅의 말에 의하면 처음 보는 얼굴이었다고 합니다. 신도방 쪽에서 새롭게 고수를 영입한 것이 틀림없습니다."

공야무의 표정이 더욱 일그러졌다.

"우릴 무시한 게야. 날 희롱하려고 삼웅을 죽이지 않고 살려 보낸 것이야."

"태호를 독식(獨食)하려는 더러운 본색을 드러낸 것이지요."

"안 될 말이지!"

신도방이 육십 년 역사라면 백이문은 구십 년 역사를 지니고 있었다. 태호에 뿌리를 내린 것도 백이문이 먼저였다.

강자의 아량으로 굴러들어 온 돌을 방치했더니 어느새 턱밑까지 파고들어 와 삽질을 하고 있는 격이었다.

그렇다고 쉽게 물러날 백이문이 아니었다.

백이문이 이 태호에 얼마나 뿌리 깊이 박혀 있는가를 똑똑히 보여줄 때가 드디어 온 것이다. 한낱 뜨내기들의 삽질에 흔들릴 백이문이 아니라는 것을 보여줄 때가 온 것이다. 백이문에게 있어 신도방은 언제나 뜨내기에 불과한 존재였던 것이다.

"삼웅을 저 지경으로 만들 정도면 보통 고수가 아닙니다."

공야패의 말에 공야무가 말없이 고개를 끄덕였다.

"이 일은 제게 맡겨주십시오."

"네게?"

공야패의 말에 공야무가 짐짓 걱정되는 표정을 지었다.

"대신 백마단(白魔團)을 제게 맡겨주십시오."

"백마단을?"

"네."

"진정 전쟁이라도 할 작정이냐?"

백마단이란 말에 공야무는 놀란 표정을 지었다.

"아직은 좀 더 두고 봐야겠지요. 하지만 미리 준비하지 않는다면 기습을 당하게 될지도 모릅니다."

그 말에 공야무가 고개를 끄덕이며 동조를 표했다.

'어차피 벌어질 전쟁이라면?

"좋다. 백마단을 네게 맡기겠다."

"감사합니다."

사실 백마단은 백마단이라는 거창한 이름이 붙어 있지만 백 명의 마인이 모인 그런 무시무시한 조직은 아니었다.

백이문의 무사들 중 성격이 잔인하고 난폭한 이들을 따로 뽑아 조직을 만들었는데 이를 백마단이라 이름 붙였던 것이다. 처음 만들었을 때는 숫자가 백 명이었는데 그때는 백이문이 가장 잘 나갈 때였고 현재는 사십여 명 정도 남아 있을 뿐이었다.

신도방 쪽에서는 이 조직을 가리켜 백견단(白犬團)이라 불렀다.

신도방에서 어떻게 부르든 현재 남아 있는 사십여 명의 백마단원들은 독종 중의 독종이라 불릴 만했고 이제 그 독종들을 머리 굴리는 데 이골이 난 공야패가 맡게 된 것이다.

"조심해야 한다. 네가 곧 백이문이란 것을 잊지 말고."

"알겠습니다."

"참, 그리고 방이가 곧 돌아올 것이라고 기별이 왔다."

공야무의 표정에는 기쁨이 가득했다.

"방이가?"

속내와는 다른 위선적인 반가움이 미소와 함께 퍼졌다.

공야방(公冶方)은 공야패의 동생이었다.

무공을 연마하러 무당(武當)의 속가제자로 들어간 동생이었다.

아버지 공야무 역시 무인 출신이라 그런 동생을 내심 크게 기대하고 있었다.

'그렇다면?'

아버지의 신임을 얻기 위한 공야패의 야비한 머리 속이 덜걱덜걱 소리를 내며 돌아가기 시작했다.

*　　　*　　　*

담린은 제갈혜에 대한 걱정으로 내심 초조했지만 남궁소천의 얼굴만 보면 웃음이 터져 나왔다. 날벼락을 맞은 지 한 시진이나 지났건만 그의 볼에 남은 손바닥 자국은 아직도 지워지지 않고 있었던 것이다.

국수집에 들렀던 두 청년은 바로 담린과 남궁소천이었다.

워낙에 자존심이 강한 소천인데다 남궁 가문의 장자(長子)인 그가 이렇게 뺨을 맞아볼 기회가 있었겠는가?

소천은 아직도 그 버릇없는 여자를 떠올리며 다음에 걸리면 크게 혼을 내주겠다고 내심 벼르고 있었다.

"그나저나 무작정 객잔에서 기다린다고 그가 나타날까?"

담린은 여전히 걱정스런 표정이었다.

"할 수 없지 않은가? 무작정 찾으러 돌아다닐 수만도 없는 노릇이고. 그가 태호로 오라고 했으니 알아서 찾아올 것이네."

"흠, 그래도……."

"서두른다고 해결될 일이 아니네. 이런 일일수록 침착해야 해."

담린은 소천의 이러한 면이 명문의 핏줄이라는 증거가 아닐까 하는 생각이 들었다. 동갑의 나이임에도 소천은 자신보다 두 배는 더 침착했고 세 배는 더 현명했다.

"일단 기다리면서 혜아의 행방에 대한 단서를 찾도록 노력해 보세."

전 같았으면 열등감에 괜한 반발심까지 들었겠지만 어젯밤의 대화로 남궁소천에 대한 감정이 많이 누그러져 있었다.

물론 소천이 단지 제갈혜와 친구 사이라는 것을 강조한 것이 크게 작용했지만 어쨌든 전보다 한결 편한 마음으로 소천을 볼 수 있게 되었다.

"아, 아까 소개받은 영춘객잔이 저기 보이네."

소천의 말에 담린이 그곳을 보았다.

그러나 이상하게 객잔 주위로 사람들이 많이 모여 있었다. 무슨 구경이라도 난 것 같았다.

"싸움이라도 난 걸까?"

담린의 말에 소천이 발걸음을 빨리하며 말했다.

"어서 가보세."

둘이 영춘객잔 앞으로 달려갔다.

거기서 그들이 볼 수 있었던 것은 이제는 객잔이라 부르기도 어려울 정도로 부서진 내부와 넋을 놓고 주방 앞에 퍼질러져 있는 숙수로 보이는 중년인, 구석에 앉아 담배만 뻐끔거리는 늙은이, 부서진 탁자에 앉아 대성통곡하고 있는 꼬마 점소이였다.

아마 무림인들 사이에 큰 싸움이라도 벌어졌던 모양이다.

담린과 소천이야 다른 객잔을 찾으면 되었지만 그들의 모습을 보니 왠지 측은한 마음이 생겼다.

그때였다.

한 사내가 당나귀가 끄는 수레를 끌고 객잔 앞으로 달려왔다. 수레에는 몇 개의 술통과 얼굴을 알아볼 수 없을 만큼 퉁퉁 부은 남자가 실려 있었다.

수레를 끌고 온 사내를 보자 울고 있던 점소이 꼬마 녀석이 십 년 전에 죽은 부모가 다시 돌아온 것 같은 얼굴로 달려나왔다.

"사부님!"

돌아서 가려던 담린과 소천은 사부님이란 말에 잠시 발걸음을 멈췄다. 어린 점소이와 저 남자 사이가 사제지간이라니? 자연 호기심이 일었다.

물론 사내는 우이였고 꼬마는 아평이었다

담린과 소천은 우이의 얼굴을 한 번도 보지 못했기 때문에 눈앞의 이 사내가 자신들의 대선배이자 소향이 그토록 그리워하는 그 사내란 것을 알지 못했다.

반면 우이는 객잔에서 신입 대원과 백호단과의 싸움이 났을 때 그들을 얼핏 보았지만 지금 구경꾼들 속에 묻힌 그들을 알아볼 상황은 아니었다.

"이게 어떻게 된 일이냐?"

우이가 다급히 묻자 아평이 울면서 그간의 사정을 말하기 시작했다.

"울지 말고 차근차근 말해 보거라."

"흑흑, 어떤 할아버지와… 흑흑, 흑오파 사람들이랑… 그런데… 크흑, 예쁜 누나한테 흑오가, 흑흑……."

한참을 훌쩍이며 늘어놓은 아평의 말을 요약하자면 어떤 노인과 아름다운 여인이 객잔에 왔는데 곧 이어 들어온 흑오파 사람들과 싸움이 났고 노인이 흑오파 사람들을 다 죽여 버렸다는 말이었다.

노인과 예쁜 누나란 말에 담린과 남궁소천의 귀가 번쩍 뜨였다.

둘은 서로를 쳐다보며 고개를 끄덕였다.

담백과 제갈혜가 틀림없어 보였던 것이다.

객잔을 둘러보니 마치 폭풍이라도 지나간 듯 엉망이 되어 있었고 아직까지 가시지 않은 피비린내가 음울하게 묻어나고 있었다.

"그럼 시체는 다 어디에 있느냐?"

"신도방에서 나와 가져갔어요."

"신도방?"

얼핏 들어본 적이 있었다. 백이문과 함께 태호의 가장 큰 방파라고 했던가? 우이의 표정이 굳어졌다.

"네, 이번에 죽은 사람들 중에 신도방 무사도 끼어 있었다고 했어요."

"근데 주인 어르신은? 그리고 아연은? 복대는?"

"신도방에서 조사할 것이 있다고 형님이랑 연이를 데려가 버렸네."

어느 틈에 나온 달호가 말했다.

"네? 아연은 왜요?"

우이의 가슴이 철렁 내려앉았다.

"흑, 원래 저를 데려가려고 했는데 연이 누나가 저 대신 끌려갔어요. 흑흑!"

대충 상황을 알 것 같았다. 그들이 시체를 챙겨가면서 목격자로 영춘과 아평을 데려가려 했고 아연이 아평 대신 나섰던 것이 틀림없었다.

"복대 형은 신도방 무사들에게 맞아서 뒷방에 누워 있어요. 주인나리랑 아연 누나 대신 가겠다고 나서다가 두드려 맞았어요. 흑흑."

"많이 다치진 않았네. 가벼운 타박상 정도네. 약을 발라뒀으니 며칠 쉬면 괜찮을 걸세. 그래도 대단했네. 얼마 전까지만 해도 오줌을 지려대던 놈이 제가 대신 가겠다며 악을 쓰며 달려드는데……."

‘대견한 놈.’

며칠 사이에 복대도 많이 변했다.

객잔 안에서 이 노인이 걸어나오며 말했다.

“죄가 없으니 곧 풀어줄 것이네.”

물론 그것이 당연한 이치겠지만 문제는 그것을 전혀 중요하게 여기지 않는 무림인들이 너무나 많다는 점에 있었다.

우이가 객잔에 온 이후 몇 차례 일어난 소동에도 언제나 차분함을 잃지 않는 이 노인이었다. 이번 역시 아연이 붙잡혀 간 상황임에도 흔들림이 없었다.

나이에서 오는 연륜의 차이인지 모를 일이었지만 이 노인에 비해 우이의 표정은 어두웠다.

“저 사람은 누구인가?”

이 노인이 우이가 끌고 온 수레에 실려 있는, 얼굴이 퉁퉁 부어 알아보기기조차 힘든 사내를 가리키며 물었다.

사내는 바로 종대였다.

우이는 두들겨 맞다가 결국 자신의 바짓가랑이를 잡은 채 정신을 잃은 그를 너무 심하게 손을 썼다는 미안함에 그냥 두고 올 수 없었던 것이다.

“나중에 말씀드리죠. 일단 제 방에 좀 데려다 주시겠습니까?”

“그러지. 어쩌다 이 꼴이 됐누? 걸레가 다 됐네그려.”

이 노인이 혀를 차며 수레를 끌었다.

우이가 아평에게 물었다.

“신도방이 어디에 있지?”

아평이 손짓 발짓 다 해가며 설명하기 시작하자 그와 동시에 구경꾼 사이에 있던 두 사내, 담린과 남궁소천의 귀가 쫑긋 세워졌다.

신도방과 백이문(4)

입이 찢어져라 하품을 하던 신도방의 정문위사 노박(盧珀)은 쏟아지는 잠을 쫓고자 머리통을 이리저리 흔들었다. 교대 시간이 불과 반 시진 남았지만 노박은 긴장을 풀지 않으려 필사적으로 노력했다.

요 며칠 사이 방의 분위기가 심상찮았다.

백이문과의 전쟁이 일어날 거라는 소문이 공공연히 나돌았다. 이런저런 핑계를 대며 낙향(落鄕)하는 무사들까지 생겨났다. 이런 흉흉한 상황에서 졸다가 상급자에게 걸리기라도 한다면 그야말로 치도곤을 당할지도 모를 일이었다.

그러나 눈꺼풀은 의지력보다 무거웠고 그의 고개는 절로 끄덕거렸다.

"여기가 신도방인가요?"

누군가 불쑥 묻는 바람에 노박은 깜짝 놀라 쥐고 있던 창대를 놓칠 뻔했다.

노박은 결코 졸은 것이 아니라 잠시 생각에 잠겨 있었다는 것인 양 최대한 눈에 힘을 주며 고개를 들었다.

눈곱 너머로 낯선 청년 하나가 서 있었다.

'휴······.'

노박이 내심 안도의 한숨을 내쉬었다.

만약 눈앞에 정문위사들 사이에서 개염라라 불리는 위사장 투양(鬪楊)이 서 있었다면? 하긴 만약 그랬다면 아직까지 이렇게 멀쩡하게 서 있지도 못했을 것이다.

안도의 한숨을 내쉬며 노박이 말했다.

"무슨 일이오?"

"여기가 신도방이 맞습니까?"

청년은 다시 한 번 물었다.

"그렇소."

"혹시 영춘객잔에서 잡혀온 사람들을 만나볼 수 있겠습니까?"

"영춘객잔?"

"네, 아까 낮에······."

"아!"

노박은 그가 누구를 찾는지 알 수 있었다.

한선의 시체와 함께 몇 사람이 잡혀왔다. 바로 그들을 말하는 것이 틀림없었다.

"지금 조사 중이라 불가능할 거요."

"언제쯤 끝날까요?"

청년은 쉽게 물러날 기세가 아니었다.

"그건 나도 모르오."

"책임자를 만날 수 있을까요?"

노박의 인상이 찡그러졌다.

노박은 참으로 세상이 많이 변했다는 생각이 들었다.

불과 십 년 전만 해도 감히 신도방의 정문위사에게 이렇게 꼬치꼬치 말을 걸 수 있는 간 큰 자는 없었던 것이다.

위사 선배들의 말에 의하면 큰 문파의 손님이 아닌 이상 무조건 반말을 했고 여차여차 맘에 안 들면 그냥 두들겨 패버리기도 했다고 한다.

그러나 시대가 바뀌었다.

정문위사는 그야말로 한낱 문지기로 전락하고 만 것이다. 방을 찾는 어떤 손님에게도 반말을 하지 못했고 친절하게 대해야 했던 것이다. 친절이 새로운 방규(幫規)가 된 것이다. 변두리 이류방파가 일류방파로 올라가기 위한 노력이기도 했다.

도대체 왜 그렇게 해야 명문 방파가 될 수 있는지 이해가 안 되는 노박이었다.

'제길, 난 시대를 잘못 타고난 거야.'

노박은 기껏 상대에게 으스대지 못하는 것을 아쉬워하는 사람이라면 어느 시대에 태어나도 비슷한 삶을 살게 될 것이라는 생각은 못한 채 눈앞의 청년이 귀찮게만 느껴졌다.

어쨌든 눈앞의 청년은 쉽게 물러나지 않을 것 같았고 노박은 한시라도 빨리 귀찮음에서 벗어나고 싶었다.

"죄가 없으면 빨리 풀려날 것이고 있다면 오래 걸리겠지."

은근히 말 마디마다 힘을 주며 까닥하면 너도 가둬 버리겠다는 협박조로 노박이 말했다.

그러자 청년은 한숨을 내쉬었다.

그리고는 길 건너 담벼락 밑으로 걸어가 궁상맞게 쪼그리고 앉았다.

나올 때까지 기다리겠다는 심산인지 아니면 무엇인가 골똘히 생각하는 것인지 알 수 없었다. 어쨌거나 노박의 협박은 성공적이었다.

　노박이 그 청년의 마음을 알 수 없었던 것은 당연했다. 당사자인 청년 역시 마음의 결정을 내리지 못하고 있었던 것이다.

　'그냥 부수고 들어가?'

　그 청년은 바로 우이였다.

　일단 급한 마음에 아평이 알려준 대로 신도방까지 한걸음에 달려왔지만 어떻게 해야 할지 결정을 내릴 수가 없었던 것이다.

　가장 쉬운 방법은 이것이었다. 사실 이곳으로 달려오는 내내 이 생각이 먼저 들었다.

　문을 박살 내고 들어가서 내공을 실어 신도방이 떠나가도록 이렇게 외치는 것이다.

　'감히 내 여자를 잡아가다니!'

　그리고 눈에 보이는 대로 다 패주고 아연을 안고 영춘객잔으로 돌아가는 것이다.

　우이는 고개를 가로저었다.

　가장 먼저 떠오른 생각이었지만 현실적으로 가장 불가능한 일이었다. 신도방의 힘이 얼마나 큰지, 어떤 고수들이 있는지를 떠나서 무사히 아연과 영춘을 구해 나온다 해도 문제는 그 다음부터였다. 그 뒷감당을 어떻게 할 것인가?

　결국 젊은 치기에 불과한 생각이었다.

　자신의 연인에게 잘 보이고 싶은 그런 철없는 욕망이었던 것이다.

　서른이란 적잖은 나이에 갖은 고민을 다 하며 어른인 척 굴어도 결국 아직 철부지라는 것을 증명하는…….

　그럼 몰래 담을 넘어 들어가 아연과 영춘을 구해 나온다?

　그러나 우이는 다시 고개를 저었다.

　그들이 없어진 것을 알게 되면 그들을 찾으러 다시 객잔으로 몰려올 것이고 문제는 더욱 커지게 될 것이다. 분명 무엇인가 숨기는 것이 있어 탈출했다고 생각할 것이 틀림없을 테니까.

그렇다면 무작정 기다리는 방법뿐인데 이것은 너무 불안했다.

물론 목격자 조사차 데려갔다니 별일은 없을 것이라는 생각이 들었다. 사실 영춘 혼자만이라면 그다지 걱정되지 않았다.

문제는 아연이었다. 조사 중에 어떤 돌발적인 일이 벌어질지 모를 일이었다.

한참을 고민하던 우이는 '일단 들어가서 잘 있는가 보기라도 하자' 라는 결론을 내렸다.

휘익!

우이의 신형이 소리없이 신도방 담장을 넘었다.

신도방을 지키는 무사들을 졸지에 '교대 시간만 기다리는 밥벌레'로 만드는 바람과 같은 경공(輕功)이었다.

그때가 바로 사방이 어둑해진, 그러니까 노박이 그 지루한 정문 근무를 드디어 교대하던 술시 초(戌時初)였다.

그리고 우이의 그 태산 같았던 걱정과는 달리 몇 가지 조사를 마친 영춘과 아연이 아무 일 없이 신도방의 뒷문으로 나오고 있던 순간이기도 했다.

"으아악!"

사내는 지난 삼십오 년간 살아오면서 자신의 목구멍으로 나온 그 어떤 소리보다도 더 큰 비명을 질러댔다. 보고만 있어도 그 원색의 공포에 이빨이 절로 달그락거려지는 시뻘겋게 달구어진 꼬챙이가 허벅지를 파고 들었기 때문이다.

"으으으! 제발!"

잠시 꼬챙이의 움직임이 멈췄다.

꼬챙이를 휘두르는 거한 옆에 이러한 고문과는 전혀 어울리지 않는 단아한 모습의 중년인이 물었다.

"누가 죽였지?"

"노인이 죽였습니다. 붉은 옷의 노인."

"왜?"

"여자 때문에."

"노인의 이름은?"

"모릅니다."

"여자의 이름은?"

"모릅니다."

"아니야. 넌 분명 무엇인가 알고 있어. 그 자리에서 유일하게 너만 살아남았어."

"전 아무것도 모릅니다. 제발……."

"크아악!"

사내의 비명에 장단을 맞춰 꼬챙이가 춤을 추었다.

"누가 죽였지?"

"내가 죽였다, 이 더러운 개자식아!"

사내의 눈이 뒤집혔다.

하나뿐인 눈알이었지만 오히려 두 개보다 더 무서워 보였다.

그러나 그의 욕설과 눈빛은 눈앞의 사내를 조금도 겁 주거나 흥분시키지는 못했다.

"아니야. 넌 아니야."

다시 꼬챙이가 사내의 허벅지를 유린했다.

비명 소리가 터지며 사내가 축 늘어졌다.

"한선은 너 같은 놈에게 죽을 사람이 아니지."

중년인은 바로 신도방의 모사 백리준이었다. 그리고 고문을 받던 사내는 바로 한쪽 눈알이 빠진 채 신도방으로 끌려온 흑오였다.

모든 흑오파가 죽은 것이 아니었다.

흑오는 담백에 의해 한쪽 눈알이 빠진 후 그대로 쓰러져 기절했었다.

그가 어렴풋이 정신을 차렸을 때 볼 수 있었던 것은 객잔 바닥에 누워 자고 있는 한선이었다.

'응? 무슨 일이지?'

그 옆에서 객잔의 꼬마 녀석이 구역질을 하고 있었다.

자세히 보려고 인상을 썼지만 머리가 깨어질 듯 아파왔다.

흑오는 '이상한 일이다' 라는 생각과 함께 다시 정신을 잃었다.

다시 정신을 차렸을 때 그는 이곳 신도방에 끌려와 있었다. 그리고 죽지 않을 정도로 대충 눈을 치료한 뒤 본격적인 고문이 시작되었던 것이다.

흑오는 고문을 당하면서 자신 외에 그곳에 있던 한선을 비롯한 모든 흑오파 수하들이 죽임을 당했다는 것을 알게 되었다. 자신은 눈알이 빠진 채 기절해 버렸기 때문에 오히려 살아남을 수 있었다는 것을 알 수 있었다.

사실 백리준은 이미 영춘객잔에서 데려온 두 사람, 즉 영춘과 아연으로부터 이미 자세한 이야기를 들은 상태였다.

흑오의 진술대로 한선을 죽인 사람은 붉은 옷을 입은 노인이 분명했고 그가 사실대로 말하고 있다는 것을 알고 있었다.

그럼에도 고문을 계속하는 것은 비단 그 자리에서 그만이 살아남았다는 의구심 때문만은 아니었다.

흑오파로 인해서 이 일이 시작되었고 누군가 한선의 죽음을 책임져야 했다. 어차피 흑오는 살아남기 어려웠고 혹시나 나올지 모를 정보를 위해 고문하는 것이었다.

백리준은 철저한 사람이었고 한 치의 실수도 용납하지 않는 성격이었다. 그는 흑오가 백이문과 내통한 이중 간세(二重奸細)일 만 분의 일의 가능성조차 놓치지 않으려 했다.

처음에 흑오파를 공격한 것은 젊은 청년이라고 했다.

그 청년을 잡으러 나간 한선이 이번에는 정체를 알 수 없는 노인에게 죽어 돌아왔다.

이해가 안 되는 부분이 한두 가지가 아니었다.

만약 그 두 사람이 백이문의 사람이라면 이번 싸움은 반드시 지게 될 것이다. 그들의 무공이 강해서가 아니라 이쪽은 상대에 대해 아무것도 모르고 있기 때문이었다.

"휴……."

백리준의 입에서 자연 한숨이 나왔다.

"좀 더 짜봐."

"네!"

"그리고 아직은 살려둬."

백리준은 시뻘건 꼬챙이를 든 거한만을 남긴 채 야속하게 돌아서 나가 버렸다.

흑오의 혼미한 머리 속으로 '아직은 살려둬'라는 말이 울려 퍼졌다.

'아직은? 그럼 나중은?'

결국 살길이 없다는 것을 말하는 것이리라.

말 그대로 죽도록 고문당하다가 휴지조각처럼 구겨져 죽게 될 것이다.

흑오의 하나밖에 없는 눈에서 눈물이 흘러내렸다.

그의 머리 위로 쏟아진 찬물이 그 눈물을 차갑게 씻어내렸다.

“자, 다시 시작해 볼까?”

거한이 누런 이빨을 드러내며 씩 웃었다.

이글거리는 화로에서 충분히 휴식을 취한 듯 쇠꼬챙이는 더욱 강렬한 기운을 뿜어내고 있었다.

치이익!

흑오의 비명 소리가 들리지 않았다.

거한의 손놀림에 자비가 생겨나서도, 흑오의 허벅지에 갑자기 호신강기(護身剛氣)가 생겨난 것도 아니었다.

꽈꽝!

바로 고문실의 철문이 폭발하듯 떨어져 나가며 그의 비명이 그 소리에 묻혀 버렸기 때문이다.

날아온 철문에 거한사내가 깔려 정신을 잃었다.

곧 이어 한 사내가 달려들어 왔다.

“아저씨! 아연아!”

우이였다.

흑오가 힘겹게 고개를 들었다.

문이 박살나면서 거한이 쓰러질 때 흑오는 자신이 살아날 수 있는 어떤 변수가 생겨났다는 것을 느꼈다.

희망에 들뜬 흑오가 힘겹게 고개를 들었다.

그러나 눈앞의 변수는 자신을 구해줄 생각은 않고 한참을 멀뚱하게 쳐다보더니 불쑥 말했다.

“어, 당신은? 아직 안 떠났군요?”

흑오는 그제야 눈앞의 사내가 일전에 백이문에서 온 고수라는 것을 알 수 있었다.

들어온 사내는 우이였다.

흑오에게 우이는 아직까지 백이문의 고수였다.

신도방 지하 구석에서 백이문에서 보낸 고수의 손에 결국 죽게 된다고 생각하는 흑오였다.

흑오는 자신의 기구한 팔자를 한탄하며 다시 정신을 잃었다.

미로와 같은 어둠 속을 헤매던 두 인영이 외전각(外殿閣)의 처마 그늘 아래로 몸을 숨겼다.

살다 보면 겉과 속이 다른 경우야 흔히 볼 수 있다지만 이건 정도가 심했다. 신도방은 겉으로는 평범한 장원에 불과했지만 그 속은 미로를 방불케 할 만큼 복잡했던 것이다.

게다가 곳곳에는 거미줄 같은 감시망이 펼쳐져 있었다. 한마디로 용담호혈(龍潭虎穴)과 같은 곳이었다.

"나가는 길조차 잃어버린 것 같아."

"너무 쉽게 생각했나?"

그들은 바로 신도방에 몰래 잠입한 담린과 남궁소천이었다.

비록 담백의 요구대로 태호에 오긴 왔지만 어디서부터 담백과 제갈혜를 찾아야 할지 난감했다.

영춘객잔을 지나다 우이와 아평의 대화를 들은 그들이었다.

담백과 제갈혜가 신도방의 무사들과 충돌이 있었다는 것을 듣고는 어둠이 내려앉자마자 신도방의 담을 넘었던 것이다.

일단 들어와 보면 어떤 단서라도 찾을 수 있지 않을까 하는 작은 바람이 있었다.

그러나 막상 들어와 보니 신도방은 결코 만만한 곳이 아니었다. 단서를 찾는 것은 고사하고 다시 돌아 나갈 길을 찾는 것도 만만치 않았던 것이다.

"이제 어떡하지?"

담린의 나지막한 말에 소천이 주위를 살피며 대답했다.

"더 찾아봐야지. 분명 무슨 단서가 있을 거야."

"담백과 신도방 사이에 무슨 원한이 있었을까?"

"글쎄, 모르지. 하지만 뭐든 알아내야 해. 그렇지 않고서는 우리가 담백을 당해내지 못할 거야."

소천의 말에 담린 역시 공감했다.

그들은 담백이 과연 비급을 준다고 순순히 제갈혜를 내놓을 것인가에 대해 의구심이 들었다. 지금 그들로서는 담백과 관계된 일이라면 아무리 사소한 것이라도 모두 알아내야 했다.

담백이 신도방 무사들을 모두 죽여 버린 데에는 어떤 이유가 있을 것이라고 생각하고 이곳 신도방에 잠입한 것이다.

그러나 그들은 담백이 한선을 죽인 것이 흑오가 제갈혜에게 흑심을 품은 시답잖은 이유로 시작된 우연한 결과였다는 것을 알지 못했다.

"쉿!"

저벅저벅!

순찰을 도는 무사 둘이 이쪽으로 걸어 들어왔다.

담린과 소천은 다시 몸을 날려 석등(石燈) 뒤로 몸을 숨겼다.

그 둘은 지루한 일상의 빠질 수 없는 낙이라도 되는 듯 종알종알 잘도 마누라 흉을 보며 지나갔다.

그나마 담린과 소천이 아직껏 들키지 않고 있었던 것은 신도방 내의 순찰무사들에 비해 그들의 무공이 한두 수 위였던 때문이다.

다시 그들은 어둠의 힘을 빌려 또 다른 어둠 속으로 사라졌다.

그들은 순찰무사들의 감시를 피할 만큼 민첩하게 움직였지만 그러한 모습을 지켜보는 한 쌍의 눈동자가 있다는 것은 알지 못했다.

이상한 것은 그 제삼의 눈동자의 반응이었다.

그는 침입자들을 보고도 고함을 지른다거나 혹은 은밀하게 무사들을 모은다거나 하는 어떠한 행동도 하지 않았다.

다만 고개만 한 번 갸웃할 뿐이었다.

그도 그럴 것이, 그는 바로 방금 전 고문실을 나와 다시 신도방을 빠져나가려던 우이였던 것이다.

우이가 고문실의 문을 부수고 달려들어 간 것은 그 안에서 들려오던 비명 소리가 영춘이라 생각한 때문이었다.

신도방의 이곳저곳을 제집처럼 돌아다니던 우이는 장원 뒤쪽의 한 외진 건물에서 찢어지는 비명 소리가 흘러나오는 것을 들었다.

아연에 대한 걱정으로 심란했던 우이는 앞뒤 가리지 않고 비명 소리의 근원지를 향해 달렸던 것이다.

그 소리를 영춘의 소리라 생각했던 우이는 제발 영춘과 아연에게 아무 일도 없기를 바랐다.

'만약 그들에게 무슨 일이 생겼다면?'

자신이 어떻게 변할지 스스로도 두려웠다.

문을 부수고 달려들어 간 곳에는 영춘과 아연 대신 흑오파의 두목인 흑오가 한쪽 눈은 어디다 팔아버렸는지 애꾸가 된 채 만신창이가 되어 있었다.

그 모습에 흑오에게는 미안한 이야기지만 우이는 안도의 한숨을 내쉬었다. 만약 그 모습을 한 채 영춘이 있었다면? 아연이 있었다면?

상상만 해도 끔찍한 일이었다.

우이가 돌아서 나가려는데 흑오의 입에서 가느다란 말이 새어 나왔다.

"…살려줘."

의식을 잃어가면서 흑오가 본능적으로 말했다.

돌아서 나가려던 우이의 발걸음이 멈췄다.

우이는 흑오가 왜 이곳에 이런 꼴로 있는지 알지 못했다. 사실 알고 싶지도 않았고 관여하고 싶지도 않았다. 잠시 갈등하던 우이의 발걸음이 입구 쪽으로 한 발짝 움직였다.

"제발… 살려… 주세요."

흑오는 사력을 다해 다시 한 번 간절하게 말했다.

우이가 고개를 돌려 흑오를 보았다. 의식을 잃어가면서도 흑오는 자신에게 내려온 마지막 동앗줄을 잡기 위해 안간힘을 쓰고 있었다. 눈알이 빠진 채 흉측하게 일그러진 눈가로 가느다란 핏물이 흘러 내렸다.

'아!'

우이가 탄식을 내뱉었다. 우이는 의식을 잃으면서까지 살려달라고 애원하는 사람을 그냥 두고 나올 만큼 독한 사람이 아니었다.

그러나 그를 데리고 나가는 것은 두고두고 화근이 될 만한 일이었다.

"휴……."

우이가 다시 긴 한숨을 내쉬었다.

고문실을 나온 우이가 다시 몸을 날렸다.

그리고 우이가 막 신도방을 빠져나가려 몸을 날리려던 순간 저 멀리 은밀하게 움직이던 담린과 소천의 모습을 보았던 것이다. 워낙 먼 거리의 어둠 속이라 제대로 얼굴을 확인할 수는 없었지만 그들의 행동으로 봐서 신도방 사람들이 아니라는 것만은 확신할 수 있었다.

"이곳 주인은 원한이 많은 사람인가 보군."

우이는 신도방주 임철군이 들으면 꽤나 억울해할 평가를 내리며 신도방의 담을 다시 넘었다. 우이의 등에는 마치 한 자루 철검에 매달린 검붉은 수실처럼 피투성이의 흑오가 대롱대롱 매달려 있었다.

삐익!

비상 호각 소리가 울리자 신도방이 잠에서 깨어났다.

곳곳에서 호각 소리가 연이어 들렸으며 사방이 환하게 밝아지기 시작했다. 횃불을 든 무사들이 담 주위를 철통같이 에워싸기 시작했고 '도대체 이 많은 사람들이 지금까지 어디에 있었을까?' 라는 생각이 들 만큼 수많은 무사들이 쏟아져 나왔다.

"무슨 일이냐?"

밖의 소란과는 대조적으로 신도방주 임철군은 차분하게 말했다.

위기의 상황일수록 더욱 침착해지는 그였다.

그는 같은 병력과 조건이라도 결국 승패가 나는 것은 그것을 다루는 자의 기량 때문이라 굳게 믿고 있었다.

"침입자가 있다고 합니다."

어디에선가 자단의 목소리가 들려왔다.

"침입자?"

"네."

"백이문인가?"

"거기까진 아직 확인되지 않은 듯 보입니다."

"으음."

임철군이 나지막한 신음을 내뱉었다.

똑똑!

그때 누군가가 문을 두드렸다.

"들어오시오."

들어온 이는 바로 백리준이었다.

"백리 군사, 무슨 일이오?"

"옥(獄)에 가둬둔 흑오란 자가 탈출했습니다."

"흑오?"

철군이 모르겠다는 듯한 얼굴로 되물었다.

"이번에 한 대협과 함께 있었던 흑오란 자이옵니다. 의심스러운 점이 있어 조사를 하던 중이었는데 과연 그자는 백이문의 간세였던 것 같습니다."

그 말에 철군의 표정이 일그러졌다.

"그렇다면 그놈의 농간으로 한 동생이 변을 당한 것이란 말이오?"

"아직 확실하진 않습니다."

백리준이 신중하게 말했다.

"흠!"

"하지만 어떤 식으로든 연관이 있을 겁니다. 그렇지 않다면 백이문에서 이렇게 구하러 오진 않았을 테니까요."

"침입자들은?"

"죄송합니다만 흑오란 자는 이미 놈들이 빼돌렸습니다."

“흐음!”

철군의 얼굴에 노기가 퍼져 나갔다.

“하지만 일부 잔당들은 아직 빠져나가지 못한 것으로 보입니다. 지금 수색 중에 있습니다.”

“백이문 이놈들!”

철군이 두 주먹을 꽉 움켜쥐었다.

그러잖아도 어떻게든 복수를 해야겠다고 마음먹고 있던 철군이었다. 그런데 이제 안방까지 들어와 슬금슬금 신경을 건드리고 있는 것이다.

그러나 태호에서 둘째가라면 서러울 머리를 가진 백리준도 한 가지 간과한 사실이 있었다.

신도방은 백이문만 침입할 수 있는 곳이 아니라는 점이었다. 백이문과의 전면전을 앞둔 근래의 급박한 상황들은 그로 하여금 폭넓은 사고를 하지 못하게 하였다.

철군의 얼굴이 굳어졌다. 한선의 죽음만 생각하면 아무리 감추려고 해도 어쩔 수 없는 노기가 치밀어 올랐다.

“그자를 반드시 다시 잡아오시오!”

“네, 알겠습니다!”

말없이 철군이 돌아서자 백리준의 발걸음이 바빠졌다.

혹오가 그 대문 근처에도 한 번 가본 적 없던 백이문의 첩자가 되고 있을 때 담린과 남궁소천 역시 혹오를 구출하러 온 백이문도가 되어 열심히 쫓기고 있었다.

삐익!

긴 호각 소리의 끝자락에 바쁘게 손발을 놀리고 있는 두 젊은이. 물론 담린과 소천이었다.

“왜 갑자기 몰려 나온 거지?”

남궁소천이 앞을 막아서는 순찰무사의 배를 걷어차며 말했다.

그러나 담린은 대답할 여유가 없었다. 자신을 찔러오는 네 개의 창대 위로 몸을 날리고 있던 중이기 때문이었다. 담린의 몸이 창대 위에서 한 차례 공중제비를 돌았다. 다시 창대를 밟고 뛰어오른 담린의 두 발이 풍차처럼 회전했다. 회륜각(廻輪脚)이라 불리는 것으로 사방에서 달려드는 적을 제압하기 위한 일종의 각법(脚法)이었다.

퍽! 퍽! 퍽! 퍽!

네 명의 사내들이 동시에 몸을 뒤집으며 쓰러졌다.

급한 마음에 무의식적으로 사용했지만 결과는 훌륭했다. 그러나 담린에게는 자신의 가전무공(家傳武功)으로 거둔 첫 실전(實戰)의 결과에 대해 자축(自祝)하고 있을 여유가 없었다.

다시 열댓 명의 사내들이 저 멀리서 달려오고 있었기 때문이다.

“일단 뛰어!”

담린과 소천은 다시 달리기 시작했다.

우이가 흑오를 업고 영춘객잔으로 돌아왔을 때 영춘과 아연은 이미 돌아와 있었다. 아연은 객잔 밖에 서서 우이가 돌아오기만을 기다리며 발을 동동거리고 있었다.

우이를 보자 아연이 달려왔다.

“걱정했어요. 신도방을 찾아갔을지도 모른다는 말에… 제가 다시 가려다가… 다시 가려다가……”

아연의 눈에 눈물이 그렁해졌다.

우이가 기나긴 안도의 한숨으로 대답을 대신했다. 그 하나만으로도 아연은 그가 얼마나 자신을 걱정하고 있었는지 알 수 있었다. 세상에는 굳이 말하지 않아도 알 수 있는 것들이 있는 법이다.

객잔 식구들이 모두 달려나왔다.

우이의 등에 업힌 흑오를 보고 이 노인이 말했다.

"이 친구는 또 누군가?"

평소 그토록 이를 갈던 흑오였지만 온통 피투성이에 애꾸까지 된 그를 아무도 알아보지 못했다.

"잠시 치료만 해주고 보낼 사람입니다."

"요즘 시체를 달고 다니는 게 취미가 됐네그려."

"죄송하지만 이 친구도 제 방에 좀 데려다 주시겠습니까?"

"그러세. 의원을 차려도 되겠네."

이 노인이 흑오를 업고 우이의 방 쪽으로 사라졌다.

무사히 돌아온 우이의 어깨를 영춘이 가볍게 다독여 주었다.

그러나 영춘은 하루 사이 너무나 초췌해져 있었다.

그도 그럴 수밖에 없는 것이 신도방에서 받은 조사는 영춘의 피를 말렸다. 평생을 살며 단 한 번도 송사(訟事)에 얽힌 적이 없던 그였다. 말 그대로 법 없이도 살 그였지만 살인 사건에 잘못 개입되면 큰 봉변을 당할 수도 있다는 것쯤은 잘 알고 있었다. 다행히 신도방에서 자신과 아연을 풀어주었지만 머리털이 한 움큼은 빠지고 주름의 골이 두 배는 더 깊어진 듯한 시간이었다.

게다가 돌아와 부서진 객잔을 보니 절로 한숨이 나왔다.

부서진 것은 탁자와 의자만이 아니었다. 곳곳의 벽에 구멍이 뚫렸으며 이층으로 올라가는 계단은 아예 폭삭 내려앉았다. 수리를 하는 데 만만찮은 비용이 들 것이고 그동안 장사도 못할 것이다.

그날의 일을 생각하면 자다가도 소름이 끼쳤다. 그 작달막한 노인은 인간이 아니었다. 어찌 그렇게 대수롭지 않게 사람들을 죽여 버릴 수 있단 말인가? 영춘으로서는 두 번 다시 보고 싶지 않은 잔인한 광경이었다.

혹오파라면 치를 떨던 영춘이었지만, 그들이 비록 더없이 게으르고 난 폭했던 악인들이었지만 그토록 허무하게 죽고자 태어났던 삶은 아니었을 것이다. 누가 과연 그 노인에게 그들의 생명을 앗아갈 수 있는 자격을 주었단 말인가? 그게 바로 무림인들이 말하는 힘의 논리인가?

영춘이 알고 있는, 강하기에 약한 것을 마음대로 죽일 수 있는 세계는 오로지 짐승들의 세계뿐이었다.

삼십 년간 객잔을 꾸려오며 수없는 무림인들을 보아온 영춘이지만 그들에 대한 공포와 혐오에 다시 한 번 온몸을 부르르 떨었다.

그건 다른 객잔 식구들도 마찬가지였다.

피곤함에 지친 그들을 보자 우이는 내심 마음이 아팠다.

모든 게 자신 때문에 벌어진 일이 아닌가 싶었다.

'내가 이곳에 오지 않았다면?'

그런 우이의 마음을 들여다본 사람처럼 영춘이 애써 밝게 웃으며 말했다.

"자, 이제 모두 바쁘게 생겼네, 이걸 다 치우려면."

"자기 맡은 곳만 열심히 치우면 되지요."

달호가 진지한 표정으로 말했다.

그 말에 영춘이 새우눈이 되었다.

"자기 맡은 곳이라?"

"…네."

"흐음, 그러니까 자네는 숙수니까 주방만 맡으시겠다?"

주방은 접시 하나 깨지지 않은 상태였다.

내심 찔끔한 달호가 헛기침을 했다.

"형님이 정해주시는 일을 말하는 거였습니다."

"오호, 그래?"

"그럼요. 저 그렇게 치사한 놈 아닙니다."

“음, 그럼 자네에게 일을 맡기겠네. 일층 식탁이랑 의자, 그리고 부서진 난간이랑…….”

“어이쿠! 형님!”

달호가 영춘의 푸짐한 허리에 매달리자 그 모습에 모두 웃음을 터뜨렸다. 모두의 마음은 무거웠지만 억지로라도 힘을 내려고 노력했다.

복대의 찢어지는 비명 소리가 들린 것은 바로 그때였다.

복대는 태어나서 가장 심각한 고민을 꿈속에서 하고 있었다.

지금까지 단 한 번도 사랑다운 사랑을 못해본 그였다.

그러나 지금은 아니었다.

그의 양 옆으로 천하제일의 미녀가 둘이나 서 있었기 때문이다.

누군가 이렇게 물어볼 수 있을 것이다.

“혹시 영춘객잔을 찾은 손님이 아니냐?”

“크하하하!”

복대는 어찌나 후련하게 웃었는지 그의 호탕한 웃음은 꿈속을 빠져나가 잠꼬대라는 형식으로 현실 세계에까지 전해졌다.

지금 꿈속에서 복대는 점소이가 아니었다.

그는 이제 막 강호일통(江湖一統)을 꿈꿨던 악의 세력을 물리친 영웅이 된 순간이었던 것이다. 과연 두 번 다시 꾸기 어려운 신나는 꿈이었다.

구파일방의 장문인을 한꺼번에 몰살시킨 고금제일의 마인이 자신에게 마지막 한마디를 던졌다.

“크윽! 대단하군.”

마인이 서서히 쓰러졌다.

천지를 뒤덮는 함성이 터져 나왔다.

복대가 아주 천천히 자신이 할 수 있는 최대한의 멋진 동작으로 함성이 난 곳을 향해 몸을 돌리자 그곳에 모인 수천 명의 군웅들이 자신의 이름을 부르며 열광했다.

"천하제일(天下第一) 무적신검(無敵神劍) 복 대협 만세!"

이제 남은 것은 선택이었다.

복대가 왼쪽의 여인에게 고개를 돌렸다.

청초하고 아름다운 여인, 한 떨기 백합을 연상시키는 여인이었다.

이번에는 오른쪽으로 고개를 돌렸다.

정열적이고 매혹적인 여인, 한 송이 장미를 연상시키는 여인이었다.

누구를 선택해야 할까?

두 여인 모두 자신을 선택해 달라는 애절한 눈빛으로 자신을 바라보고 있었다.

'아, 두 여인 모두 데리고 떠날 수는 없을까?

복대는 가슴이 답답해지고 숨이 막혀왔다. 하지만 이런 선택의 고통이라면 평생을 해도 좋을 것 같았다. 숨이 막혀 죽어도 좋았다.

바로 그때였다.

"참, 마지막으로 뭐 하나 물어보세."

쓰러져 있던 마인이 벌떡 일어나더니 말했다.

"어? 뭐지?"

죽었던 그가 다시 살아났으며 목소리는 이상하리만치 생생했다.

앞으로 한 달은 상상만 해도 행복했을 복대의 꿈이 개꿈으로 전환되는 순간이기도 했다.

"근데 자네 무공은 이름이 뭔가?"

"이름요?"

생각지도 못한 일에 놀란 복대는 존대를 하고 말았다.

"내 무공은 잔혼탈백도(殘魂奪魄刀)라 불리네. 멋있지?"

“으음, 멋있군요.”

“그래, 그래서 자네 무공 이름은 뭔가?”

“내 무공의 이름은, 이름은……..”

“설마 이름을 모르는 것은 아니겠지?”

모든 군웅들의 시선이 자신에게 집중되었다.

“이름은……..”

“사부님도 모르신다고 했는데……..”

군웅들에게서 야유가 터져 나오기 시작했다.

“우! 우!”

가슴이 답답해지 머리가 어지러워졌다.

마인이 비웃으며 말했다.

“세상은 이름없는 것에는 관심을 기울이지 않는다네. 몰랐나?”

“하지만?”

당황한 복대의 표정에 군웅들의 야유는 더욱 커졌다.

“우! 우!”

“미안하지만 지금까지의 것은 모두 무효네. 자넨 다시 점소이로 돌아
가게!”

마인과 미녀, 군웅들이 순식간에 그에게서 멀어져 갔다.

“안 돼!”

찢어지는 비명 소리와 함께 복대가 깨어났다. 어찌나 소리가 컸던지
천장이 들썩였고 그 소리에 놀라 양 옆에 누워 자던 두 사람도 같이 깼다.

두 사람이 스르르 일어나 앉았다.

방 안에는 저녁 무렵의 어둑함이 이제 막 내려앉고 있었다.

복대는 왜 이리 답답한가 했더니 좁은 우이의 방에 세 사람이나 자고 있
었던 것이다. 두 미인을 고를 때 왜 그리 답답했는지 이제 이해가 되었다.

어제 영춘과 아연이 끌려가는 것을 막다가 신도방 무사들에게 얻어터졌던 기억이 났다. 이 노인이 이곳까지 자신을 업고 온 것도 기억이 났다. 아직까지 온몸이 뻐근했다.

'아평 녀석, 또 집에 안 가고 여기서 잤구나.'

가끔씩 우이의 방에서 자는 아평이었다. 그러나 셋이 자기에는 비좁았다.

"무서운 꿈을 꿨어요, 사부님."

사부라고 부르지 말라고 해도 악착같이 우이를 사부라 부르는 복대와 아평이었다.

복대는 아쉬운 한숨을 내쉬며 우이와 아평에게 꿈 이야기를 늘어놓기 시작했다.

복대는 한참을 혼자서 이야기했다.

그러나 이상하게도 우이나 아평은 한마디도 하지 않았다.

복대가 비로소 그들을 향해 고개를 돌렸을 때 그의 입에서 좀 전의 비명과는 비교도 할 수 없는 커다란 비명이 터져 나왔다.

우이와 아평 대신 얼굴이 퉁퉁 부운 종대와 한쪽 눈알이 빠진 흑오가 그의 양 옆에 나란히 앉아 자신을 쳐다보고 있었던 것이다.

그건 복대의 입장이었고 흑오와 종대의 입장은 달랐다. 시끄러운 소리에 잠에서 깨니 이상한 녀석이 이상한 소리를 늘어놓고 있었다.

그들 역시 이곳이 어디인지, 또 왜 자신이 이곳에 누워 있는지 전혀 모르는 어리둥절한 표정들이었다. 그렇지 않고서야 필생의 숙적인 그들이 코앞에서 서로 마주 보고 있음에도 두 눈만 끔벅이지는 않았을 것이다.

덜컥!

그때 방문이 열리며 놀라 달려온 우이가 고개를 들이밀었다.

비명 소리는 셋으로 늘어 영춘객잔을 뒤흔들었다.

⑬ 단주회의

단주회의

새로운 무림맹주 취임 이후 첫 단주회의(團主會議)가 열렸다.

단주회의는 맹주와 각 단의 단주, 그리고 각 부서의 책임자들이 참석하여 맹의 대소사를 결정하는 중요한 회의였다.

오늘은 다른 날보다 더욱 특별한 날이었다.

비단 첫 회의라서가 아니라 오늘 드디어 각 부서의 새로운 책임자들이 발표되는 날이기 때문이었다. 발표 이후 한 달여의 인수인계 기간을 거쳐 각 조직들은 새로운 주인을 맞게 되는 것이다.

강남과 강북으로 대변되는 큰 두 세력이 지금껏 번갈아가며 맹 내의 요직을 차지했었다.

현재 맹 내 요직의 팔 할 이상이 강북 출신 인사들로 구성되어 있었다. 그것은 바로 전대 맹주가 강북 출신이었다는 것이 크게 작용했다. 전대 맹주 역시 그러한 점을 고치겠다고 공언하고 임기를 시작했지만 결국 실패한 일이 바로 이 인사 문제였던 것이다.

회의가 열리는 객청으로 한두 명씩 모여들기 시작했다.

표정이 굳어 들어온 이들은 모두들 강북 출신 인사들이었다. 그에 비해 강남 출신들의 표정에는 다소 여유가 있었다. 이제 새롭게 물갈이가될 것이고 적어도 강남 출신이 먼저 잘려 나가는 일은 없을 것이다.

그때 청룡단주 사군룡과 백호단주 상호열이 나란히 객청 안으로 들어섰다.

모두들 일어나서 가볍게 예를 갖췄다.

"어서 오십시오."

"반갑소이다."

청룡단과 백호단.

무림맹의 가장 강력한 조직의 두 주인들이었다.

단주들의 직계(職階)는 서로 같았지만 무림맹의 대표적인 무력 집단이청룡단과 백호단인만큼 그들의 위세는 결코 무시할 수 없었다.

여느 때와 다름없는 인사들이 오고 갔지만 자신들을 보는 모두의 시선이 예전과 달라졌다는 것을 두 사람은 느낄 수 있었다.

그 이유는 그들도 잘 알고 있었다.

바로 두 사람 모두 강북 출신이었던 것이다.

교체 바람과 함께 가장 먼저 잘려 나가게 될 운명.

화무십일홍(花無十日紅)이요 권불십년(權不十年)이라 했던가?

드디어 강북의 시대가 가고 강남의 시대가 도래한 것이다.

그러한 시선에 두 사람은 모두 씁쓸한 마음이 되었다.

그동안 그들이 청룡단과 백호단을 위해 얼마나 헌신해 왔던가? 수장(首長)의 출신 지역에 따라 자신의 운명이 바뀔 수밖에 없다는 현실이 너무나 안타까웠다.

그러나 할 수 없는 일. 어차피 자신들이 이 자리에 있게 된 것 또한 그러한 강북 출신의 맹주 덕분이 아니었던가?

그리고 보면 강호는 너무나 많이 나누어져 있었다.

정(正), 사(邪), 마(魔)의 구분으로 시작해서 출신 지역에 따른 구분, 검가(劍家)냐 도가(刀家)냐 등에 의한 구분, 구파일방 출신이냐 사대세가 출신이냐 등등, 정말로 거미줄처럼 복잡하게 나누어져 있었다.

자신이 어떠한 부류에 속해 있든지 실력이 모자라거나 운이 나쁘면 결국 한칼에 죽는 곳이 강호였다. 어쩌면 강호는 그 단순한 약육강식(弱肉强食)의 논리를 감추기 위해서 이러한 복잡한 가면을 요구하고 있을지도 모를 일이라는 생각에 상호열은 고개를 저었다.

상호열은 직위에 그다지 미련이 없는 사람이었다.

전통 깊은 강북의 권가(拳家)인 상가장(尙家莊)의 둘째인 그는 전형적인 무인이었다. 전대 맹주와의 우연한 인연으로 백호단주의 자리를 맡게 되었지만 그는 언제나 떠날 준비가 되어 있는 사람이었다.

그에 비해 청룡단주 사군룡은 야망이 큰 사람이었다.

강호삼대도법고수(江湖三大刀法高手) 선풍도(颱風刀) 사군 대협.

보통의 강호인이라면 꿈에서라도 한 번 듣고 싶은 위치에 올라섰지만 그는 이 정도에 만족하는 사람이 아니었다. 그러했기에 두 차례의 맹주가 바뀐 지난 십 년간 청룡단주의 자리를 차지할 수 있었던 것이다.

사군룡의 표정은 내내 어두웠다.

'어떻게 키운 청룡단인데……'

고작 무림맹주가 강남 출신이라는 이유로 그 모든 것을 포기해야 한다는 것은 실로 끔찍한 일이었다.

그때 문이 열리고 무림맹주 구양호가 들어왔다. 그 옆으로 현무단주 혁월이 보좌를 하였고 뒤이어 주작단주 사연랑이 따라 들어왔다.

모두들 일어나 정중히 예를 갖췄다.

"자, 앉읍시다."

잠시 장내에 침묵이 흘렀다.

"모두들 반갑습니다."

맹주의 밝은 인사에도 모두들 긴장된 표정들이었다.

그 심정을 잘 알겠다는 듯 맹주가 바로 본론으로 들어갔다.

"각 조직의 새로운 인사를 발표하겠습니다. 후임자에 대한 인수인계에 부족함이 없도록 만전을 기해주시오."

맹주가 담담한 어조로 각 부서의 책임자들을 발표하기 시작했다.

모두의 표정에 놀라움이 번져 나갔다.

특히 내내 어두운 얼굴을 감추지 못했던 사군룡의 얼굴은 놀람으로 가득 찼다.

청룡단의 책임자로 다시 자신이 임명된 것이다.

그뿐만 아니라 백호단 역시 그대로 상호열이 맡게 되었고 일부 몇 명의 수장들만 교체되었을 뿐 대부분의 인사들이 그대로 연임(連任)되었던 것이다.

장내는 일순 술렁거렸다.

전혀 예상치 못했던 결과가 나온 것이다.

발표를 끝낸 맹주가 주위를 돌아보며 서서히 입을 열었다.

"더 이상 무림맹에 출신 지역에 따른 인사는 하지 않을 작정이오. 게다가 지금은 무림대회라는 커다란 일을 앞두고 있는 시점에서 불필요한 인사 이동은 배제하기로 마음먹었소. 여러분들께서도 그러한 것들에 흔들리지 말고 의(義)와 협(俠)에 따라 맹에 충성해 주기를 바라오."

"명을 받드옵니다!"

모두의 목소리에 힘이 들어갔다.

맹주가 다시 나지막한 어조로 말했다.

“무림맹은 강남의 것도 강북의 것도 아닌 모든 강호인의 것이오.”

맹주의 말은 단호했고 모두의 표정에는 감탄의 빛이 떠올랐다.

이러한 맹주의 결단은 숱한 도전과 압력을 받게 될 것이다. 어쩌면 실각(失脚)의 위험까지 있는 결정이었다.

그러한 것을 알면서도 이러한 결정을 내린 맹주는 실로 대단한 인물이라는 생각이 들었다.

“자, 그럼 본격적으로 회의를 시작합시다.”

맹주가 미소를 지으며 말했다.

‘과연 맹주의 저 단단한 신념이 어디까지 갈 수 있을까?’

그러면서도 사군룡은 어쩌면 이번 무림대회에서 정말로 마교 교주를 보게 될지도 모르겠다는 생각이 불쑥 들었다.

‘설마?’

사군룡은 이내 고개를 흔들며 잠시 떠올랐던 헛된 망상을 생각지도 못한 연임의 기쁨으로 깨끗이 지워 버렸다.

“오라버니.”

떠가는 구름을 한참이나 말없이 바라보던 사연랑이 불쑥 혁월에게 말했다.

그 말에 혁월은 다소 의외의 표정이 되었다.

“오랜만이지요, 제가 오라버니라고 부른 게?”

“그렇군.”

회의를 마치고 나오던 사연랑이 잠시 혁월에게 시간을 내달라고 하자 맹주가 혁월의 등을 떠밀어 사연랑에게 보내주었다.

요즘 직접 맹주 호위를 맡은 혁월이었다.

맹주 역시 혁월이 직접 호위를 맡아준 것에 대해 고맙게 생각하고 있었다. 그리고 자신을 지키려다 부상당한 철무나 자신의 딸을 호위하기 위해 출맹한 소향 등, 현재 현무단의 어려운 사정을 잘 알기에 혁월의 호위가 미안하기까지 했다.

맹 내에서는 여유를 가져도 되겠건만 혁월은 맹주의 곁을 한시도 떠나려 하지 않았다. 지금의 여유도 맹주가 억지로 등을 떠밀어서야 겨우 이루어진 것이었다.

"그동안 너무 바쁘게 살아온 것 같아요."

사연랑의 말에 혁월이 고개를 끄덕였다.

"공적(公的)인 대화 외엔 거의 나누지도 못했지요."

사연랑이 다시 아쉬움을 내비치자 혁월은 그러한 사연랑의 마음을 이해할 수 있을 것 같았다. 혁월과 사연랑은 오래전부터 알고 지낸 동료이자 친구이자 오누이였다.

십오 년 전 혁월이 막 현무단주가 되었을 때 사연랑은 주작단에 갓 입맹한 신입 대원이었다.

이후 사연랑은 자신의 재능을 마음껏 발휘해서 승승장구 진급을 거듭했고 무인이라기보다는 지략가였던 사연랑은 현무단의 도움을 많이 받았던 것이다.

그사이 혁월이 그녀를 구해준 적도 몇 번이나 되었다.

지금은 아무래도 덜하지만 마교와 무림맹의 담장을 하루에도 몇 번씩 살수들이 넘나들던 시절이 있었다.

사연랑은 혁월을 오라버니처럼 생각했고 둘은 정말로 친 오누이처럼 가깝게 지냈다.

그러나 그 뒤 혁월의 아내가 집을 나가자 그때부터 혁월이 조금씩 변하기 시작했다.

활발하던 그의 성격은 침울하게 바뀌었고 오로지 일에만 열중하기 시

작했던 것이다. 거기다가 사연랑이 주작단주에 오르면서부터는 업무가
바빠 이런 자리 한 번 제대로 내지 못하고 세월을 보내왔던 것이다.

"벌써 십오 년이 지났구나."

혁월의 말에 사연랑의 시선이 다시 하늘을 향했다.

세월이 지나가는 것이 꼭 저 구름이 흘러가는 것 같다고 생각되었다.

구름을 가만히 보고 있으면 너무나 천천히 움직여 거의 움직이지 않는
것처럼 보인다. 그러다가 잠시 다른 곳에 정신이 팔렸다가 다시 올려다
보면 잠시 전의 그 구름은 온데간데없고 이미 다른 구름들이 그 자리를
차지하고 있는 것이다. 세월이 흐르는 것도 그와 같으리라.

오래전 사연랑이 하늘을 보았을 때 그곳에는 꽃다운 열여섯 여인의 모
습을 한 아름다운 구름이 있었다. 오늘 다시 하늘을 보자 외로운 중년 여
인의 모습을 한 구름만이 덧없이 흘러가고 있었다.

'저 구름조차 곧 어디론가 흘러가 버리겠지?

울적해진 마음을 애써 잊고 싶어서였는지 사연랑이 말을 돌렸다.

"참, 우 호위는 어떻게 된 거죠? 벌써 한 달이 넘었는데……."

우이를 말하는 것이었다.

"벌써 그렇게 되었나?"

여전히 태평한 혁월이었다.

"복귀는 하겠죠?"

사연랑이 조심스럽게 물었다.

"글쎄……."

"뭐, 덕분에 오라버니께서 정복(正服) 입은 모습을 다시 보게 되었지
만요."

그 말에 혁월이 다시 자신의 옷을 내려다보며 멋쩍게 말했다.

"하하, 여전히 낯설어."

“빨리 돌아와야 할 텐데…….”

겉으로는 여유있게 말했지만 사연랑은 내심 초조했다.

어쩌면 혁월보다 사연랑이 더 초조해하고 있을 것이다.

혁월이 검을 놓은 지도 십수 년이 지났다. 물론 그사이에 나름대로 수련을 했겠지만 실전(實戰)에 나섰던 게 칠 년 전 정사대전 때가 마지막이다.

이런 상황에서 만약 초특급 살수들과 부딪치기라도 한다면?

결코 결과를 낙관하기 어려울 것이다.

그런 의미에서 우이의 이탈은 현무단의 업무뿐만 아니라 혁월의 목숨과도 직접적으로 연관되어 있었다.

소향과 철무의 무공이 결코 만만한 것이 아니라고 해도 일류고수의 범주를 넘지 못했다. 게다가 그 둘을 제외하고 나머지 현무단의 무사들은 일반 무사들보다 두세 수 높은 정도에 불과했다.

맹주를 노리는 자들이라면 가히 절정고수라 불릴 자들일 것이다.

지난번 호위에서 철무가 부상당했을 때를 생각해도 그랬다. 사망곡의 일급 살수들이라면 가히 무서운 존재들이긴 하다.

‘하지만 그때 만약 우 호위가 있었다면?’

분명 결과는 달랐을 것이다.

그녀의 그런 걱정을 읽기라도 한 듯 혁월이 여유롭게 말했다.

“언제까지 그에게 의지하고만 있을 수는 없잖아. 한 번쯤은 이런 과정이 필요했어. 차라리 잘된 일이야.”

혁월은 우이의 부재(不在)를 완전히 받아들인 듯 보였다.

모든 게 빠르게 변하고 있었다.

현무단도, 무림맹도, 그리고 강호도…….

“맹주님의 계획이 이루어질까요?”

“무림대회?”

“네.”

혁월이 웃으며 말했다.

“하하, 주작단주가 그걸 나한테 물어? 그걸 계획하고 성사시키는 곳이 바로 주작단이잖아.”

“이번 일은 너무나 변수가 많아서 결과를 도저히 예측할 수가 없어요.”

사연랑의 말에 혁월이 고개를 끄덕였다.

“그렇겠지. 게다가 전례(前例)가 없었던 일이니…….”

“문제는 마교가 어떻게 나올 것인가예요. 이건 일급 비밀이지만 마교 내의 권력 이양(勸力移讓)이 교주 천마에게서 그의 제자 위지천에게로 넘어갔다는 정보가 유력해요. 그래서 더욱 예측하기가 힘들어요. 위지천 에 대해선 그 이름 외엔 알려진 바가 전혀 없으니까요.”

“힘들겠구나.”

혁월이 가볍게 사연랑의 어깨를 다독여 주었다.

혁월의 손에서 따스함이 느껴졌다. 지금의 그 말은 현무단주가 주작단 주에게 건네는 말이 아니라 오라버니가 동생에게 하는 위로였던 것이다.

잠시 침묵이 흐른 후 사연랑이 이 말은 꼭 해야겠다는 표정으로 조용 히 입을 열었다.

“언니는 찾지 않으실 건가요?”

혁월의 미간이 좁아졌다.

“그만!”

“피한다고 될 문제가 아니잖아요.”

“난 이미 잊었다.”

혁월의 목소리가 떨리고 있었다.

“거짓말 마세요. 오라버니는 아직도 언니를 잊지 못하고 있어요.”

“네가 뭘 안다고 그래?”

혁월의 언성이 높아지자 사연랑은 작은 한숨을 내쉬었다.

"죽었거나 다른 남자를 찾았겠지."

혁월이 힘없이 말했다.

"그럴 리 없어요. 언니를 그렇게 모르세요?"

사연랑은 혁월의 아내였던 소화(素花)를 잘 알고 지냈었다.

그녀는 아름답고 현숙한 여인이었다.

처음에 그녀가 집을 나갔다는 소식을 듣고 사연랑은 충격을 받았었다. 그토록 혁월을 사랑하던 그녀가 아니었던가? 그런 그녀가 집을 나가다니 믿을 수가 없었다.

세월이 지나 생각해 보니 이제는 그녀를 조금 이해할 수 있을 것 같았다. 너무나 사랑했기 때문에 그 외로움을 견딜 수 없었을지도 모른다는 생각이 든 것이다.

당시 혁월은 출세를 위해 전부를 걸고 있었고 그녀는 뒤에서 그냥 방치되다시피 했던 것이다.

결국 그녀는 집을 나가 버렸다.

하지만 사연랑은 결코 그녀가 다른 남자를 다시 만났을 거라고는 생각하지 않았다. 그녀 역시 진심으로 혁월을 사랑했으니까.

"…벌써 십오 년이나 지났어."

그 말에는 미처 말로는 다 표현할 수 없는 회한과 슬픔이 배어 있었다. 잃고 나서야 진정으로 그 소중함을 깨닫는 게 인간이라 했던가? 혁월은 분명 그녀를 그리워하고 있었다.

혁월이 천천히 발걸음을 옮겼다.

멀어져 가는 혁월의 등을 향해 사연랑이 나지막이 말했다.

"하지만 더 늦으면… 영원히……."

사연랑은 끝까지 말을 잇지 못했다. 혁월이 듣지 못할 만큼 멀어져서가 아니라 다음에 나올 말이 너무나 슬픈 내용이기 때문이었다.

늦기는 지금도 충분히 늦었다. 어쩌면 그 마지막 기회마저 지나쳐 버렸는지도 모른다.

만약 다시 만나게 되었을 때 그녀의 새로운 인생에서 행복을 보게 된다면? 혁월이 두려운 것은 바로 그것일지도 모른다는 생각이 들었다.

사연랑은 유난히 요리 솜씨가 좋았던 소화의 깔끔한 손맛을 떠올리며 조용히 말했다.

"…언니가 해주던 그 국수가 먹고 싶어요."

"컥!"

볼이 터질 듯이 솟구쳐 오른 핏물을 혁월은 이를 악물고 다시 삼켰다. 다행히 내장은 상하지 않은 듯했다.

언제나 그렇듯이 핏물이 터져 올라온다면 크게 걱정할 필요가 없었다. 문제는 그것이 안으로만 터진 채 피를 토해내지 못한 경우였다.

"들어가실 수 없습니다."

혁월의 입가에 가는 실핏줄이 흘러내렸지만 그의 어조는 처음과 같이 단호했다.

"아미타불!"

가증스런 불호(佛號)였다.

"혁 단주의 충성심은 가히 누구도 흉내 내지 못할 것이외다."

가증스런 칭찬이었다.

이들이 그 겉모습처럼 자비롭고 이성적이었다면 누구도 만나지 않겠다는 맹주의 명을 지키려는 혁월에게 암중(暗中)으로 장력을 쏟아내지는 않았을 것이다.

그것도 겉으로는 웃는 낯으로 말이다.

그들은 바로 원로원(元老院)의 가장 핵심 인물인 소림의 해선(亥瑄) 대사와 무당의 무극 진인(無極眞人)을 비롯한 구파일방의 원로들이었다.

사전 연락도 없이 갑작스럽게 들이닥친 그들은 맹주와의 회견을 요청했으나 맹주는 그것을 거절했다.

그러자 그들은 강제로 들어가려 했고 혁월은 그들을 몸으로 막았다.

일반 강호인들이 상상도 못할 일이지만 혁월과 그들 사이에 작은 몸싸움이 벌어졌다.

구파일방의 노강호(老江湖)들이나 혁월이나 서로 체면이 서지 않는 일이었지만 그렇다고 같은 식구끼리 대놓고 칼부림할 수는 없는 노릇이었다. 그러나 문제는 그 와중에 누군가 몰래 혁월에게 장력을 밀어넣었다는 것이다.

비록 목숨이 위태로울 정도는 아니었지만 설마 하는 방심 속에 까닥했으면 큰 부상을 당할 수도 있는 상황이었다. 늙은이들의 일종의 경고성 공격이었다. 가히 뒷골목 불한당과도 같은 행패였지만 혁월은 자신의 부상을 내색하지 않았다.

원로원의 힘은 막강했고 자신이 누군가 자신에게 암수(暗手)를 가했다고 말한다고 해서 시시비비(是是非非)가 가려질 리 만무했다. 오히려 그것을 꼬투리 삼아 구파일방이 본격적으로 나서서 맹주에게 압력을 행사할지도 모를 일이었다.

그만큼 무림맹에서 원로원의 힘은 컸다.

그도 그럴 것이, 원로원의 성격이 맹을 위해 평생을 수고한 노고수(老高手)들을 위한 단순한 명예직이라면 모를까 당금의 원로원은 구파일방이 무림맹주의 독주(獨走)를 막기 위해 만든 견제 기구(牽制機構)이었던 것이다.

'후안무치(厚顔無恥)한 자들.'

혁월은 욕지거리가 나오려는 것을 억지로 참았다.

해도 해도 너무한 처사였다.

사람이 늙으면 나이는 어려지고 그 욕심은 더해진다더니 그 말이 꼭 들어맞았다.

도(道)를 팔아먹고 부처를 버린 자들이었다. 이권과 권력에만 눈뜬 허깨비 중이요 엉터리 도사들이었다. 그렇지 않고서야 이렇게 경우없는 짓을 할 리 없었다.

그때 안에서 소리가 들렸다.

"안으로 뫼시게."

맹주의 목소리였다.

원로들이 의기양양하게 안으로 들어서자 혁월도 따라 들어갔다.

맹주의 무공이 이들 중 그 누구도 장담하기 어려운 실정인지라 물론 그럴 가능성은 없었지만 이들이 엉뚱한 마음이라도 먹는다면 실로 대책이 없었다.

전대 맹주 검왕을 모실 때 이런 일이 있었던가?

아무리 그들의 뜻을 거슬러도 감히 이런 식으로까지 무례하지는 않았었다.

이게 다 현 맹주가 무공이 약함을 얕보는 처사일지도 모른다는 생각에 혁월의 가슴이 답답해졌다.

"어서들 오세요. 제가 몸이 좋지 않아 여러 선배님들을 기다리게 했습니다. 죄송하게 생각합니다."

"허허, 저희들이 큰 실례를 했소이다."

마음에도 없는 무극 진인의 말이었다.

"아닙니다. 그래, 어쩐 일로 이렇게 저를 찾으셨습니까?"

거두절미하고 본론으로 들어가자는 맹주였다. 현재 맹주의 가장 큰 골칫거리 중 하나가 바로 이 원로원이었다.

아니나 다를까, 분명 면담을 거절했음에도 자신의 의사를 존중하지 않는다는 것은 한마디로 맹주의 권위를 인정하지 않는다는 소리였다. 그들은 특별한 경우를 제외하고는 면책특권(免責特權)을 가지고 있었으며 암중으로 구파일방의 보호를 받고 있었다.

"무림대회 때문이외다."

그동안 잠잠하더니 드디어 원로원 내부에서 어떤 결론을 내린 것으로 보였다.

"맹주의 뜻을 저희가 모르는 바가 아니오. 하나 마교까지 초청하겠다는 것은 도저히 묵인할 수가 없소이다."

원로원이 노골적으로 반대 의사를 표하고 나선 것이다.

무극의 말에도 맹주의 표정은 아무 변화가 없었다.

어차피 예견한 일이었다는 듯 담담한 표정이었다.

"이유를 여쭤봐도 될까요?"

"거기에 무슨 이유 따위가 필요하오? 도대체 맹주는 정신이 있는 사람이오, 없는 사람이오?"

맹을 떠나 배분만을 따지자면 무극 진인이 맹주 구양호에 비해 한 배분 위였다. 그러나 지금은 엄연한 공석(公席), 게다가 구양호는 무림맹주였다.

해선 대사가 좀 지나치다 싶었는지 슬쩍 끼어들었다.

"아미타불, 진인께서 좀 흥분하신 듯싶소이다."

"흥!"

해선의 말에 무극은 오만한 표정으로 맹주에게서 고개를 돌려 버렸다.

지금 무극은 강호의 후배를 나무라듯 맹주를 대하고 있었다.

"맹주, 마교의 간악함을 모르시는 건 아니겠지요? 마교로 인해 우리가 얼마나 많은 피를 흘렸는지 벌써 잊으셨소?"

해선이 은근하게 말했다.

“저희들은 피를 흘렸지만 후배들에게는 더 이상 피를 흘리게 하지 않기 위해서입니다.”

“그게 가능하리라 보오?”

“여태껏 한 번도 그러한 노력을 해보지 않았잖습니까?”

맹주의 단호한 말에 모두들 침묵을 지켰다.

“아무도 그러한 노력을 하지 않았다?”

해선이 다시 조심스럽게 입을 열었다.

“혹시 맹주께선 그 최초의 업적이란 허명(虛名)에 빠져 대의(大義)를 잊고 계신 것은 아니시오?”

해선의 말에 맹주가 일갈했다.

“대사!”

“아미타불.”

해선은 합장하며 아무 말도 하지 않았다.

“기어코 이 늙은이들을 건넌방 폐물 취급을 하시겠다 이거요?”

무극의 말에 맹주가 대답했다.

“강호를 위한 일이라 생각해 주십시오.”

“흥! 어디 두고 봅시다, 맹주의 그 잘난 강호가 얼마나 갈지!”

말을 마친 무극 진인이 벌떡 일어나 인사도 없이 밖으로 나갔다. 그 뒤를 해선과 다른 원로들이 말없이 따라나섰다. 그들 중 누구도 맹주에게 예를 차리는 이가 없었다. 이제 맹주와 원로원 사이에 본격적인 갈등이 시작된 것이다.

“너무 강하게 밀어붙이셨습니다.”

모두가 나가고 난 뒤 혁월이 말했다.

“어차피 한 번은 부딪쳐야 할 사람들이네.”

“하자만 원로원의 뒤에는 구파일방이 있습니다. 원로원이 곧 구파일방입니다."

"혁월!"

"네!"

"난 저들이 밉네. 그 이유를 아는가?"

"모릅니다."

"저들은 이 강호가 자신들의 것이라 생각하고 있네. 난 그것이 밉네."

"……."

말을 마친 맹주는 눈을 감았다.

'저들이 맹주님을 견제하는 것도… 아마 같은 이유겠지요.'

집무실을 나서는 혁월이 짤막한 한숨을 내쉬었다.

＊　　　　＊　　　　＊

"드디어 원로원이 움직였습니다!"

황의인의 들뜬 목소리였다.

"움직이지 않을 수 없었겠지요."

적의인의 말에 황의인이 고개를 끄덕이며 다시 말했다.

"그렇습니다. 이대로 가다간 정말로 무림대회가 성사되어 버릴지도 모른다는 초조함 때문일 겁니다."

"그들의 뜻이 구파일방의 뜻이라 보면 되겠소?"

"대부분이 그렇다고 보면 되겠죠. 구파일방으로서는 사실 무림대회를 굳이 마교와 함께할 이유가 없으니까요."

"그렇겠지요."

"아마 원로원에서 이대로 그냥 넘어가지는 않을 겁니다. 자존심에 상처를 입었다고 생각할 테니까요."

“상처 입은 늙은 너구리들과 패기만만한 젊은 여우의 대결이라… 재
밌겠군요.”

이번에는 그들의 대화를 가만히 듣고 있던 금포인이 나섰다.

여전히 그는 땀을 많이 흘리고 있었다.

“하지만 맹주의 이번 인사는 정말 의외였소.”

“흠, 사실 저도 놀랐습니다.”

“무림대회를 명목으로 무림맹의 핵심인 청룡단과 백호단의 단주만은
자신의 심복으로 교체할 것이라 예상되었는데 확실히 예상 밖이었소.”

금포인이 다시 땀을 닦으며 말했다.

“맹주는 혹시?”

모두의 시선이 그에게 집중되었다.

“무림대회 개최가 단순한 정치적 수단이 아니라 진정한 그의 목적일
지도 모른다는 생각이 드는군요.”

그의 말에 모두의 표정에 의혹이 서렸다.

“설마……?”

“과연 그렇다고 한다면 도대체 그것을 통해 그가 얻는 것이 무엇이란
말이오? 설마 그의 말대로 무림 평화를 위해서라는 말을 믿는 것은 아니
겠지요?”

적의인의 말에 모두들 웃음을 터뜨렸다.

한참을 통쾌하게 웃던 금포인이 두 손을 저으며 말했다.

“후후, 물론 아니지요. 분명 맹주가 노리는 무엇인가가 있을 겁니다.
맹주는 오로지 그것을 위해서 많은 것을 양보하고 있어요.”

금포인의 말에 모두들 동조한다는 듯 고개를 끄덕였다.

“참, 그리고 맹주의 딸이 출맹했습니다.”

황의인이 문득 생각났다는 듯이 말했다.

“맹주 딸이? 목적지는?”

“구화산의 철관 도인에게로 간다고 합니다.”

“의선 철관?”

“네, 맞습니다. 맹주 딸인 연화는 삼 년에 한 번씩 그에게 치료를 받아 왔었다고 합니다.”

“공교롭게도 이런 시기에 출맹이라……?”

금포인이 무엇인가 냄새가 난다는 표정을 지었다.

“일단 꼬리는 붙여뒀습니다만 앞으로 어떻게 해야 할지?”

모두의 시선이 노인에게로 모아졌다. 언제나 그렇듯이 다시 노인이 결정할 때가 온 것이다.

노인이 실눈을 뜨며 말했다.

“그곳에 기별하게.”

“그곳이라 하심은?”

“척마회(剔魔會).”

노인의 말에 모두의 표정이 굳어졌다.

척마회!

칠 년 전 이차 정사대전 때 부모와 형제를 잃은 사람들이 모여 만든 단체였다. 철저한 비밀 세력으로 누가 만들었는지, 몇 명으로 이루어졌는지조차 알려지지 않은 일종의 비밀 결사였다.

마(魔)가 있는 곳에 그들이 있다는 소리가 있었다. 철저하게 마교를 배척하고 마인들을 증오하는 집단이었다. 이번 맹주의 무림대회 발표 이후 척마회가 내심 이를 갈고 있다는 소문이 은밀히 들려오고 있던 차였다.

“그들은 틀림없이 맹주의 피붙이를 그냥 두지 않을 것입니다. 지금 그들에게 맹주는 마교의 앞잡이나 다름없으니까요.”

금포인이 떨리는 목소리로 말했다.

"그리고 흑상(黑商)에 그 애의 몸값으로 몇 푼 걸어두게."

"흑상까지?"

모두의 표정에 놀라움이 가득 찼다.

흑상은 일종의 현상금 사냥꾼들의 연합체였다. 돈을 위해서라면 선악을 가리지 않고 사냥에 나서는 일종의 인간 사냥꾼들의 모임이 바로 흑상이었던 것이다.

사람들은 그곳을 통해 악인이나 원수들에게 현상금을 걸었다.

개개인의 무공 수위는 이, 삼류에 불과했지만 떠돌이 낭인부터 파문제자에 이르기까지 전직(前職)이 다양했고 돈이라면 부모 형제라도 팔아먹을 독심(毒心)들이었다. 따라서 일단 현상금이 붙게 되면 쉽게 그들에게서 벗어나기가 어려웠다.

"우선 척마회가 있으니 너무 많이 나서면 오히려 방해가 되겠지? 적당한 액수로 걸어두게."

노인이 다시 말했다.

"그렇게 된다면 그녀는 틀림없이 납치되거나 죽게 될 것입니다. 그럴 리는 없지만 척마회가 실패한다면 그자들이 달라붙을 테니까요."

그들의 말에 노인이 더욱 가늘게 눈을 뜨며 말했다.

"내가 바라는 게 바로 그것이네."

모두의 표정에 의혹이 깃들었다.

"난 맹주의 마지막 한 수를 빨리 보고 싶을 뿐이네."

노인은 웃으며 말했지만 모두들 한기를 느꼈다.

이제 이변이 없는 한 그들은 모두 죽게 될 것이다.

⑭ 단독 임무

단독 임무(1)

　반딧불 하나가 소향의 무릎에 살며시 내려앉았다.

　힘겨운 길을 잠시 쉬어감이던가? 한참을 그렇게 앉아 있던 녀석이 다시 한 번 그 가냘프고 위태로운 날개를 움직여 어둠 속에 길을 만들었다.

　소향은 그 어둠 너머에 또 다른 빛들이 이곳을 노려보고 있다는 것을 알고 있었다. 그것은 바로 추격자들의 감시의 눈빛이었다.

　연화를 태운 마차가 낙양을 완전히 벗어나면서 본격적으로 꼬리가 붙기 시작했다. 제갈혜가 납치되면서 틀어져 버린 계획이었지만 세 개 조로 나누어 위장했다고 해도 꼬리는 붙었을 것이다.

　이미 그들은 이쪽의 목적지를 알고 있었다. 그리고는 마치 어슬렁거리며 양 떼를 노리는 늑대처럼 소향 일행 주위를 끊임없이 어슬렁거렸던 것이다.

　누군가 맹 내의 비밀을 흘린 게 틀림없었다.

　그렇지 않고서야 이렇게 정확하게 자신들을 추격해 올 수는 없었다.

추격자들의 움직임은 분명 자신들의 목적지를 아는 움직임들이었다.

소향의 직감적인 느낌이었지만 자신들을 쫓는 조직들은 한두 개가 아니었다. 누가 이들을 끌어들였는지는 몰라도 시간이 지날수록 감시하는 눈들이 많아졌다.

그들 중 하나를 잡아 정체를 밝혀볼까 생각도 해봤지만 그러다가 유인 작전에 말려들 수도 있었고 어차피 알아봐야 지금의 상황에 도움 될 일도 아니었다.

게다가 무림맹에 지원을 요청하기에도 무리가 있었다.

현무단의 인원이야 뻔한 것이었고 자신들을 지원하기 위해서는 청룡단이 움직여야 한다. 청룡단은 쉽게 움직일 만한 조직이 아니었지만 지금의 경우라면 다소간의 지원이 가능할 것이다.

그러나 맹주 호위도 아닌 일에 청룡단까지 동원해야 한다는 것은 소향의 자존심이 허락하지 않았다. 맹주 가족의 경호는 어디까지나 전적으로 현무단의 몫이었던 것이다.

목적지까지 이제 이틀!

그러고 보니 지난 닷새 동안 소향은 거의 잠을 자지 못했다.

끊임없이 주변을 맴도는 시선도 부담스러웠지만 무엇보다 제갈혜와 담린, 남궁소천이 걱정되었기 때문이다.

'모두 무사해야 할 텐데……'

상대는 귀견수 담백이었다.

자신이 직접 간다 해도 장담할 수 없다. 게다가 담백은 정사지간(正邪之間)의 인물로 변덕이 심하고 다루기가 힘든 노괴(老怪)였다.

그런 그를 상대로 풋내기 신입 대원 둘만 보냈으니 어찌 걱정이 안 되겠는가? 게다가 담린과 소천이 가진 비급이 다른 고수의 눈에 띄기라도 한다면 또 다른 위험에 빠질 수도 있는 일이었다.

“뭐 하세요?”

연화 소저였다.

밤이 깊었지만 잠이 오지 않았는지 연화가 마차 문을 살짝 열더니 밖으로 나왔다.

소향이 웃으며 말했다.

“여행길이 피곤하시죠?”

“피곤이야 여러분들께서 더 하시죠. 괜히 저 때문에…….”

연화가 미안한 기색으로 말했다.

“무슨 말씀을요. 당연히 저희가 해야 할 일인데요.”

“요 며칠 통 주무시는 걸 못 뵈었어요.”

소향의 두 눈은 벌겋게 충혈되어 있었다. 잠시 막간을 이용한 운기조식(運氣調息)으로 버티고 있었지만 아무리 고수라도 잠을 자지 않으면 피곤할 수밖에 없었다.

“아가씨가 주무실 때 두 발 쭉 뻗고 푹 잔답니다.”

그 말이 거짓임을 알기에 연화는 미안함을 감출 수 없었다.

“아가씨라 부르지 마시고 화매(花妹)라고 불러주세요. 언니라고 불러도 되죠?”

“그럴 수는 없습니다.”

“왜요?”

“왜라니요? 당연히 안 될 말이지요.”

단호한 소향의 말에 연화의 표정이 바뀌었다. 마치 꼬마 애가 부모를 졸라대는 표정이었다.

“언니!”

소향이 고개를 흔들었다.

이번에는 애교스런 표정으로 소향을 졸랐다.

"안 됩니다."

끈질긴 연화였지만 소향의 고집도 대단했다.

그러자 이번에는 애처러움으로 승부를 걸었다. 연화는 소향의 옷자락을 당기며 애처로운 표정을 지었다. 두 눈에서는 금방이라도 눈물이 쏟아져 내릴 것만 같았다.

연화는 참으로 신비스런 외모를 가졌다. 어떤 표정을 짓더라도 너무나 잘 어울리는 여인이었다.

"제발."

그녀는 진심으로 소향을 언니라 부르고 싶어했다. 결국 소향이 졌다.

"휴, 좋아요. 단둘만의 사적(私的)인 자리에서만."

단서가 붙은 조건이었지만 연화는 행복한 미소를 지으며 말했다.

"향 언니, 고마워요."

소향이 손으로 목을 그으며 과장되게 말했다.

"규정 위반이야. 걸리면 나 짤려."

"조심할게요."

연화의 좋아하는 모습을 보며 그녀의 마음속 깊은 외로움이 느껴졌다. 어려서부터 몸이 약하고 아팠던 그녀였기에 아마 친구가 없었을 것이다.

"얼마나 더 가야 하나요?"

"이틀."

"그분들은… 무사하시겠죠?"

제갈혜와 담린, 소천을 말하는 것이었다.

소향은 애써 밝은 표정으로 말했다.

"그럼. 워낙 명석한 녀석들이라서 괜찮을 거야."

"모든 게 다 저 때문이에요. 만약 그분들에게 무슨 일이라도 생기면……."

연화가 말을 잇지 못했다.

"바보. 걱정 말라니까. 곧 만나게 될 거야."

연화의 얼굴은 여전히 밝지 못했다.

"착한 사람들은 쉽게 죽지 않아. 위기에 빠져도 정의의 협객(俠客)이 나타나 구해줄 거야. 걱정 마."

그 말에 연화의 표정이 다시 밝아졌다.

"좀 있으면 해가 뜰 거야. 들어가서 조금이라도 자둬."

"네, 언니."

그녀가 마차 속으로 사라졌다.

저 멀리 희미하게 여명이 밝아오고 있었고 거의 다 타버린 모닥불이 재로 변해갔다.

연화에게 한 말은 거짓말이었다.

착한 사람부터 죽어 나가는 곳, 강호는 바로 그런 곳이다.

하지만 소향은 평생 한두 번 만날까 말까 하는 진짜 정의의 협객을 그들이 그곳에서 보게 되기를 간절히 바랬다.

형산파 삼대 제자 명오(明悟)는 얼굴을 가린 복면을 다시 한 번 단단히 동여맸다. 그리고 지난 칠 년간 네 번이나 바뀐 자신의 애검(愛劍)을 꽉 움켜잡았다.

복면을 하고 기습을 가한다는 것이 내키지는 않았지만 대의(大義)를 위한 일이라 생각하기에 후회는 없었다.

십 보(十步) 간격으로 떨어져 몸을 숨긴 열세 명의 동료들 역시 자신의 마음과 크게 다르지 않을 것이다.

협(俠)을 위해 죽고자 결심한 명오가 복면 차림에 기습이라는 치욕을 감수하고 구화산(九華山) 입구의 나루터 옆 갈대밭에 매복하고 있는 이유는 그가 바로 척마회의 일원이기 때문이었다.

삼십 년 전 제일차 정사대전에서 삼대 제자 몇 만을 남긴 채 멸문의 길을 걸어야 했던 형산파는 칠 년 전 제이차 정사대전에서 다시 대부분의 문도를 잃고 말았다.

그로써 형산파의 재건은 거의 불가능해지고 말았다.

겨우 명맥만을 유지해 가는 사문을 뒤로하고 산을 내려왔다. 자신의 소매를 붙잡는 사제의 손을 뿌리치고 달리고 또 달렸다. 눈물이 끊임없이 쏟아졌지만 그 눈물이 답답함과 억울함을 대신해 주지는 못했다.

그렇게 강호를 헤매고 다니다 척마회에 가입하게 되었다.

그리고 이제 척마회의 일원으로 첫 작전에 투입된 것이었다.

오늘 나온 동료들 대부분이 조장을 제외하고는 첫 임무였다. 그러나 그들은 그 누구도 무시할 수 없는 일류고수들이었다. 작은 문파의 장문인급의 무공을 가진 사람도 끼어 있었다.

거기다가 오로지 척마의 각오로 똘똘 뭉친 이들이었다. 오늘 상대는 결코 살아남지 못할 것이다.

사실 이 자리에 나선 그 누구도 상대가 누구인지 몰랐다.

단지 한 대의 마차와 그것을 호위하는 호위 무사 다섯이라는 정보만을 전해 들었을 뿐이다.

마차 안의 인물을 척살하면 된다고 했다.

분명 마교(魔敎)의 잔당이거나 그들과 관련있는 자일 것이다.

척마회는 마교를 뿌리 뽑기 위해 만들어진 단체니까.

"쉿, 온다."

조장의 나지막한 목소리가 들리자 모두들 바짝 긴장했다.

멀리서 마차 한 대가 천천히 이쪽을 향해 접근하고 있었다. 그리고 정보는 정확했다. 다섯 필의 말이 그 주위를 호위하고 있었다.

상대는 불과 다섯!

자신들의 숫자에 비해 삼 분의 일에 불과한 숫자이다.

그들이 강을 건너기 위해서는 작은 나룻배가 세워진 이곳까지 와야 했다.

공격 범위에 들어온다면 모두 일제히 공격을 개시할 것이다.

'조금만 더, 조금만 더.'

그때, 선두에서 말을 타고 있던 여인이 손을 들었다. 그것을 신호로 그들은 모두 멈췄다.

'이런 젠장!'

공격 개시 지점을 몇 발짝 앞둔 채 그들이 멈춰 선 것이다.

호위하는 이들은 모두 다섯, 의외로 그중 둘이 여자였다.

그때였다.

마차의 휘장이 열리면서 누군가 고개를 내밀었다. 놀랍게도 마차 안의 인물도 여자였다.

'어?'

복면인들이 모두 의아한 눈으로 서로를 돌아보았다.

모두들 의외라는 눈치들이었다.

'저 여인이 여마두(女魔頭)라도 되는 것일까?'

그러나 휘장 밖으로 고개를 내민 여인은 파리한 안색이었지만 결코 악과는 전혀 어울리지 않는 그런 청초한 여인이었다.

명오의 고개가 갸웃거렸다.

선두에 서서 마차를 호위하고 있는 여인을 어디선가 본 적이 있었던 것이다.

'어디서 봤지?'

분명히 예전에 본 여인인데 도무지 생각이 나지 않았다. 그러나 분명

한 것은 적어도 그녀가 마교의 여인은 아니라는 것이었다.

명오가 황급히 조장에게 전음을 날렸다.

'목표가 이들이 맞습니까?'

조장이 '그게 무슨 말이냐?' 라는 표정이 되어 다시 전음을 날렸다.

'틀림없다.'

'명령이 잘못 내려진 것 같습니다.'

'헛소리!'

슥!

그때 어디선가 미세한 소리가 들렸다.

암습을 위해 숨을 멈추는 훈련까지 받은 그들이었지만 암살 대상에 대한 의구심으로 누군가 실수를 하고 만 것이다.

순간 선두에 섰던 여인이 외쳤다.

"돌아간다!"

마차가 급히 선회하기 시작하자 곧 이어 조장의 당황한 목소리가 터져 나왔다.

"전원 공격!"

복면인들이 동시에 달려나갔다. 솟구치는 의문을 억누른 채 명오도 함께 달려나갔다.

예상치 못한 상황이었지만 어차피 결과는 바뀌지 않을 것이다.

이미 마차와 말들은 방향을 바꾸어 달리기 시작했지만 이제 막 달리기 시작한 상태였기에 복면인들과의 거리가 순식간에 좁혀졌다.

차아앙!

열세 명의 고수들 손에서 일제히 무기가 뽑혀 들렸다. 이제 한 번의 도약으로 마차 안으로 난입할 수 있는 거리까지 좁혀졌다.

눈앞의 마차를 향해 그들이 몸을 날리려는 그 순간,

타앗!

가장 후미에서 달리던 여인의 신형이 공중으로 날아올랐다.

그녀는 마치 태양 속으로 빨려 들어가는 것 같았다. 해를 등지며 날아 오른 그녀의 모습이 아름답게 느껴졌다.

‘이러면 안 돼.’ 하면서도 명오는 고개를 들었다.

햇살이 부서져 눈을 찔렀다. 그 눈부심에 잠시 멈칫하는 순간,

슈우우욱!

태양 속에서 열두 개의 빛줄기가 그들을 향해 쏟아졌다.

명오는 그 빛에 이마가 따끔하다는 기분이 들었다.

‘아, 봉황비도 소향!’

그때서야 명오는 그녀가 누구인지 기억났다.

예전에 사부를 따라 무림맹에 들렀을 때 보았던 현무단의 여성 호위 무사. 단박에 그를 사로잡았던 여인이다.

‘바보같이 이제야 알아보다니……. 그런데 그녀가 마교인? 왜 이런 명령이?’

산에서 수련만을 하던 그에게 그녀는 참으로 매력적으로 다가왔었다. 서글서글한 인상에 시원한 말투. 친구가 되고 싶다는 생각이 드는 여인 이었다. 말이라도 한번 걸어보려고 몇 번이나 그녀 주변을 서성였지만 결국 한마디도 나누지 못했었다. 무림맹에 머물던 며칠간 오며 가며 눈 인사만 두어 번 나누었을 뿐이다.

‘복면을 벗었다면 나를 알아봤을까?’

헛된 아쉬움과 함께 명오의 몸이 서서히 허물어졌다. 명령이 잘못 내 려진 게 틀림없다는 생각이 들면서 명오의 의식은 더 이상 이어지지 않 았다.

‘…차라리 잘된 일이다.’

툭.

명오의 이마를 뚫은 비도가 힘없이 바닥으로 떨어졌다. 비도의 손잡이
에 새겨진 피 묻은 닭이 슬프게 울고 있는 것만 같았다.

"그만 좀 닥쳐!"

심한진의 짜증이었다.

그가 말로서 자신의 의사를 표현했다면 냉하연은 뚝뚝 떨어지는 눈물
로 자신의 감정을 표현했다. 잠시 전의 기습으로 심한진은 팔에 부상을
입었는데 그런 심한진이 걱정된 냉하연이 그만 그의 신경을 거스른 것이
었다.

물론 그것은 심한진의 입장이었다.

자신의 부상이 걱정돼 울먹이며 자신의 팔에 붕대를 감고 있는 여인을
보고 짜증을 낸 것이 심한진이었다면 그러한 심한진의 태도가 몹시 거슬
리는 이가 있었다.

바로 하윤덕이었다.

"이 자식이!"

하윤덕이 달려가 심한진의 멱살을 잡았다.

하윤덕의 눈은 분노로 타오르고 있었고 심한진은 갑작스런 그의 행동
에 약간 당황해하고 있었다.

"그 따위로밖에 말 못해?"

하윤덕의 말에 심한진의 인상이 일그러졌다.

심한진은 냉하연이 자신을 특별하게 생각하고 있다는 것을 전부터 느
끼고 있었다. 그러나 냉하연이 자신의 감정을 드러내면 드러낼수록 심한
진은 짜증이 났다.

그녀가 싫어서가 아니었다. 오히려 그런 그녀가 밉지 않게 느끼는 자

신을 인식하면서부터였다.

그는 결코 가정을 갖지 않겠다고 맹세한 몸이었다. 그는 결코 행복해지지 않으리라 결심한 사람이었다. 그런 그를 냉하연이 흔들어놓기 시작한 것이다.

"네가 뭔데 참견이지?"

심한진의 말에 하윤덕은 씩씩거리기만 할 뿐 아무 말도 하지 못했다.

그 말은 언제나 냉하연의 뒷모습만을 바라보며 항상 자신에게 하는 말이기 때문이었다.

'그녀는 널 좋아하지 않아. 그녀는 한진을 좋아하고 있어. 나 같은 건 상대가 안 돼.'

뚱뚱하고 잘나지 못한 외모 때문에 하윤덕은 싸워보지도 않고 이미 패배했다. 그 싸움의 심판은 자신이었고 그는 자신에게 패배를 선언했다.

"모두 그만 해용!"

냉하연이 소리쳤다.

서로를 잡아먹을 듯 노려보던 하윤덕과 심한진이 힘없이 떨어졌다. 모두들 초조했던 것이다. 불안함과 초조함이 그들의 신경을 끊임없이 긁어대고 있었다.

기다렸던 마차 문이 열린 것은 바로 그때였다.

덜컹!

마차 안에는 소향이 누워 있었고 연화가 그 옆에서 안타깝게 그녀를 지켜보고 있었다. 마차 안에서 소향의 상태를 살펴보던 오령이 밖으로 나왔다. 그들 중 그나마 가장 의리(醫理)에 밝은 그였다.

"좋지 않아."

소향은 정상이 아닌 상태에서 봉황비도(鳳凰飛刀)의 마지막 초식인 십이지도(十二支刀)를 사용했다.

십이지도!

열두 자루의 비도가 각기 다른 목표를 동시에 꿰뚫는 비도술(飛刀術)의 최고 경지. 그 깨달음이 극에 이르고 내공이 받쳐 준다면 열두 자루 비도가 각각 어검술(御劍術)에 비견되는 효과를 낸다고 전해지는 최고의 경지였다.

물론 지금의 소향으로서는 비도에 검기를 머무르게 하는 수준이었지만 복면인들을 상대하기에는 그것만으로도 충분했다.

문제는 십이지도는 아직 소향이 완전히 익힌 초식이 아니었다는 데 있었다. 게다가 며칠간이나 밤을 샌 피곤한 몸으로 십이지도를 사용한 것은 분명 무리수(無理數)였다.

결국 기혈이 뒤엉켰고 소향은 달리는 말 위에서 정신을 잃었다. 그리고 그 상태로 한 시진이나 말을 달리는 바람에 상태가 더욱 나빠지게 된 것이다.

그러나 그녀의 선택은 어쩔 수 없는 선택이었다.

그들을 향해 달려들었던 열세 명의 복면인들은 그 하나하나가 국화조 신입 대원들의 무공을 능가하고 있었던 것이다.

그들이 달려드는 순간 소향은 직감했다.

'그냥 싸우면 결국 다 죽는다.'

소향은 결국 모험을 했는데 다행히 결과는 성공적이었다.

그 한 수로 그들 중 아홉 명을 절명시킨 것이다. 그렇지 않았다면 다들 이 정도의 부상으로 끝나진 않았을 것이다. 그러나 그녀 역시 위험한 상태에 빠져들었다.

"이제 어떡하지? 흑흑."

냉하연의 눈에 다시 눈물이 고였다.

모두들 아무런 말도 하지 못했다. 모두들 초조하기만 했고 어떻게 해야 할지 갈피를 잡을 수 없었다.

"한 가지 방법밖에 없습니다."

모두의 시선이 연화에게 집중되었다. 그녀가 차분하게 말을 이었다.

"저를 치료해 주시는 철관 도인께서는 의선(醫仙)이라 칭송받는 분이십니다. 그분이라면 언니를 반드시 고쳐 주실 거예요."

그 말은 곧 목적지로 강행하자는 소리였다.

"휴……."

모두의 입에서 거의 동시에 한숨이 터져 나왔다. 그 방법은 유일한 방법도, 확실한 방법도 아니었다. 지금 상황에서 가장 확실한 방법은 다시 무림맹으로 귀환하는 것이었다. 돌아가는 도중 인근 무림맹 지단의 도움도 받을 수 있었다.

연화의 치료는 촌각을 다툴 만큼 급한 것은 아니었다. 얼마간의 여유는 충분히 있었다. 돌아가서 인원을 보충한 다음 다시 돌아오면 되는 것이다.

다시 돌아간다면 연화를 비롯해서 모두 다 살아남을 것이다.

그러나 소항에게는 그렇게 많은 시간이 없었다.

돌아가는 길은 안전한 반면 많은 시간을 필요로 했다.

분명 돌아가는 선택이 옳을 것이다. 어떤 위험이 기다릴지 모르는 길을 그들만으로 뚫는다는 것은 모두의 목숨을 다 걸어도 부족한 느낌이었다.

그들은 호위 무사였고 그들의 목숨보다는 연화 소저의 목숨이 백 배는 더 소중했다.

하지만…….

모두의 복잡한 시선들이 허공에서 이리저리 얽혔다. 그들은 서로의 눈빛을 통해 마음을 읽었다.

모두들 한마음이었다. 소향을 이대로 죽게 할 수 없다는.

이제 남은 사람은 한 명이었다. 최종 결정은 그녀의 몫일 것이다.

그들이 연화를 향해 고개를 돌렸을 때 그녀는 파리한 입술로 그 누구보다도 환하게 웃어주었다.

"언니를 꼭 살려야 해요."

연화의 그런 모습을 보며 모두의 마음이 뭉클해져 왔다. 저런 착하고 아름다운 마음씨의 주인이라면 서너 개의 목숨을 바친다 해도 아깝지 않다는 생각이 들었다. 이번에 살아남게 되면 언젠가 그녀의 목숨을 대신해 주리라.

어쨌든 결정은 났다.

돌파해 나가기로 결정한 것이다.

다행히 그들이 무사히 의선에게 도착해 소향을 살려낸다 해도 깨어난 소향이 아마 자신들을 반쯤 죽여놓을지도 몰랐다. 지옥 훈련의 진흙탕 속에 다시 머리를 박아 넣어야 할지도 몰랐다.

그러나 그들은 소향의 술주정을 다시 듣고 싶었다.

국화조 신입 대원들의 첫 단독 임무는 그렇게 시작되었다.

단독 임무(2)

"허허실실(虛虛實實)!"

하윤덕이 어울리지 않는 비장한 표정으로 말했다.

막상 돌파하기로 결심한 그들이었지만 무엇을 어떻게 해야 할지 갈피를 잡지 못하던 그들이었다.

여러 가지 의견이 나왔다.

다른 나루터로 돌아가자는 의견부터 뗏목을 만들어 강을 건너자는 의견, 인원을 나눠서 유인 작전(誘引作戰)을 펼치자는 의견까지 다양하게 나왔다. 그러나 너무 위험하거나 현실성이 없는 것들이 대부분이었다.

반면 하윤덕의 생각은 간단했다.

다시 그 나루터로 가자는 것이었다.

한번 실패했는데 다시 그곳을 건널 생각은 안 할 것이라는 게 그의 생각이었다.

그럴듯한 생각이었다.

‘그들이 설마 또 그곳에 매복하고 있겠느냐?’ 라는 말은 상당히 매력적으로 들렸다.

결국 모두들 그 의견에 찬성했다.

어차피 별다른 대안이 없었기에 더 이상의 고민은 낭비에 불과했다.

갈대밭에서 십여 리 떨어진 언덕까지 마차를 몰았다. 누군가 그들을 감시하고 있을지도 모른다는 불안감이 들었지만 이미 내친걸음이었다.

일행들은 그곳에서 마차를 버렸다.

오령이 소향을 업었다.

소향의 숨소리는 점점 잦아들고 있었다.

하윤덕이 연화 소저를 업겠다는 것을 연화가 거절했다. 한 사람의 손이라도 더 필요한 때였다. 두 사람이나 손발이 묶이게 된다면 돌발 상황에 어려움을 겪게 될 것이 분명했다.

연화의 몸은 곧 쓰러질 듯 연약했지만 그녀의 정신은 자신의 육체보다 훨씬 강했다.

최악의 순간에는 헤엄쳐 건너야 할 것이다. 그러나 강 폭이 너무 커서 그건 현실적으로 불가능했다. 다만 그냥 죽지만은 않겠다는 각오에 불과했다.

그들은 아까의 그 강나루까지 살금살금 천천히 기어갔다.

소향의 상태를 생각하면 한시가 급했지만 최대한 신중을 기했다.

“아무도 없는 것 같아.”

심한진이 소곤거리듯 말했다.

“아까 죽은 시체들까지 깨끗이 사라졌어.”

“모두 후퇴한 게 틀림없군.”

하윤덕이 떨리는 목소리로 말했다.

성공할지도 모른다는 생각에 모두의 심장이 빠르게 뛰기 시작했다.

"배는?"

"배도 그대로 있어."

"좋아, 그럼 가자."

서로의 시선들이 마주쳤다. 크게 심호흡을 하며 고개를 끄덕였다. 목숨을 건 최초의 임무였다. 사느냐 죽느냐의 문제였다.

모두들 강가에 대어놓은 나룻배를 향해 신중하게 이동했다.

그러나 그들의 조심스러운 움직임에도 불구하고 그 모습을 멀리서 지켜보는 이들이 있었다.

바로 객잔에서 담백을 상대했던 청년과 중년 문사였다.

"정말로 어이가 없군요."

"너무 풋내기들이군요."

중년 문사가 청년에게 말을 높이고 있었다.

적어도 그들은 사제지간은 아닌 것으로 보였다.

"하하, 아무리 그래도 그렇지 상황을 저렇게도 모르다니."

청년이 주위를 둘러보았다.

청년의 시선이 가는 곳마다 갈대가 흔들렸으며 땅거죽이 움직이고 있었다. 얼핏 봐선 바람의 영향처럼 보였지만 자세히 살펴보면 그것이 모두 매복인들의 움직임이라는 것을 알 수 있었다.

지금 갈대밭의 나루터 근처에는 백여 명이 매복하고 있는 중이었던 것이다.

이들은 모두 흑상에서 나온 현상금 사냥꾼들이었다.

눈앞의 먹이를 두고도 그들이 당장 달려나가지 않는 것은 백여 명의 매복이 있는 갈대 숲 사이를 멋도 모르고 지나가고 있는 풋내기들이 무서워서가 아니었다.

바로 그들의 등에 업힌 한 여자 때문이었다.

척마회 고수와 소향과의 대결을 그들은 모두 지켜보았다.

그들이 비록 복면을 하고 있었지만 정보라면 둘째가라면 서러운 흑상이 아니던가? 그들이 척마회에서 나온 고수들이라는 것을 곧 알 수 있었고 호랑이 주위를 어슬렁거리는 승냥이 떼마냥 눈치만 살피고 있었던 것이다. 호랑이의 사냥이 실패하면 부상당한 먹잇감은 당연 그들의 몫이 될 것이다.

예상외로 척마회의 공격은 실패로 돌아갔다.

소향의 솜씨를 직접 눈으로 확인한 그들로서는 당연히 함부로 나설 수 없었던 것이다. 비록 그 괴물 같은 여인이 부상을 입은 것처럼 보였지만 그렇다고 척마회의 고수 아홉을 일수(一手)에 죽이는 여자를 향해 함부로 달려들 수는 없었던 것이다.

거기다가 이곳에 매복한 조직은 하나가 아니었다.

적어도 대여섯 개 이상의 현상금 사냥꾼 조직들이 제각기 따로 목표를 노리고 있었다. 서로가 어부지리(漁父之利)만을 기대하고 있는 터라 쉽게 움직이지 못하고 있는 것이다.

그들이 모두 이곳 나루터에 매복해 있는 이유가 있었다.

그 이유는 간단했다. 강을 건널 수 있는 곳이 바로 이 근처밖에 없었던 것이다. 이곳 부근의 지형의 특성상 다른 곳은 물살이 너무 세서 건너갈 수가 없었다. 그렇지 않다면 이백여 리를 거슬러 올라가든지 내려가야만 했다. 그들이 다시 되돌아오는 것을 추격했던 일행들로부터 이미 전해 들은 후이기도 했다.

그것도 모르고 연화 일행은 백여 명의 사냥꾼들이 호시탐탐 자신들을 노리고 있는 그 사이로 '허허실실' 작전을 열심히 구사하고 있었다.

"하하, 정말 안아주고 싶을 만큼 귀엽군요."

청년의 말에 중년 문사도 따라 미소를 지었다.

그에 비해 눈치만 보던 매복인들은 내심 초조해졌다. 저들이 강을 건너 버리면 공격하기 곤란해진다.

강 건너의 영역은 화산의 영역이었고 그 말은 더 이상의 기습이 불가능하다는 뜻이기도 했다.

"타앗!"

심한진 일행이 배에 오르기 직전 결국 성질 급한 한 무리가 갈대밭에서 튀어나왔다. 그것을 신호로 동시에 이곳저곳에 매복해 있던 다른 조직들도 일제히 달려나가기 시작했다.

소향이 부상당한 것만 확실하다면 애송이 호위 무사 넷은 술안주거리에 지나지 않았다. 이른바 먼저 줍는 놈이 임자였다.

한꺼번에 백여 명이 함성을 지르며 달려나오자 연화 일행은 너무 놀라 검을 뽑을 생각도 못했다.

순간 심한진이 미친 듯이 검을 휘둘러 앞서 달려오던 사내들을 막았다.

그나마 다행인 것은 너무 많은 인원들이 한꺼번에 움직이며 연화를 독차지하기 위해 서로에 대한 견제가 심하다는 것이었다.

그때 연화 일행에게는 실로 다행한 일이 벌어졌다.

채챙!

오른쪽에서 그들을 압박해 오던 무리들 사이에서 서로 싸움이 벌어진 것이다.

"크아악!"

찢어지는 듯한 비명 소리에 이어 병장기 부딪치는 소리가 더욱 커져 갔다. 이내 갈대 숲은 서로 죽고 죽이는 난장판이 되기 시작했다.

그 모습을 보고 있던 중년 문사가 청년에게 말했다.

"그냥 보고 계실 겁니까, 소주님?"

“그럴 수는 없지요. 기왕 성의를 보인 김에 끝까지 보여야겠지요. 어쩌면 정도맹주가 조금 감동할지도 모르겠군요.”

귀영신마 좌구척에게 소주라 불린 마교의 소지존 위지천은 그들을 향해 서서히 발걸음을 옮겼다.

갈대 숲이 사람의 숲으로 바뀌는 그 순간 냉하연은 그 자리에 주저앉을 뻔했다.

백여 명의 사내들이 갑자기 튀어나왔다.

냉하연은 숨을 쉬지 못할 정도로 겁이 났다. 뒤도 돌아보지 않고 도망가고 싶었다.

만약 그때 심한진이 가장 앞서 달려오던 사내 하나를 베어 넘기며 목이 터져라 외치지 않았다면 그녀는 뒤도 돌아보지 않고 내달렸을지도 몰랐다.

“연화 소저를! 소향 선배를!”

미친 듯이 검을 휘두르며 외치는 그를 보면서 모두들 정신이 번쩍 들었다.

하윤덕이 우측을, 소향을 업은 오령이 좌측을 막았다.

오령은 몸을 움직이기 불편했지만 지금은 그런 것을 따질 때가 아니었다.

“으아악!”

함성과 욕설, 비명 소리와 병장기 부딪치는 소리로 순식간에 주위는 아수라장으로 바뀌었다. 반사되는 병장기의 번뜩임에 눈이 부셨다.

그때 강 속에 숨어 있던 사내 하나가 물속에서 튀어나왔다.

연화를 향해 덮쳐 가는 그를 향해 냉하연이 몸을 날렸다.

슈욱!

그녀는 반사적으로 검을 휘둘렀다.

사내의 목에서 튄 피가 냉하연의 얼굴에 튀었다.

피비린내가 확 풍겼다. 속에서 구토가 치밀어 올랐다.

검을 든 손에 힘이 쑥 빠지는 것을 느꼈다.

첫 살인에 대한 놀람을 채 느끼기도 전에 또 다른 사내가 달라붙었다.

그녀는 다시 검을 휘둘렀다. 이번 역시 반사적으로 휘두른 단순 동작에 불과했다.

다시 피분수를 그리며 사내가 쓰러졌다. 다행히도 그녀보다 사내의 무공이 낮았기에 가능한 일이었다.

두 손이 부들부들 떨렸다.

"아악!"

그때 낯익은 비명 소리가 들렸다.

파도 모양처럼 구부러진 사검(蛇劍)을 든 사내가 연화를 찔러가고 있었다.

달려가 막기에는 너무나 늦은 상황이었다.

냉하연의 두 눈이 질끈 감겼다.

푸욱!

그녀가 다시 눈을 떴을 때 사검을 든 사내는 이미 시야에 없었다. 대신 그 자리에 심한진이 어깨에 사검을 대롱대롱 매단 채 서 있었다. 사내가 연화를 찌르기 직전 극적으로 심한진이 달려와 대신 일검을 맞고 그를 베었던 것이다.

심한진은 자신의 어깨에 꽂힌 검을 뽑아냈다.

상처에서 피분수가 일었지만 심한진은 연화를 향해 달려드는 또 다른 사내들을 향해 검을 휘둘렀다. 이 모든 것은 눈 깜박할 사이에 일어난 일들이었다.

냉하연은 너무 무서워 두 다리가 휘청거렸다.

그때 냉하연의 눈에 뒤에 서서 부들부들 떨고 있는 연화가 들어왔다.

애써 태연한 척 서 있었지만 그녀의 몸은 가련하리만큼 쉴 새 없이 떨리고 있었다. 그녀는 무서워하고 있었다.

그 모습을 보는 순간 예전에 소향이 했던 말이 떠올랐다.

"호위 무사는 지켜줘야 할 대상이 살아 있는 한 마지막까지 희망을 버리지 않아야 해. 팔이 잘리면 발길질을 해서라도 막아. 다리가 잘리면 욕이라도 해서 막아. 목이 잘리면 귀신이 되어서라도 막는다. 그게 바로 호위 무사다. 누군가의 목숨을 지킨다는 것은 바로 그러한 것이다."

그 순간 냉하연의 떨림과 구토가 멎었다.

살이 튀고 피가 튀는 이 무서운 살육의 한가운데 왜 자신이 서 있는가를 깨달았던 것이다.

'아, 맞아. 난 호위 무사였지?'

손의 떨림이 멎었다.

검 자루를 쥔 손에 힘이 들어갔다.

그녀는 미친 듯이 검을 휘두르기 시작했고 그 이후는 생각이 나지 않았다. 누구를 몇이나 어떻게 베었는지 생각나지 않았다.

그녀가 쓰러지기 전 마지막으로 본 것은 새하얀 빛이 갈대밭을 가르는 모습이었다.

슈우우우!

그 빛에 대항하던 검과 도가 깨끗하게 잘려 나갔다. 물론 그것을 다루던 이들이 쇠붙이보다 단단할 리 없었고 그들의 몸뚱어리 역시 그대로 갈라졌다. 너무나 무기력한 저항이었다.

심한진의 등을 찔러가던 검이 부서져 나갔고 오령을 둘러쌌던 세 명의 사내들의 팔이 떨어져 나갔다. 하윤덕의 허벅지를 찔렀던 사내는 미처 그 검을 채 뽑지도 못한 채 그 빛에 심장이 뚫렸다.

그 빛은 마치 세상의 그 어떠한 것도 갈라놓고 말겠다는 의지가 빛의 형태로 세상에 표출된 것처럼 보였다. 과연 그것이 그러한 것인지는 모를 일이었지만 적어도 연화 일행과 사내들 사이를 손쉽게 갈라놓아 주었다.

모든 움직임이 멈추고 순간 정적이 내려앉았다.

빛무리가 서서히 걷히자 그 속에서 한 자루의 도(刀)가 그 모습을 드러냈다.

"이기어도술(以氣馭刀術)!"

흑상에서 제법 견문이 넓기로 소문난 장노(張老)의 입에서 경악에 찬 한마디가 터져 나왔다. 그 말에 모두의 표정이 하나로 통일되었다.

술이 얼큰하게 취하면 어김없이 칠 년 전 정사대전 때 먼발치에서나마 우연히 보았던 어검술의 경지를 떠올리던 그였다.

'허연 빛무리가 말이지…' 로 시작하는 그의 경험담은 흑상에 몸담고 있는 이라면 모두들 한 번쯤은 들어본 이야기였다. 모두들 반신반의하던 이야기이기도 했다.

그러나 허공에 말없이 떠 있는 한 자루의 묵도(墨刀)는 그러한 경지가 결코 허풍이 아니라는 것을 말해 주고 있었다.

허공에 고요하게 떠 있는 한 자루의 칼.

그것은 한 폭의 그림과도 같은 풍경이었다.

그리고 그 칼은 마치 이렇게 말하고 있는 것 같았다.

—저들을 살리고 싶다.

눈치 하나로 살아온 인생들이었다. 몇 푼의 현상금을 위해 나선 그들이었다. 천만금(千萬金)이 걸렸다 해도 목숨보다 귀할 수는 없었다. 옛

고인(古人)들의 영웅담 속에서나 들어봤을 경지를 직접 본 것만으로도
충분히 남는 장사였다.

'그렇다면?'

순간 약속이나 한 듯 사내들의 신형이 사방으로 흩어졌다. 자신들이
발휘할 수 있는 가장 빠른 신법을 구사한 필사적인 움직임이었다. 그 누
구도 뒤를 돌아보지 않았다. 모두의 마음속에는 '돌아보면 죽는다' 라는
생각밖에 없었다.

과연 그들의 그러한 생각은 옳았다.

흑상의 모든 무사들이 사라질 때까지 그 한 자루의 도는 움직이지 않
았던 것이다. 다만 피투성이가 된 채 멍한 표정만을 짓고 있는 연화의 일
행 앞에 조용히 떠 있을 뿐이었다.

냉하연이 다시 정신을 차렸을 때 그녀와 일행은 강을 건너는 배 위에
누워 있었다. 그리고 객잔에서 보았던 그 청년과 중년 문사가 뱃전에 걸
터앉아 그들을 향해 환하게 웃고 있었다.

❶❺ 귀환

귀환(1)

"일 년만 기다리고 있으면 꼭 다시 찾으러 올게."

어둠 속에서 여인이 말했다.

소향은 순간적으로 이 여인이 자신의 엄마라는 것을 느낄 수 있었다.

엄마는 일 년 후에도 그 다음 해에도, 십 년이 지난 후에도 오지 않는다는 것을 소향은 알고 있었다.

'가지 마세요, 엄마. 제발 가지 마세요' 란 말을 하려 했지만 입에서는 '엄마' 란 말만 간신히 나왔다.

소향이 자신을 내려다보았다.

불과 세 살의 자신. 이십삼 년 전의 자신이었다.

머리 속에서는 온통 엄마에 대한 그리움과 증오의 말이 소용돌이치고 있었지만 꼬마 소향의 입에서는 '엄마' 만을 반복할 뿐이었다.

'안 돼!'

여인의 얼굴이라도 보고 싶었다.

그 간절함이 전해지기라도 한 듯 여인이 고개를 돌렸다.

그러나 얼굴은 마치 아무 표정이 없는 인피면구(人皮面具)를 씌어놓은 것처럼 흉측했다.

소향이 비명을 질렀다. 그런 소향을 여인은 말없이 바라보았다.

그리고 여인은 서서히 멀어져 갔다.

소향은 울음을 터뜨렸다.

얼마나 울었을까?

한참을 울던 그녀가 뒤를 돌아보았을 때에는 자기 또래의 어린애들이 일렬로 쭉 서서 자신을 바라보고 있었다.

부모에게 버림받은 애들이 모여 있는 곳.

이제부터 이곳이 소향의 집이자 고향이 될 것이다. 떼어버리고 싶지만 결코 벗어날 수 없는 애증의 공간.

그 애들이 자신을 보고 웃고 있다는 생각이 들었다.

머리 속이 어지러웠다.

하늘이 빙글빙글 돌았다.

순간 속에서 무엇인가가 울컥 솟구쳤다.

"크윽!"

소향은 탁한 피를 한 사발이나 토하면서 눈을 떴다.

새하얀 천장이 낯설게 그녀에게 다가왔다.

"여기는?"

"아, 언니! 깨어나셨군요?"

낯익은 목소리가 바로 옆에서 들려왔다.

고개를 돌리자 연화의 반가운 얼굴이 보였다. 반가움도 잠시, 연화가 울먹이며 말했다.

"언니가 깨어나지 못하실까 봐 두려웠어요. 흑."

“어떻게 된 거지?”

십이지도를 사용했던 기억이 났다. 그리고 말을 타고 한참을 달렸고 그 다음은……? 도무지 기억이 나지 않았다.

“대원들은?”

소향의 말에 연화의 표정이 다시 어두워졌다. 그리고 두 눈에서 눈물이 글썽였다.

나쁜 예감이 든 소향은 억지로 몸을 일으키려 했다. 그러나 짜릿한 통증만 느껴질 뿐 몸은 움직여지지 않았다.

그때 연화가 활짝 웃으며 말했다.

“모두 무사하답니다. 속았지요?”

연화의 말에 소향은 길고 긴 안도의 한숨을 쉬었다.

순간 긴장이 풀리면서 소향은 다시 잠에 빠져들었다.

연화가 다급한 목소리로 ‘언니’를 부르는 목소리를 뒤로하고 그녀는 다시 처음 무림맹에 입맹했던 시기로 돌아가고 있었다.

“현무단 매화 일조 조장 우이라고 합니다. 앞으로 잘 부탁드리겠습니다.”

따사로운 봄 햇살을 등진 채 자신을 소개하던 그 사내.

“이름이 뭐죠?”

“소향입니다.”

“좋은 이름이군요.”

환한 미소를 짓는 우이의 얼굴이 그녀의 가슴속을 가득 채우면서 숨이 막혀왔다.

“커억!”

소향이 다시 한 사발의 피를 토해내며 눈을 떴다. 이번에 내뱉은 피는 아까의 피와는 달리 맑았다.

낯선 노인이 자신을 내려다보고 있었다.

"여자치고는 꽤 강하구먼."

평소 같으면 소향에게 한 방 얻어맞을 소리였지만 소향은 그가 의선(醫仙) 철관 도인일 거라는 생각이 들었다.

그녀의 생각은 맞았다.

그 노인이 바로 의선이었고 죽음의 늪을 허우적대던 그녀를 다시 삶의 대지로 건져 내준 생명의 은인이기도 했다.

"고맙습니다."

소향의 인사에 철관 도인은 그저 웃기만 했다.

그 옆으로 다시 한 남자가 그녀의 시선에 들어왔다. 혹시 우이가 아닌가 하는 마음에 가슴이 덜컥 내려앉았지만 희미한 시야 속의 그는 우이가 아니었다.

분명 어디선가 본 남자였는데 누구인지 도무지 기억이 나지 않았다.

그녀와 눈이 마주친 그가 살짝 웃어주었다. 제법 그 미소가 멋있다는 생각이 들었다.

철관 도인이 다시 소향의 몸에 몇 개의 침을 놓자 소향은 다시 잠에 빠져들었다. 그리고 방금 전의 그 사내가 객잔에서 담백과 겨루었던 그 악당을 좋아한다던 사내였다는 것을 기억해 내는 순간 그녀는 다시 심연의 과거 속으로 빠져들고 있었다.

"크아악!"

사방에서 비명 소리가 터져 나왔다.

이번에는 두 번 다시 기억하기 싫은 오 년 전으로 돌아갔다.

마교의 천마대(天魔隊)의 함정에 빠지게 된 현무단이었다. 무림맹주는 천룡단과 백호단의 무사들과 함께 극적으로 빠져나갔고 현무단이 마지막 활로(活路)를 찾아 헤매던 때였다.

온갖 함정들과 미로.

동료들의 시체를 넘어 눈물을 흘리며 내달리던 그 길.

죽여도 죽여도 끝없이 몰려드는 마인(魔人)들.

그곳은 이미 무도(武道)의 차원을 벗어난 살육의 현장이었다.

초식도, 검로도 없었다. 단지 본능에 의한 생존의 몸부림만이 코를 찌르는 피비린내 속에서 넘쳐 나고 있었다. 무공의 고하 따위는 산처럼 쌓인 시체 더미에 파묻혀 버린 지 오래였다.

타고난 살인자가 아닌 바에야 이러한 죽음의 현장 속에서 제정신을 차릴 수 있는 사람은 아무도 없었다. 다만 모두들 반쯤 넋이 나가 본능에 따라 움직일 뿐이었다.

짝!

동료들의 시체 사이에서 마지막 한 자루의 비도를 움켜쥔 채 이빨을 딸그닥거리며 부들부들 떨고 있는 소향의 뺨을 누군가 후려쳤다. 우이였다.

"정신 차려!"

우이가 그녀의 손을 잡아끌며 소리치듯 말했다.

"달려! 돌아보지 말고 달려!"

시체에서 흘러내린 핏물이 발목까지 차는 복도를 소향은 정신없이 달렸다. 몇 명의 동료들이 자신과 함께 달리고 있었다. 모두들 울고 있었다.

첨벙!

달리던 동료 하나가 넘어졌다.

"으아아악!"

핏물 속에 고개를 처박은 그가 괴성을 질러댔다. 같이 달리던 또 다른 동료가 몸부림치는 그를 억지로 업었다.

"나가야 해."

그곳을 빠져나갈 수 있는 복도의 끝에서 소향은 달리는 것을 멈추었다.

우이는 돌아보지 말라고 했지만 그녀는 고개를 돌렸다.

수백 명의 마인들이 몰려들고 있는 좁은 복도를 우이가 홀로 그들을 막아내고 있었다. 베어도 베어도 끝없이 몰려드는 마인들이었다. 시체가 쌓여 입구를 막아도 그 사이를 비집고 그들은 검을 휘두르며 달려들었다.

"끄아아악!"

그 모습에 소향은 오싹 소름이 돋아 올랐다.

우이는 온몸에 피를 뒤집어쓴 채 그들을 향해 검을 휘두르고 있었다.

우이의 등,

무엇이라도 다 막아낼 것만 같았던 우이의 단단한 등.

그러나 지금 이 순간 우이의 등은 너무나 위태로워 보였다.

우이는 동료들의 귀환을 위해 마지막까지 남아 검을 휘두르고 있었다.

한두 발자국씩 뒤로 밀릴 때마다 서너 명의 마인들이 피를 뿌리며 쓰러졌다.

평소 벌레 한 마리도 죽이지 않는 그였다.

그때 우이가 고개를 돌렸는데 소향은 복도 끝에서 멍하니 그 광경을 보고만 있었다.

"빨리 가! 빨리!"

온몸에 피를 뒤집어쓴 채 우이가 목이 터져라 외쳤다.

그리고 소향은 똑똑히 볼 수 있었다.

우이의 눈에서 흐르고 있는 한줄기 눈물을.

죽여야 하는 상대의 눈을 바라보는 괴로움.

우이는 마인들을 베는 것이 아니라 자신의 영혼을 조금씩 베고 있었다.

"선배님……."

소향은 그 모습을 영원히 잊을 수 없을 것이다.

따땅!

우이의 검이 부러졌다.

그 순간 소향이 비명과 함께 깨어났다.

이번에는 반가운 얼굴들을 많이 볼 수 있었다.

"괜찮으십니까?"

하윤덕과 냉하연, 그리고 오령이 그녀를 보고 웃고 서 있었다.

오령은 이마에 붕대를 감고 있었고 냉하연은 왼쪽 팔에, 그리고 하윤덕은 다리에 부목을 댄 채 지팡이를 짚고 있었다.

"한진은?"

"그 녀석은 며칠 더 누워 있어야 한답니다."

밝은 표정으로 하윤덕이 말했다. 그다지 심각한 상태는 아니라는 것을 표정으로 말하고 있었다.

"어떻게 된 일인지 누가 애기 좀 해봐."

하윤덕이 그간의 사정을 애기했다.

말을 꺼내자마자 바로 그가 나서는 걸로 보아 그나마 말재주가 있는 하윤덕이 이야기하기로 약속해 둔 것 같았다. 지은 죄가 있는 그들로서는 그게 최선의 방법이었다.

"돌아가면 다시 지옥 훈련이다. 모두 각오해!"

이야기를 다 들은 소향이 말했다.

"네, 알겠습니다!"

모두들 큰 소리로 대답했다.

지옥으로 보내겠다는 이의 표정은 무섭지 않았고 지옥으로 들어갈 이들은 행복한 웃음을 지었다.

소향은 눈물이 나오려고 했다. 자신의 목숨을 살리기 위해 혈로를 택한 그들이었다. 어찌 고맙지 않겠는가?

하지만 그들은 되돌아가야 했다. 결과가 좋았기에 망정이지 만약에 그 괴청년의 도움이 없었다면 어떻게 되었겠는가?

연화 소저 및 현무단 소속 소향 외 국화조 전원 사망. 일부 실종.

단 한 줄이지만 실로 끔찍한 결말의 전서구가 맹에 도착했을 것이다. 죽어서도 눈을 감지 못할 일이었다.

"내가 얼마나 누워 있었지?"

"사흘입니다."

'사흘이나?'

소향의 표정이 어두워졌다.

제갈혜를 구하러 간 담린과 소천이 걱정되었기 때문이다.

어쩌면 그들의 운명은 이미 자신에게서 떨어져 나갔을지도 몰랐다. 지금쯤이면 어떤 식으로든 결정이 났을 테니까.

소향은 갑자기 목이 메어와 힘겹게 몸을 일으켰다.

"아직 좀 더 누워 계셔야……."

오령이 그녀를 말렸지만 그녀는 억지로 몸을 일으켜 침대에 걸터앉았다.

"괜찮아. 이 정도에 죽지 않아."

냉하연의 눈에 다시 눈물이 고였다.

그녀에게 소향은 든든한 버팀목이었다.

더구나 남자들이 대부분인 현무단에서 소향의 존재는 냉하연과 제갈혜에게 있어서는 정말 없어서는 안 될 귀중한 존재였던 것이다.

"살아나 주서서 정말 감사해요."

기어코 냉하연이 눈물을 떨어뜨렸다.

소향은 그녀의 어깨를 살짝 두드려 주었다.

소향이 천천히 걸음을 옮겼다.

아직은 어린 그들이다. 타인을 위해 자신의 목숨을 내놓기는 더욱 어린 나이다. 단지 호위 무사이기에 목숨을 강요하는 것은 너무나 가슴 아픈 일이었다.

그들의 눈빛을 보는 것이 너무나 힘들어 소향은 걸음을 옮길 때마다 올라오는 쓴 물을 다시 삼키며 천천히 밖으로 걸어나갔다.

연화가 서서히 정신을 차린 것은 그녀의 몸에 꽂혀 있는 백여 개의 침이 거의 다 뽑혀 나왔을 무렵이었다.

그녀가 실눈을 뜨자 철관 도인의 뒤에서 소향이 걱정스럽게 자신을 내려다보고 있었다. 소향의 치료가 끝나자마자 바로 연화에 대한 치료가 시작되었던 것이다.

침을 뽑고 있는 철관 도인의 온몸은 온통 땀투성이었다.

침이 놓인 곳 하나하나 생명과 닿지 않는 곳이 없었기에 한 치의 실수라도 연약한 연화에게는 치명적인 결과를 낳을 수 있었던 것이다.

따라서 지금의 치료는 많은 심력의 소비를 요구하는 고된 일이었다.

숨죽이는 치료는 계속되었다.

과연 신의라 불리는 철관 도인이었다.

침을 모두 빼고 독특한 향기를 내는 액체로 그녀의 몸을 닦아주니 뼈만 앙상했던 그녀의 몸에서 윤기가 돌기 시작했다.

파리한 그녀의 안색에도 화색이 돌기 시작했다.

"이제 다시 삼 년 후에나 보겠구나."

치료가 모두 끝났다는 소리였다.

연화가 힘겹게 미소를 지었다.

"내 평생 제자를 두지 않으려 했는데 너 때문에라도 제자를 두어야겠구나. 난 너 때문에 편히 죽을 수도 없는 몸이다."

철관 도인이 허허로이 웃으며 말했다. 연화의 눈에 눈물이 맺혔다.

연화가 억지로 일어나 예를 표하려 하자 철관 도인이 그녀를 가볍게 제지했다. 그러한 철관 도인의 눈에는 인자함이 가득했다.

"모든 게 하늘이 정해준 인연이겠지. 너무 마음 쓰지 말거라."

철관 도인이 밖으로 나갔다.

소향이 연화의 이마에 맺힌 땀을 닦아주었다.

"언니."

"응?"

"나 흉하지?"

자신의 벗은 몸을 말하는 것이었다.

너무 말라 그녀의 나신(裸身)은 마치 뼈다귀에 가죽을 걸쳐 놓은 것처럼 볼품이 없었다.

"그래, 살 좀 더 쪄야겠다. 당초리어(糖醋鯉魚)를 끝내주게 하는 집 알고 있거든. 다음에 같이 가자."

당초리어는 잉어로 만든 보양식(保養食)이었다.

그 말에 연화가 손을 내밀었다.

앙상한 그녀의 손을 소향이 꼭 쥐었다.

"약속한 거야."

"그래."

"뭐 하나 물어봐도 될까?"

소향이 그녀의 손을 놓지 않은 채 조심스럽게 말했다.

연화의 표정에 살짝 긴장이 감돌았다.

"무엇이든지 물어봐."

"우릴 구해준 그 사람, 누구인지 알고 있니?"

소향은 그녀의 손이 살짝 떨리는 것을 느꼈다.

그녀의 눈썹이 파르르 떨렸다.

"나도 몰라."

그녀가 거짓말을 하고 있다는 것을 소향은 알 수 있었다.

연화는 분명 그를 알고 있었다.

그러나 소향이 내색하지 않고 말했다.

"그래? 나이에 비해 무공이 보통이 아니던데……."

"으응."

"뭐, 하긴 강호에는 숨은 기인이사(奇人異士)들이 많으니."

소향이 대수롭지 않게 말했다. 그러나 아무리 강호에 기인이사가 많다 해도 이십 대 중반의 나이로 귀견수를 상대할 수 있는 경우는 극히 드물었다.

연화 역시 소향이 자신의 거짓말을 눈치 챘다는 것을 느낄 수 있었다.

"그럼 몸조리 잘해."

밖으로 나가는 소향의 등 뒤로 연화의 떨리는 목소리가 들렸다.

"언니, 사실은……."

무엇인가 말하려는 연화에게 소향이 말을 끊었다.

"괜찮아. 친하다고 해서 모든 것을 다 말할 필요는 없어."

소향의 환한 미소에 연화는 안도의 표정이 되었다.

“고마워, 언니.”

소향이 나가자 연화는 눈을 감았다.

떠나기 전날 밤 아버지인 구양호가 한 자루의 소도(小刀)를 쥐어주며 자신에게 했던 말이 떠올랐다.

“네게 강호의 운명이 달려 있다.”

“네?”

“간단한 일이다. 하나 중요한 일이다.”

“왜 그런 중요한 일을 제게?”

“네가 내 딸이기 때문이다.”

연화는 아버지가 시킨 대로 일을 해냈다.

모든 일은 아버지가 말해 준 그대로 진행되었다. 아버지의 말대로 그가 나타났고 그에게 아버지가 준 소도를 전해주었다.

그러나 그녀는 자신의 행동이 과연 강호의 운명을 살려놓은 것인지에 대해서는 확신하지 못했다.

귀환(2)

먹이를 던지자 연못 속의 잉어 떼가 요동 쳤다.

한 사내가 담담히 그 모습을 들여다보고 있었다. 철관 도인이 거처하는 복호암(伏虎庵)의 뒤뜰 연못가였다. 그는 바로 연화 일행을 구해 이곳으로 데려온 위지천이었다.

비단 빛 아름다움이 흙탕물 속에 가려졌다. 잉어의 수에 비해 부족한 먹이 탓이었다. 흙탕물이 가라앉으려면 시간이 걸릴 것이다.

"난 네가 좋다."

죽은 대사형이 가끔 그에게 하던 말이었다.

대사형은 마교에 전혀 어울리지 않는 사람이었다.

술을 좋아했고, 사람을 좋아했고, 마교 교주의 대제자인 주제에 정의로움을 동경했다.

위지천은 알 수 있었다, 적어도 대사형만큼은 다른 사형제의 죽음에 결코 개입하지 않았다는 것을. 대사형은 다른 사형제를 해칠 독심이 없었기에 결국 자신이 죽게 되리라는 것을 알고 있었다.

"하하, 마교천하(魔敎天下)의 시대가 와서 너희들 중 누군가 강호의 주인이 된다면 말이지… 마교가 결코 불의하기만 한 악의 무리가 아니란 것을 분명히 알려주게나. 원래의 마(魔)가 가졌던 그 태초의 순수함을 마음껏 보여주라구. 그 순수함 속에는 정파인들이 말하는 것보다 더욱 뜨거운 의(義)와 협(俠)이 감추어져 있다는 것을 모두에게 알려주게나."

술을 마실 때마다 대사형이 했던 말이다.

그때마다 넷째는 항변했다.

"전 정(正)이라 불리는 그 모든 것을 증오합니다."

명문정파로 불리던 철장문(鐵掌門)의 암습으로 가문이 몰락한 그였다. 원인은 단지 보검이라 불리는 한 조각의 쇠붙이 때문이었고 그 결과 백오십 명이 몰살당했다.

그 추악한 욕망의 밤 이후에도 철장문은 여전히 명문정파라 불리고 있었다. 그리고 앞으로도 그럴 것이다.

넷째는 철저하게 정파를 미워하고 있었다. 한 조각의 복면 쪼가리에 추악한 욕망을 가릴 수 있는 존재가 정파인들이라 생각하였다.

그럴 때면 대사형이 넷째에게 말했다.

"네가 강호의 주인이 된다면 많은 정파인들이 죽게 되겠지. 그래, 네 마음 이해한다. 그것을 말릴 마음도 없다. 그러나 부탁 한 가지만 하자."

"말씀하세요."

"무서운 마인이 될지라도 결코 괴물(怪物)이 되지는 말아라."

"그 차이가 무엇입니까?"

대사형이 넷째의 어깨를 다독거리며 말했다."

"우린 마인이기 이전에 인간이지 않느냐?"

넷째가 살아남았다면 과연 대사형의 말을 따랐을까?

막내가 가끔 대사형에게 물었다.

"대사형이 주인이 된다면 어떤 강호를 만드실 건가요?"

"내가 주인이 된다면?"

그러나 대사형은 단 한 번도 그 대답을 한 적이 없었다. 그때마다 그는 예의 그 사람 좋은 미소만을 지을 뿐이었다.

'과연 대사형은 어떤 강호를 꿈꾸었을까?'

위지천은 가끔 사형제들을 떠올렸지만 이미 모두 죽은 이들이었다.

죽은 이들에 대한 추억은 쓸쓸함만이 남을 뿐이었다.

"난 네가 좋다."

위지천의 마음속에 다시 대사형의 말이 울려 퍼졌다.

'사형은 나의 어떤 점을 좋아한 것일까?'

흙탕물이 가라앉자 얼굴이 비춰졌다. 준수한 위지천의 얼굴에 떠오른 슬픔이 연못의 떨림을 따라 흔들리고 있었다.

"부르셨습니까?"

어느 틈에 좌구척이 옆에 와 있었다. 귀영신마(鬼影神魔)라는 별호답게 귀신도 놀랄 움직임이었다.

위지천은 말없이 그에게 한 장의 밀서(密書)를 내밀었다.

작은 종이에 빽빽이 글씨가 적혀 있었다.

빠르게 그것을 읽어 내려가던 좌구척의 표정에 놀라움이 더해갔다.

"이것은?"

놀란 좌구척에게 위지천이 작은 소도를 내밀었다.

소도라기보다는 여성용 장신구에 가까운 작고 앙증맞은 칼이었다.

"연화 소저가 감사의 뜻으로 주더군요."

"그 속에 이것이?"

위지천이 말없이 고개를 끄덕였다.

다시 쪽지를 읽어 내려가는 그의 눈가에 주름이 잡혔다.

"강시제조금지(殭屍制條禁止) 및 폐기(廢棄), 십대금용암기폐기(十大禁用暗器廢棄), 상호암살시도금지(相互暗殺始睹禁止)……?"

"맹주가 조건을 걸어온 것이지요."

"그러나 협의 내용들은 저희로서는 거의 불가능한 것들입니다."

"맹주에게도 일종의 명분이 필요하겠지요. 만약에 저 내용들을 우리가 받아들인다면 그는 강호인들의 전폭적인 지지를 받게 될 테니까요."

"그래서 우리가 얻는 이득은 무엇입니까?"

"이제부터 생각해 봐야겠지요."

"하지만……."

"낡은 독강시(毒殭屍) 몇 구 내놓고 그 이상의 소득을 얻게 된다면 손해 볼 일이 아니겠지요."

위지천의 말에 좌구척이 고개를 끄덕였다. 다시 밀서를 읽어 내려가던 좌구척이 의외라는 표정으로 말했다.

"무림대회 개최 장소가… 태호(太湖)?"

"구파일방의 영향권에서 벗어난 곳이지요. 구파일방을 견제하고자 하는 무림맹주의 뜻이 아닌가 합니다만……."

"확실히 그런 듯합니다. 태호는 구파일방의 공동 세력권이자 그 어느 쪽도 확실한 세력을 뿌리내리지 못한 확실히 미묘한 곳이지요. 제가 알기로 지금의 태호는 중소 방파 몇 개가 서로 나누어 자리를 잡고 있는 것으로 알고 있습니다."

좌구척의 말에 이번에는 위지천이 고개를 끄덕이며 동조의 뜻을 내보였다. 위지천 역시 태호의 사정을 알고 있었다.

"어떡하실 작정이십니까?"

"글쎄요."

말은 ‘글쎄요’였지만 이미 위지천은 결정을 내린 듯 보였다.

“같이 춤추고 놀자는데 굳이 거절하기도 그렇고…….”

“음!”

좌구척이 깊은 신음성을 냈다. 이미 위지천은 맹주의 제안을 받아들일 결심을 한 것이다.

좌구척을 보더니 위지천이 미소를 지으며 말했다.

“신마께서는 걱정이 되시나 봅니다.”

“이 문제는 그리 간단한 문제가 아닙니다.”

“무엇을 그리 걱정하세요. 손을 잡자면 잡아주면 되고 노래를 부르자면 함께 노래를 불러주면 되지요.”

“살며시 손에 사침(死鍼)을 쥐어줄 수도, 노래하는 입에 독을 들이부을 수도 있지요. 웃으며 상대를 죽이는, 그것이 바로 정파인들입니다.”

“하하하!”

좌구척의 말에 위지천은 오히려 신나게 웃었다.

그러나 좌구척의 얼굴은 오히려 어두워졌다.

위지천이 아무리 뛰어난 인재라 해도 아직 너무 젊었다. 산전수전 다 겪은 강호의 늙은 너구리들을 상대하기에는 경험이 너무 적었던 것이다.

물론 위지천의 무공은 강했지만 강호의 일이란 무공의 고하만으로 결론이 나는 곳이 아니었다.

‘전혀 예상하지 못한 돌발 상황이 발생했을 때 과연 제대로 대처할 수 있을까’ 하는 것이 좌구척의 걱정이었다.

일단 저쪽의 속셈을 모르는 이상 말려들지 않는 것이 상책이었다.

좌구척은 이미 한번 결심한 것은 결코 바꾸지 않는 위지천이라는 것을 알고 있었지만 그렇다고 그냥 있을 수만은 없었다.

“이번 일만 보더라도 그는 실로 무서운 자입니다.”

“어떤 점에서 그렇소?”

“아마 정도맹주는 자신의 딸이 위기에 처하게 되리라는 것을 예측했을 겁니다. 최악의 경우 목숨을 잃을 수도 있다는 것까지 말입니다.”

위지천이 고개를 끄덕여 동조했다. 나루터에서 자신이 나서지 않았다면 그녀는 틀림없이 죽었을 것이다.

“자신의 딸마저 이용하는 그의 독심(毒心) 말이오?”

위지천의 말에 좌구척이 고개를 저으며 말했다.

“저희는 마인입니다. 가족의 목숨을 이용하는 것 따위는 그다지 놀라운 일이 아닙니다.”

“그럼 무엇을 걱정하시는 것이오?”

“그는 우리가 나서줄 것을 정확히 예상했다는 점입니다.”

“음?”

“그 말은 곧 그자의 심계(心計)가 우리를 꿰뚫고 있다는 뜻이거나 아니면 저희의 내부 사정을 훤히 들여다보고 있다는 것입니다.”

“첩자가 있을 수도 있다?”

위지천의 말에 좌구척은 긍정도 부정도 하지 않았다.

“어떤 경우가 되었든 우리에게는 좋지 않겠지요.”

좌구척의 말에 위지천의 시선이 연못으로 향했다.

좌구척의 말이 옳았다.

산에서 내려와 연화 일행을 도울 수 있었던 것은 이번 연화 일행의 움직임이 자신들을 향한 일종의 의사 타진이라는 마교의 자체적인 분석이 있었기 때문이다. 그러한 점에서 과연 좌구척의 조언은 결코 가벼운 것이 아니었다.

잉어들이 헤엄쳐 노는 것을 한참을 말없이 바라보고 있던 위지천이 다시 말을 꺼냈을 때 좌구척은 그것이 그의 최종 결정이라는 것을 알 수 있었다.

"꼬리를 흔들면 쓰다듬어 주고 물려고 덤비면 패주면 되겠죠."

위지천이 하늘을 올려다보았다. 거대한 뭉게구름이 서서히 움직이고 있었다. 잠시 그것을 바라보던 위지천이 말을 이었다.

"가끔은 단순한 게 좋다고 생각합니다. 우린 마교니까요."

"존명!"

여태껏 반대 의사를 하던 좌구척도 마음을 굳혔다. 결정이 난 이상 그 상황에 맞게 최선을 다하면 되는 것이다.

위지천이 남은 먹이를 연못으로 던지자 연못 안은 다시 어지러워졌다.

*　　　*　　　*

"요즘 강호에는 고수들이 너무 많다."

낙양과 태호로 나뉘는 갈림길에서 소향이 말했다.

"이번에 너희들도 느낀 점이 많았을 것이다."

심한진을 비롯한 신입 대원들은 말없이 생각에 잠겼다.

그들은 이번 임무를 통해 자신들이 우물 안 개구리였다는 것을 새삼 실감할 수 있었다.

그들이 상대했던 적들 중 누구 하나 호락호락한 상대가 없었던 것이다. 하다못해 현상금 사냥꾼에 불과한 흑상의 삼류무사들과의 싸움에서도 한순간의 실수가 곧 죽음으로 이어지는 그런 무서움을 맛보았던 것이다.

처음 무림맹 현무단에 합격했을 때의 천하십대고수라도 상대할 수 있을 것 같았던 자신감은 그들만의 큰 착각이었다.

가문의 보호를 받으며 부모 형제와의 비무를 통해 자신의 실력을 가늠했던 그들이었다. 실전에서의 싸움이 얼마나 다르고 무서운가를 절실히 느낄 수 있었던 임무였다.

"돌아가면 더욱 열심히 무공 연마를 해야겠지."

모두들 의기소침해졌다.

"그러나……."

소향의 말에 힘이 들어갔다.

모두들 숙여진 고개를 들고 소향을 응시했다. 그런 그들과 하나하나 눈을 마주치며 소향이 말했다.

"누군가를 진심으로 지켜주는 일은 고수가 아니라 가슴이 뜨거운 사람만이 할 수 있는 일이다."

소향의 표정에는 후배에 대한 애정과 자랑스러움이 가득했다.

"그래서 난 너희들이 자랑스럽다."

소향의 말에 모두들 가슴이 뿌듯해짐을 느낄 수 있었다.

"맹에서 보자!"

괜히 멋쩍은 듯 소향은 급히 말고삐를 돌려 태호로 달렸다.

그녀의 뒤를 누군가 말을 타고 뒤따랐다.

연화를 태운 마차는 낙양으로 향했고 소향은 태호로 방향을 바꾼 것이었다. 소향이 아직 맹에 도착하려면 며칠이나 남았음에도 연화를 두고 태호로 달린 것은 남은 길이 안전하다고 확신을 해서도 아니었고 후배들을 믿어서도 아니었다.

바로 연화의 마차에 앉아 있는 새로운 마부 때문이었다.

젊은 청년과 함께 있었던 그 중년 문사가 마부를 자청하고 맹까지 호위해 주겠다고 나섰던 것이다.

소향은 그의 무공이 결코 자신의 아래가 아님을 파악하고 있었다.

정체도 모르는 사람에게 연화의 호위를 맡기려니 마음이 내키지 않았지만 어차피 두 번이나 구원을 받은 신세였다. 해치려고 마음먹었으면 벌써 수십 번은 더 죽었을 것이다. 게다가 연화 역시 그들에 대해서 알고 있는 눈치였고 달리 거부 반응을 보이지 않았다.

물론 가장 중요한 이유는 제갈혜와 담린, 소천에 대한 걱정 때문이었다. 이미 너무 늦어버린 것이 아닌가 싶었지만 지금이라도 달려가 봐야 했다.

태호로 달리는 소항의 마음이 급해졌다.

"같이 갑시다."

자신이 출발하자 동시에 뒤를 따라왔던 청년, 바로 위지천이었다.

어느 틈에 말고삐를 나란히할 정도로 따라붙었다.

소항은 말없이 계속 달리기만 했다. 그 역시 말없이 묵묵히 같이 달리기만 했다.

소항은 이 정체 불명의 사내에 대해 아는 것이 하나도 없었다.

고맙다는 인사만 간단히 했을 뿐이고 한마디 이야기를 나누지도 않은 상태였다. 두 번이나 일행을 구해준 그였지만 그의 정체를 알 수 없는 신비감은 소항에게 거부감으로 이어졌다.

강호에서의 신비함이란 곧 위험의 또 다른 이름이라는 것을 소항은 잘 알고 있었다.

반나절을 꼬박 달린 후에야 두 사람 사이에는 대화를 할 작은 여유가 생겼다.

말이 너무 지쳐 쉬어가야 했기 때문이다. 소항의 마음이 아무리 급하다지만 그렇다고 죽은 말을 타고 달릴 재주는 없었던 것이다.

말없이 바위에 앉아 있는 소항에게 위지천이 말을 걸어왔다.

"원래 그렇게 말이 없소?"

"나는 당신의 이름도 몰라요."

"아, 미안하오. 난 위지천이라 하오."

"당신 이름은 궁금하지 않아요."

“이름을 물은 게 아니었소?”

“난 단지… 그냥 당신을 잘 모른다는 뜻으로 한 말이었을 뿐이에요.”

“왜 이렇게 차갑게 대하시오? 내가 혹여 그대에게 실수라도 한 게 있소?”

그리고 보니 소향은 그에게 퉁명스럽게 대하고 있었다. 자신의 일행을 두 번이나 구해준 사람인데 말이다.

“난 당신에 대해 아무것도 몰라요. 정체를 모르는 상대에게 친절할 필요는 없죠.”

그러나 분명 이런 이유 때문이 아니었다.

‘내가 왜 이러지?’

소향은 의구심이 들었지만 그것을 내색하지는 않았다.

위지천이 잠시 고민하는 듯하더니 이내 말했다.

“그렇다면 내 정체를 말해 주면 서로 친해질 수도 있겠군요. 좋아요. 내 말하지요.”

그리고 상대로서는 상상도 못할 말을 담담하게 말했다.

“난 마교의 소교주요.”

그 말에 한참을 멀뚱히 그를 바라보던 소향이 갑자기 웃음을 터뜨렸다.

“호호, 재밌군요.”

소향은 그것을 전혀 믿지 않는 눈치였지만 어쨌든 그 말은 적어도 그녀의 기분을 조금 풀어준 듯 보였다.

소향의 입가에 이제 작은 미소가 걸렸다.

“이제 내 정체도 말했으니 우리 친구합시다.”

위지천이 시원스럽게 말했다.

“싫어요!”

소향의 단호한 거절에 위지천이 두 눈을 동그랗게 떴다.

“이유를 말해 주시오.”

"마교의 소교주와 친구가 되면 난 무림 공적(武林公敵)이 될지도 몰라요. 전 오래 살고 싶어요."

둘은 동시에 웃음을 터뜨렸다. 서로에 대한 어색함이 조금 가셔졌음이 느껴졌다.

"당신은 누구죠?"

소향이 다시 진지하게 물었다.

"아까 말한 그대로요."

위지천 역시 진지한 표정으로 대답했다. 진실이 담긴 위지천의 눈빛에 소향은 잠시 혼돈스러워졌다.

소향이 두 손을 가볍게 내저으며 말했다.

"좋아요. 말하기 싫다면 할 수 없죠. 그럼 왜 날 따라온 거죠?"

"태호에 갈 일이 있소. 하지만 그 대답보다는 사실은 당신을 따라온 거라고 말하고 싶군요."

"왜죠?"

소향의 눈이 차가워졌다.

"당신과 친구하고 싶어서요."

소향은 위지천의 말이나 표정에서 그의 진심을 알아내려고 했지만 아무것도 알아낼 수가 없었다. 그의 눈빛은 마치 호수처럼 맑고 깊어서 도무지 무슨 생각을 하고 있는지 알 수 없었던 것이다.

"아!"

그때서야 소향은 왜 자신이 위지천에게 퉁명스럽게 굴었는지 알 수 있었다. 그의 눈빛은 자신에게 말 한마디 없이 떠난 그 '죽일 놈' 과 꼭 닮아 있었던 것이다.

⑯ 새로운 인연

새로운 인연(1)

우이가 태호의 철물점 중 가장 긴 역사를 자랑하는 백오십 년 전통의 강씨철방(姜氏鐵坊)에 들른 것은 새벽 안개가 채 가시지도 않은 이른 시간이었다.

수레를 끌고 객잔을 나선 우이가 그곳에 들른 것은 하나의 물건을 사기 위해서였다.

눈곱도 채 떼지 못한 점원 용팔(龍八)이 입이 찢어져라 하품을 하며 말했다.

"무엇을 드릴까요?"

"저것으로 주시오."

용팔은 우이가 가리킨 곳에서 작은 낫을 하나 들었다.

"세 푼이외다."

"그것 말고 그 뒤쪽에 있는 것으로."

"네? 이것 말입니까?"

용팔이 다소 의외라는 표정으로 우이를 훑어보며 다시 반문했다. 우이가 고개를 끄덕이며 말했다.

"네, 그것으로 주십시오."

"두 냥입니다만……."

용팔이 의아한 눈빛으로 우이에게 건넨 것은 바로 한 자루의 낡은 철검이었다. 값싼 농기구들 사이에 몇 자루의 낡은 철검이 함께 놓여 있었는데 우이가 요구한 것이 바로 그 철검이었던 것이다.

물론 비싼 검들은 철방 내에 따로 보관되어 있었고 바깥에 내놓은 것들은 낡고 오래된 것들이거나 혹은 품질이 좋지 못한 것들이었다.

용팔이 의아함을 감추지 못한 것은 바로 사내의 행색 때문이었다.

사내는 전혀 무림인처럼 보이지 않았다. 더구나 낡은 수레를 끄는 늙은 당나귀는 아침부터 검을 사러 온 사내의 동행으로는 너무나 어울리지 않았다.

용팔은 검을 아무렇게나 수레에 던져 놓고는 저 멀리 멀어져 가는 사내의 뒤를 멀뚱히 지켜보다 다시금 꾸벅거리기 시작했다.

덜컹덜컹!

수레는 산으로 향했다.

모과나무가 빽빽이 심어진 산속에서 이윽고 수레가 멈췄다.

향긋한 모과 향이 그 주변을 은은하게 물들이고 있었다.

주변을 이리저리 살펴보던 우이가 마치 제대로 찾아왔다는 표정으로 고개를 끄덕였다.

수레에서 검을 꺼내 든 우이가 말없이 검을 내려다보았다.

한 자루의 철검.

두 냥이면 누구나 살 수 있는 두 자 반 길이의 쇠붙이.

의(義)와 협(俠)을 향한 무인의 삶의 동반자.

인생을 바꾸어줄 젊은 청춘의 꿈과 희망.

술, 노름보다 더 지독한 중독성을 가진 물건.

잘못 다루어질 경우 인간의 영혼마저 파괴하는 마물.

검 손잡이를 쥐는 우이의 손이 살짝 떨렸다.

검을 놓은 지 채 두 달도 되지 않았는데 이십 년은 잡지 않은 것처럼 낯설게 느껴졌다.

우이는 호흡을 가다듬었다.

단전에서부터 웅혼한 힘이 느껴졌다. 그동안 자신을 외면한 주인에게 항의라도 하듯 그 힘은 힘차게 온몸을 휘돌았다.

검에서 눈부신 광채가 쏟아져 나왔다.

우우우웅!

검강(劍罡)이었다.

오랜만에 느껴보는 기운이었다.

그러나 이상한 일이었다. 무공 연마를 소홀히 했던 지난 두 달이었지만 그 기운은 전보다 더 강렬하게 느껴졌다.

심마에서 벗어난 이후의 변화이던가?

슈우우욱!

우이의 손에서 검이 떠났다.

검강을 머문 검이 홀로 춤을 추기 시작했다.

검이 나무 사이를 자유롭게 비상하며 한 폭의 그림을 그리기 시작했다. 우이는 문득 돌아가신 사부님이 떠올랐다.

사부는 춤추기를 좋아하시는 분이었다.

검을 연마하다 보면 유난히 검이 만들어내는 선(線)이 아름답고 고운 날이 있다. 그럴 때면 사부가 감탄하며 말했다.

"좋구나!"

그리고 사부는 그 허연 수염을 휘날리며 우이의 검과 함께 춤을 추시곤 하셨다.

"까마득한 어둠과 고요한 침묵 속에 홀로 밝음(明)을 보고 홀로 화(和)하는 소리를 듣는다. 만물을 그대로 두고 그냥 되는대로 살아가리라."

사부는 우이의 검이 강하고 빠른 날은 야단을 쳤고 부드럽고 자유로운 날에는 덩실덩실 춤을 췄다.

어린 시절 우이는 그런 사부를 도저히 이해할 수 없었다.

빠름과 강함을 추구하지 않는다면 왜 검을 든단 말인가?

이제야 그 이유를 어렴풋이나마 이해할 것 같았다.

부드러움이 강함을 감싸고 자연이 인위를 인도하는 경지가 어떠한 것인가를.

우이는 오랜만에 잡은 검이었음에도 사부님이 보셨으면 무척이나 좋아하셨으리라는 생각이 들었다.

'…사부님……'

무공의 경지가 절정에 이르면 혹독한 수련보다는 마음의 상태에 따라 그 검이 달라진다.

지금 우이의 상태가 그러했다. 그는 요즘 행복을 느끼고 있었고 자연 그의 검도 부드러워졌다. 그건 돌아가신 사부가 그토록 자신에게 전해주고자 했던 마음이기도 했다.

그러나 더는 검을 잡지 않을 것이다.

철컥!

검이 제집을 찾아 들어갔을 때 수레에는 반듯하게 잘려진 목재가 가득 쌓여 있었다.

"이것이면 충분하겠지?"

우이의 온몸은 땀으로 흠뻑 젖어 있었지만 흡족한 표정이었다.

그가 이른 새벽부터 이곳을 찾은 이유는 바로 영춘객잔을 수리할 때 사용할 목재를 구하기 위해서였던 것이다. 모과나무는 그 그윽한 향 때문에 최고급 가구 재료로 쓰이고 있었다.

우이는 굳이 직접 나무를 하지 않아도 될 만큼의 돈이 있었지만 무림맹에서 벌었던 그 돈을 영춘객잔에 쓰지 않으리라 마음먹은 상태였다. 어쩐지 그 돈을 쓴다는 것이 부끄럽게 여겨졌고 비록 살수들이긴 했지만 많은 이들의 목숨의 대가이기도 한 돈이었다. 그 돈은 그 찐득한 피 내음의 비릿함을 깨끗이 씻어줄 수 있는 곳에 써야 할 것이다.

덜컹덜컹!

수레를 끄는 늙은 당나귀는 마치 이 나무들이 의자가 되고 탁자가 되어 모두에게 쉴 자리를 제공해 줄 것이라는 것을 알기라도 하는 듯 비탈길을 잘도 내려갔다.

다음날 아침 객잔에 나온 영춘은 십오 년 전 아버지가 돌아가신 그날처럼 펑펑 눈물을 쏟아냈다.

그날의 눈물과 다른 점이 있다면 십오 년 전 그가 '꺼이꺼이' 온갖 슬픔을 다 담아 구슬프게 울었다면 오늘의 눈물은 자신도 모르게 볼을 적시는 감격의 눈물이라는 점이었다.

객잔 수리에 대한 걱정으로 뜬눈으로 밤을 지새운 영춘이었다.

모르는 사람들이야 객잔 주인쯤 되면 갑부까지는 아니더라도 제법 안락한 생활을 하지 않을까 하고 생각할 것이다. 그러한 생각은 중원 천지의 그 수많은 객잔 주인들에 대한 제법 정확한 분석이라고 볼 수 있겠지만 영춘객잔의 주인과는 전혀 상관없는 추측이었다.

영춘은 빈털터리였다. 금고는 항상 비어 있었고 저녁상에 올라오는 반찬은 토끼가 보면 좋아할 만한 것들이 대부분이었다.

영춘의 돈은 뒤로 줄줄 새고 있었다.

그 돈을 하촌의 병든 늙은이들과 어미 잃은 어린애들이 생명수마냥 빨아먹고 있었던 것이다. 그러다가 가뭄이나 홍수라도 한 번 나게 되면 그나마 있던 돈도 바닥을 드러냈다.

월급 한 푼 올려주는 데에 손을 벌벌 떠는 영춘이었다.

주방에서 쌀 한 톨 그냥 버려지는 걸 아까워하는 영춘이었다.

그런 영춘이었지만 마음속에는 부처가 들어앉아 있었다.

영춘에게 객잔은 유일한 재산이었고 더불어 많은 이들의 목숨이 걸려 있는 그의 인생의 유일한 보람이었던 것이다.

그런 객잔이 박살났으니 그 마음이 오죽하겠는가?

지난번에 이어 벌써 두 번째였다.

게다가 이번에는 수리할 돈도 없었다.

하촌의 뻔한 사정으로 미루어볼 때 돈을 빌리는 것도 쉬운 일이 아닐 것이다. 상촌의 그 악명 높은 고리대금업자 천노(千老)를 떠올리자 자연 한숨이 나왔다. 그러나 어쩔 수 없는 일이었다.

그가 무거운 발걸음을 옮겨 객잔으로 나왔을 때 객잔 안은 사람들로 북적대고 있었던 것이다.

'어이쿠, 무슨 일이지?

영춘은 또 무슨 일이라도 터졌나 하는 마음에 가슴이 철렁 내려앉았다.

사람들을 헤치고 객잔으로 들어선 영춘의 두 눈이 동그랗게 커졌다.

객잔 안에 모인 사람들은 모두 낯이 익은 이들이었다.

그들은 모두 하촌 골목에서 장사를 하고 있는 상인들이었던 것이다. 그들은 영춘객잔이 부서졌다는 소리에 저마다 연장 하나씩 들고 일손을 도우러 온 것이다.

만두 파는 달구, 야채 파는 봉평이, 팥죽 파는 오씨(吳氏)까지 저마다 못질 한 번, 대패질 한 번이라도 해주려고 모여들어 있었던 것이다. 하루 벌어 하루 먹고 사는 이들이 자신의 장사를 접어놓고 모두들 달려온 것이다.

"이보게, 영춘이. 힘내게."

"영춘이 형님, 저 왔어유."

그중에는 작년 자신과 멱살잡이까지 하며 크게 싸웠던 덕삼이까지 있었다.

"흥! 오해 마. 그냥 지나가다 들른 것뿐이야. 네놈 성질만큼이나 더럽게 부서졌군."

말은 고약했지만 뒷짐 진 그의 손에는 망치가 들려 있었다.

그런 그들을 보는 순간 영춘은 울컥 눈물이 쏟아졌다.

이곳에서 나고 자라 영춘객잔을 운영한 지도 벌써 삼십 년이 지났다.

하촌 거리에 모르는 사람, 모르는 일이 없는 영춘이었다.

누구네 집 속옷이 몇 벌이며 누구네 달거리가 며칠이라는 것까지 다 알고 있는 그였다.

그러나 오늘처럼 그들이 가깝게 느껴진 적은 처음이었다. 먼 친척보다 가까운 이웃이 좋다고, 지금 이들이 바로 그런 경우였다.

"그나저나 어디서부터 손을 대야 하나?"

"누가 가서 나무 좀 구해와야겠네."

그때 우이가 객잔 앞으로 수레를 끌고 왔다.

수레에는 잘 다듬어진 목재가 한가득 실려 있었다.

놀란 영춘이 달려나가 물었다.

"이게 뭔가?"

"나무 아닙니까?"

"내가 그걸 몰라서 묻는가?"

"하하, 아침에 가서 제가 해왔습니다."

놀란 영춘이 목재와 우이를 번갈아가며 보았다.

수레에 실린 목재는 일류 기술자가 정교하게 잘라낸 고급 목재들이었다. 일반인이 특정한 도구를 사용하지 않고 나무를 이렇게 깨끗하게 다듬는 것은 불가능했다.

"혹시 어디서 훔쳐 온 거 아닌가? 그런 거라면 난 필요없네."

영춘의 말에 우이는 두 손을 저었다.

"절대 그런 물건 아닙니다. 절 믿으십시오."

우이의 눈을 빤히 들여다보던 영춘은 그가 거짓말을 하고 있지 않다는 것을 알 수 있었다. 그렇다면 여태껏 모아두었던 돈으로 사 온 게 틀림없었다.

'비쌌을 텐데…….'

"자, 여러분! 여기 좀 도와주십시오!"

사람들이 본격적으로 달라붙어 나무를 옮기며 작업을 시작했다. 과거 목수 일을 했다는 임씨(林氏)가 앞장서 사람들을 지휘했다.

영춘이 여전히 붉어진 눈시울과 당황스런 표정으로 멀뚱히 서 있는 동안 영춘객잔 재건을 위한 시장 사람들의 손놀림은 바빠졌다.

세상을 살다 보면 간혹 이해 못할 일을 경험할 때가 있다.

개와 고양이가 나란히 기대어 오수(午睡)를 즐긴다거나 꽃 피는 춘삼월에 함박눈이 내릴 수도 있다. 별 볼일 없던 게으름뱅이가 하루아침에 고수가 되어 돌아오기도 하고 가끔 구파일방의 장문인들이 단체로 실종되기도 한다.

그래서 강호는 피가 튀어도 재밌고 목이 떨어져도 재밌는 곳이다.

여기 강호인이라고 부르기는 좀 뭣하지만 그래도 그들을 아는 사람들이 본다면 깜짝 놀랄 만한 광경이 벌어지고 있었다.

그 현장은 바로 영춘객잔의 별채 뒤, 우이의 방 앞마당 구석의 가득 쌓인 장작더미 위였다.

거기에 두 사람이 앉아 있었다.

나란히 있는 것이 결코 어울리지 않는 두 사람, 바로 흑오와 종대였다.

서로가 목을 물어뜯고 심장에 칼을 쑤셔 박고 있다 해도 별로 이상하지 않을 그들이었는데 그들은 마치 한평생 함께해 온 벗처럼 말없이 허공만을 바라보고 있었다.

그들은 객잔 사람들을 통해 그간의 이야기를 전해 들었다. 우이가 이곳 객잔에서 일하는 사람이라는 것도 알게 되었다. 둘은 그저 웃을 수밖에 없었다.

둘은 서로 욕을 하지도 치고 받고 싸우지도 않았다.

어차피 다 끝난 일이었다.

흑오파는 모두 죽었고 혈랑조는 모두 흩어졌다.

"나 때문에 그동안 힘들었지?"

한쪽 눈을 검은 천으로 대충 가린 흑오가 말했다.

"알긴 아는군."

종대는 피식 웃었지만 퉁퉁 부은 얼굴 때문에 그의 표정을 알아보기는 힘들었다.

"미안해."

"미친놈."

처음 종대 구역에 끼어든 것을 사과하는 흑오였다. 그런 흑오의 말에 종대는 대답 대신 한마디 욕을 던졌지만 표정에는 어떤 원한도 드러나 있지 않았다.

한참 동안 말이 없던 둘이다.

"크흐흑!"

갑자기 흑오가 오열하기 시작했다.

무엇이 그리 서러운지 흑오의 울음소리는 커져만 갔다.

정말이지, 흑오는 억울했다.

힘이 없어 뒷골목만 전전하다 이리 터지고 저리 터지고, 결국 한쪽 눈마저 잃었다.

훔쳐 배운 비봉수 때문에 공동파에게 언제 잡혀 죽을지 모를 신세였다. 사실 제대로 배우지도 못한 비봉수였다.

게다가 신도방에서 탈출한 자신을 그냥 둘 리가 없었다.

이제 갈 곳도 없고 새로이 무엇인가 할 의욕도 없었다.

모든 게 허탈하고 분했다.

자신을 이런 삼류악당으로 만든 하늘이 저주스러웠다.

"크흐흑."

흑오의 울음소리를 말없이 듣던 종대도 가슴에서 울컥 무엇인가 치밀어 오르는 것을 느꼈다.

젊은 시절의 종대는 그저 착하게 살려던 평범한 청년이었다.

가난한 집안 형편 때문에 안 해본 것이 없었다.

막노동에서 숙수 보조, 행상에 이르기까지 몸으로 할 수 있는 일은 모두 다 했던 그였다. 심지어 몸을 팔기도 했다. 그 때문에 병을 얻어 몇 년간 고생도 했고 지금 여자를 멀리하는 게 그때 얻은 병 때문이기도 했다.

그러나 그는 언제나 빼앗기는 쪽이었다.

아무리 이를 악물고 열심히 일해도 형편은 나아지지 않았고 그에게 돌아오는 것은 영원히 끝날 것 같지 않는 힘든 노동과 답답한 현실뿐이었다.

다들 착하게 살아야 행복할 것이라고 말들 했지만 그건 그저 듣기 좋은 말에 불과했다.

착하게 사는 사람은 그저 착한 것일 뿐이었다.

착하게 사는 것을 행복한 삶이라 생각하는 것은 착각이요 자기 위안에 불과한 것뿐이라는 생각이 들었다. 뺏지 못하는 약함과 가지지 못한 억울함을 감추기 위한 위선이라고 생각했다.

그러던 어느 날 종대는 뒷골목 왈패 두목에게 죽도록 얻어맞게 되었다. 물론 억울한 경우였다.

흙탕물 속을 뒹굴면서 그는 결심했다, 이제는 자신도 빼앗는 쪽에 서서 살겠노라고.

그날 밤, 왈패 두목의 방에 칼을 물고 들어갔다. 죽을 각오를 한 행동이었다. 어쩌면 이대로 죽어버렸으면 좋겠다는 생각을 했는지도 몰랐다.

평소 그토록 무섭게 보이기만 하던 왈패 두목이었지만 그는 눈을 뜨고 잠을 자지도, 심장에 칼을 꽂히고도 다시 살아나는 초인도 아니었다.

처음으로 한 살인이었지만 생각보다 무섭지도 않았고 죄책감 또한 느껴지지 않았다. 오히려 담담한 심정이 되었다.

그날 밤 고향을 떠 지금에까지 오게 된 것이다.

태호의 뒷골목에 자리를 잡는 과정은 실로 힘든 과정이었다. 몇 번이나 죽을 고비를 넘겨야 했다. 그러나 자포자기가 되어 죽을 각오를 한 종대는 결국 혈랑조를 만들 수 있었고 태호의 하촌 거리에 자리를 잡을 수 있었다.

그러나 행복은 그에 손에 잡힐 듯 잡힐 듯하면서도 결코 잡히지 않았다. 오히려 그가 꿈꾸었던 행복은 빼앗기던 때보다 더 멀리 달아나 버렸다.

시간이 흘러 빼앗는 쪽에 선 자는 결코 행복해질 수 없다는 것을 느꼈을 때는 이미 모든 것이 늦어버렸다. 이미 약탈은 자신의 삶이 되어 있었던 것이다. 자신이 그토록 저주하던 그 왈패 두목은 바로 현재 자신의 모습이었다.

흑오와 종대는 이제 꺼이꺼이 소리까지 내며 울었다

조직이 없어져서 우는 것이 아니었다. 자신의 인생이 불쌍하고 한심해서 우는 것이었다. 앞으로 살길이 막막해서 우는 것이었다. 지난날들이 후회스러워서 우는 것이었다.

한참을 그렇게 울다가 종대가 물었다.

"떠날 거야?"

흑오는 대답 대신 한숨을 내쉬었다.

"몇 살이지?"

불쑥 종대가 나이를 물어왔다.

"서른다섯."

"난 서른둘. 형님!"

종대가 갑자기 형님이라 부르자 흑오가 당황했다.

"이제부터 형님이라 부르겠소."

종대의 표정은 진지했다. 갑작스런 그의 태도에 혹시 무엇인가 계략을 꾸미려는 것이 아닌가 싶었다.

그러나 종대는 진심이었다.

"동생!"

둘이 손을 맞잡았다.

"형님, 이대로 이렇게 살 거요?"

종대의 표정은 달라져 있었다. 눈에서 빛이 났고 목소리에 힘이 들어갔다.

그런 종대를 보며 흑오 역시 하나 남은 눈이었지만 최대한 힘을 주었다.

"형님, 우리 새로 시작합시다."

"어떻게? 둘이서 새 조직을 만들자고?"

흑오의 말에 종대가 고개를 세차게 흔들었다.

"아니오, 아니오. 이제 그런 더러운 짓 말고 제대로 한번 해봅시다."

"제대로?"

"네, 정식으로 무공을 배우는 겁니다."

종대의 말에 순간 흑오는 가슴이 두근거리는 것을 느꼈다.

정식으로 무공을 배우는 일! 꿈에서도 그리던 일이 아니었던가?

그러나 흑오는 곧 그 두근거렸던 마음을 차갑게 진정시켜야 했다.

이미 그들은 무공을 배우기에는 너무나 늦었고 그런 그들을 가르쳐 줄 사람도 없었다. 자신들의 한 목숨 부지하기도 어려운 실정이었다.

흑오가 무슨 생각을 하고 있는지 알고 있다는 듯 종대가 흑오의 손을 잡으며 말했다.

"하지만 우리에게 마지막 희망이 있소."

"마지막 희망?"

"네, 쓰레기 같은 우리를 밝은 세계로 이끌어 줄 유일한 희망!"

그때 뒤채로 수레를 끌고 우이가 들어왔다.

우이를 본 순간 흑오가 재빨리 고개를 돌려 종대를 돌아보았다.

종대가 고개를 끄덕였다.

종대가 말한 마지막 희망을 이제 막 흑오도 보았던 것이다.

그 마지막 희망이 자신들에게 다가와 환하게 웃으며 말했다.

"이제 정신들이 좀 듭니까?"

새로운 인연(2)

다음날부터 영춘객잔의 식구가 둘 늘었다.

물론 그것은 앞으로 늘어날 둘의 생각이었지 나머지 식구들의 생각은 아니었다.

우이와 함께 영춘 앞에 선 흑오와 종대가 진지한 표정으로 앞으로 영춘객잔에서 일하고 싶다는 의사를 밝히며 영춘의 허락을 구했다.

일단 영춘의 반응은 기절이었다.

우이의 방에 눕혀둔 두 사람이 바로 흑오와 종대였다는 소리에 입에 거품을 물었다.

달호는 그들이 주방에 들어오면 자결하겠다며 자신의 목에 칼을 들이대는 것으로 자신의 결연한 의지를 밝혔다.

복대는 부들부들 떨리는 손으로 객잔 수리를 하던 사람들에게 나르던 음식 접시를 다섯 장이나 깨면서 자신이 지금 얼마나 심란한지를 보여주었다.

아평은 아연 뒤에 숨었고 아연은 우이의 손을 이끌고 나가 '도대체 어쩔 셈이냐'라고 한껏 바가지를 긁었다.

유일하게 이 노인만이 그저 허허로이 웃을 뿐이었다.

아무래도 지금까지 당한 것이 있는 그들이었으니 당연한 반응들이었다.

물론 흑오와 종대가 영춘에게 당당히 일을 하겠다고 말한 것은 우이의 허락을 받은 이후였다.

뒤채로 들어서던 우이 앞에 흑오와 종대가 무릎을 꿇었다.

바로 반 시진 전의 일이었다.

"이게 무슨 짓입니까?"

우이의 표정이 굳어졌다.

"이곳에서 일하게 해주시오."

"네? 이곳이라면… 영춘객잔에서요?"

놀란 우이가 되물었다.

"그렇소."

"도대체 그게 무슨 말입니까?"

"당신에게 무공을 배우고 싶소."

종대는 우이에게 깍듯하게 존칭을 하는 반면 흑오는 자신이 할 수 있는 최대한의 당당함으로 말하고 있었다. 종대와 호형호제한 영향 탓이기도 했다. 형님이란 자존심이 크게 작용한 것이었다.

우이는 그들이 깨어나 움직일 때쯤이면 당연히 이곳을 떠나리라 생각하고 있었다. 그러나 생각지도 못했던 그들의 말에 우이는 놀라지 않을 수 없었다.

"절대 안 됩니다."

우이의 입에서 단호한 한마디가 떨어졌.

"이유가 뭡니까?"

"이게 말이 되는 소리라고 생각하십니까?"

"말이 안 될 것도 없지요."

우이의 어이없는 표정을 보며 종대가 다시 말했다.

"안 되는 이유를 말씀해 주십시오."

"여러 가지가 있지만 가장 간단한 이유 하나만 말하겠소. 난 악인이 싫소."

"저희는 개과천선했습니다."

종대가 억울하다는 듯이 말했다.

그런 종대를 우이가 말없이 바라보았다. 속을 들여다보는 듯한 우이의 눈빛에 종대가 힘없이 말했다.

"아니, 사실… 아직은 못했을 겁니다. 하지만 앞으로 최선을 다해 노력할 겁니다."

"지난 시절의 흑오와 종대는 죽었소."

흑오가 두 주먹을 움켜쥐며 말했다.

"비록 더럽고 치사한 삶을 살아왔지만 이제부터라도 새롭게 살아보고 싶소. 이건 남자로서 내, 내 마지막 남은 자존심을 걸고 부탁하는 거요."

자존심 이야기를 할 때 흑오의 눈빛이 흔들렸다. 이미 만신창이가 된 몸으로 자존심을 내세울 처지가 아니었기에 부끄러운 마음이 들었던 것이다. 그러나 그나마 남은 것은 그것뿐이었다.

우이는 그들이 거짓말을 하고 있지 않다는 것을 알 수 있었다.

그러나 지금은 복대와 아연, 아평만으로도 머리가 복잡했다.

우이가 그들을 꺼리는 것은 폭력 조직의 두목이었다는 그들의 전직 때문만은 아니었다.

우이가 살아오면서 느낀 가장 큰 교훈 중 하나는 진짜 악인은 쉽게 표가 나지 않는다는 것이었다.

그런 점에서 그들은 진짜 악인은 아니었다.

문제는 자신은 자꾸 강호에서 멀어지려는데 강호는 점점 더 끈적거리며 다가오고 있다는 점이었다.

"당신이 우리의 인생을 바꾸어놓았습니다. 이제 끝까지 책임을 져야 할 때입니다."

그 말에 우이는 진심으로 미안함을 느꼈다.

그들의 말은 사실이었다. 자신이 아니었다면 그들은 여전히 흑오파와 혈랑조의 두목 노릇을 하고 있었을 것이다.

"휴~"

우이가 한숨을 내쉬었다.

"이 모든 게 하늘의 뜻입니다."

흑오와 종대가 평소 한 번도 믿거나 의지하지 않았던 하늘까지 동원하면서 간절히 말했다.

"일단 좀 두고 보다가 결정하겠습니다. 괜찮겠지요?"

허락이라도 받은 것처럼 두 사람의 표정이 환하게 밝아졌다.

"우선 영춘 형님에게 먼저 허락을 받으시지요."

"네, 알겠습니다."

흑오와 종대는 마치 단짝 친구처럼 척척 마음이 맞았다.

"참, 그리고 그쪽은 아직 조심해야 할 것 같습니다."

흑오를 말하는 것이었다. 신도방이 다시 찾아올 수도 있는 문제였다.

"잠시만 기다려 주시오."

대답도 듣지 않고 흑오는 밖으로 나갔다가 잠시 후 다시 들어왔다.

흑오의 모습에 우이는 깜짝 놀라지 않을 수 없었다.

그는 자신의 길고 텁수룩한 머리를 깨끗이 밀어버린 것이었다.

게다가 수염까지 깨끗이 깎고 나니 이전의 모습과는 전혀 다른 모습이
되었다.

다만 한쪽 눈에 안대를 하고 있는 점이 유독 튀었지만 산에서 방금 내
려온 애꾸눈 승인(僧人)처럼 보이기도 했다.

저러한 것만으로 어찌 모두를 속이겠는가만은 우이는 그들의 각오가
남다르다는 것을 다시 한 번 느낄 수 있었다. 정체를 감추는 방법에 대해
서는 좀 더 생각해 볼 문제였다. 당분간은 객잔 뒤채에 꼭꼭 숨어 있게
하는 방법밖에 없었다. 설마 흑오가 이곳에 있으리라고는 아무도 상상하
지 못할 것이다.

어쨌든 이렇게 된 일이었지만 영춘으로서는 기가 막힐 노릇이었다.

만약 그들이 이곳에서 일하고 있다는 것이 소문이 나면 그 누가 영춘
객잔을 찾을 것인가? 그보다도 자신이 불안해서 도저히 못 견딜 일이기
도 했다.

'흑오파라니? 혈랑조라니? 말도 안 돼!'

'절대 안 돼!'라고 고함을 지르려는 영춘은 문득 흑오의 번뜩이는 외
눈을 보게 되었다. 한마디로 뒷일을 걱정 않는 무시무시한 눈빛이었다.

흑오가 우이 몰래 보내는 협박 아닌 협박이었는데 그것은 단박에 들어
먹혔다. 사실 우이가 알면서도 모른 척했는지도 모를 일이었다.

"절대 이곳에는 나오면 안 되네… 요. 뒤채에서만 일하게나… 요."

오후 내내 오리새끼가 제 어미를 따르듯 우이의 뒤만 졸졸 따라다니는
흑오와 종대를 우이가 따로 불렀다.

"만약 객잔의 식구들이나 무고한 사람들을 해치는 일을 한다면 내 결
코 용서치 않겠습니다."

아무래도 신경이 쓰이고 걱정이 되는 우이였다.

우이의 서슬 퍼런 경고에 오히려 흑오와 종대는 다소 억울하다는 표정이 되어 말했다.

"절대 그런 일은 없을 겁니다."

"우리도 남자요."

둘의 표정은 진지했고 그 속에서는 어떤 딴마음이나 흉계도 찾아볼 수 없었다.

우이 역시 그들의 말이 진심이라는 것을 느꼈지만 과연 그들이 자신들의 과거를 그들의 의지만큼이나 깨끗하고 단호하게 끊을 수 있을까 하는 걱정이 들었다.

우이의 표정에서 그러한 걱정을 읽었는지 흑오가 가슴을 호쾌하게 두드리며 말했다.

"정 그리 믿지 못하시겠다면 내 진심을 증명해 보이리다."

말이 끝나기가 무섭게 흑오가 우이의 손에 들린 도끼를 뺏어 들었다. 그리고 나무둥치에 손을 올리고는 도끼를 치켜들었다.

우이도 놀랐지만 기겁한 것은 바로 종대였다.

종대가 놀란 것은 흑오의 손이 잘려 나가는 것 때문만은 아니었다.

만약 흑오가 정말 손가락이라도 하나 끊어낸다면 자신도 따라 잘라야 할지도 모를 일이 아닌가? 누군 자르고 누군 안 자른다면 모양새가 좋지 않았다. 왠지 흑오만 점수를 더 따는 것이 아닌가 하는 걱정이 되기도 했다.

"형님, 이게 무슨 짓입니까?"

벌써부터 손가락이 짜릿하게 저려오는 것을 느끼며 종대가 흑오의 도끼를 잡으며 황급히 만류했다.

"이 손 놓게. 어차피 한쪽 눈알도 빠진 거 손가락 몇 개 없다고 대수겠는가?"

“안 됩니다. 그럴수록 더욱 몸을 아껴야지요.”

종대가 필사적으로 말렸다. 모르는 사람이 본다면 피눈물 나는 형제애라 할 만했다.

결국 종대가 흑오의 도끼를 뺏어 들며 말했다.

“이리 주십시오. 정 그러시다면 제가 대신 하겠습니다.”

“좋네.”

“…네?”

종대의 말이 떨어지기가 무섭게 흑오가 종대에게 도끼를 건넨 뒤 한 발짝 뒤로 물러섰다. 그리고는 비장한 표정으로 종대에게 말했다.

“동생의 의기라면 아마 우릴 믿어줄 것이네.”

흑오가 이렇게 나올 줄 상상도 못했던 종대의 얼굴이 사색이 되었다. 종대가 울상이 되어 우이를 바라보았다.

우이는 진지한 표정이 되어 말없이 하늘을 올려다보았다. 우이는 터져 나오려는 웃음을 억지로 참느라 어금니까지 깨물어야 했지만 종대가 보기에는 마치 ‘용서하고 싶지만 어쩔 수 없다’ 라는 단호한 결단의 표정처럼 느껴졌다.

종대의 손이 부들부들 떨리기 시작했다.

억울한 마음에 흑오를 노려보았지만 흑오는 종대의 시선을 피해 땅만 쳐다보았다.

종대가 자신의 손을 말없이 내려다보았다.

거친 손등에는 이런저런 흉터들로 가득했다. 어디서 다쳤는지, 누구에게 베였는지도 모를 수많은 상처들. 처음 조직을 만드는 과정에서 숱하게 얻어맞기도 했지만 대부분 다른 이들을 괴롭힌 지난 세월이었다.

종대는 문득 손가락 한두 개를 자른다고 지난 악행이 지워질까 하는 생각이 들었다. 우이에게 결의를 보이기 위해서가 아니라 자신의 추한

과거에 대한 속죄로써 손가락을 잘라야겠다는 생각이 들었다.

종대의 표정이 굳어지며 도끼를 든 손에 힘이 들어갔다.

종대가 도끼를 치켜들었다.

그 모습에 놀란 사람은 흑오였다.

방금 전의 일은 종대를 놀리려 순간적으로 생각해 낸 장난에 불과했다. 그러나 종대의 심상찮은 표정에 흑오가 잔뜩 긴장했다.

흑오가 종대의 치켜든 도끼를 꽉 움켜쥐었다.

"미안하네."

진심 어린 흑오의 사과였다.

종대가 희미한 미소를 지으며 고개를 가로저었다.

"아닙니다, 형님. 형님 때문이 아닙니다. 문득 이런 생각이 듭니다. 손가락 한두 개 자른다고 과연 우리가 용서받을 수 있을까요?"

흑오는 종대의 심정을 이해할 수 있었다. 그 마음은 결국 자신과 크게 다르지 않은 마음이기도 했다.

"흐읍."

흑오의 두 눈에 핏발이 섰다.

종대가 자신의 팔을 내려치려고 다시 힘을 주었던 것이다.

도끼 날을 움켜쥔 흑오의 손에서 한줄기 핏물이 흘러내렸다. 도끼를 움켜쥔 손바닥이 도끼 날에 벤 것이다. 핏물이 도끼 자루를 타고, 종대의 손을 타고 흘러내렸다.

그러나 종대는 힘을 빼지 않았다. 손을 자르고자 한 마음은 진심이었던 것이다.

"바보 같은 놈아! 병신 둘이 어울리면 다들 놀려댈 거다! 병신은 나 하나로 족해!"

흑오가 악을 쓰며 도끼를 뺏으려 했다.

스윽!

우이가 종대의 손에서 도끼를 빼낸 것은 바로 그때였다. 가벼운 동작이었지만 도끼는 쉽게 우이의 손으로 들어갔다.

“오늘의 이 마음을 잊지 않는다면 아마 그걸로 충분할 겁니다.”

우이가 담담한 어조로 말했다.

“두 분을 믿겠습니다.”

“크윽!”

종대가 눈물을 참으려 두 눈을 감자 그런 그를 흑오가 감싸 안았다.

죄는 사람이 짓지만 결국 그것을 벌하는 것은 하늘일 것이다.

그들이 진정 뉘우쳤다면 그 용서 또한 하늘이 결정할 문제라는 생각이 들었다.

우이는 그들에 대한 마음의 거리낌을 한 꺼풀 벗겨내었다.

둘이 흑오의 손을 치료하러 뒤채로 힘없이 걸어 들어갔다.

그들이 완전히 사라지자 우이가 말했다.

“이제 그만 나와도 돼.”

그 말에 벽 뒤쪽에서 아연이 조심스럽게 걸어나왔다. 조금 전의 일들을 아연이 벽 뒤에 숨어서 보고 있었던 것이다.

“괜찮으세요?”

“뭐가?”

“그냥요.”

아연이 해맑게 웃었다. 그녀가 웃자 우이는 마음속이 시원해지는 느낌이 들었다. 사람들과 함께 있을 때는 큰소리치며 바가지를 긁는 그녀였지만 둘만 있을 때는 달랐다.

“안 무서워?”

뜬금없는 질문이었지만 아연은 흑오와 종대를 말하는 것이란 걸 알 수 있었다.

"당연히 무섭죠. 하지만······."

우이는 다음 말을 기다렸지만 아연은 그저 웃기만 했다. 아연에게 있어 그가 얼마나 큰 존재인지 우이는 알지 못했다.

우이와 함께라면 흑오와 종대가 아니라 지옥에서 온 사신(死神)이라도 상관없을 것이다. 그러나 아연은 자신의 마음을 몰라주는 우이에게 섭섭함을 느끼지 않았다. 아연에게 있어 불행은 우이가 떠나 버릴지도 모른다는 불안감이었지 함께 있다면 그·어떤 것도 그녀에게 행복일 뿐이었다.

상대가 존재해 준다는 것.

대부분의 사람들은 당연히 여기고 소홀히 생각하지만 아연은 그것이야말로 사랑이 주는 가장 크고 귀한 축복이라고 생각했다. 옆에 그 대상이 있음에도 잘해주지 못하는 것은 그야말로 한 치 앞도 내다보지 못하는 인간의 어리석음이 아닐까?

아연은 자신의 앞에 서 있는 우이에게 다시 한 번 고마움을 느꼈다. 그런 아연의 머리를 장난스럽게 쓰다듬으며 우이가 말했다.

"싱겁긴. 여긴 왜 나온 거야? 안 바빠?"

"아, 할아버지께서 조금 이상하세요."

"영감님이?"

아연에게 있어 할아버지란 바로 이 노인을 뜻했다.

"할아버지께서 이걸 제게 주셨어요. 이유를 여쭤봐도 잠시 맡아달라는 말씀만 하시고. 아무래도 이상해요."

아연이 품속에서 꺼낸 것은 이 노인의 나이만큼이나 오래돼 보이는 빛바랜 몇 장의 전표였다.

17 재회

재회(1)

우이가 이 노인의 방에 들어섰을 때 이 노인은 확실히 평상시의 모습과는 달랐다.

우선 우이가 자신을 찾아올 것을 예상이라도 한 듯한 담담한 표정이었다. 게다가 그간 한 번도 입지 않았던 옷을 꺼내 입고 있었다. 분명 무슨 일이 일어난 것이 틀림없었다.

그러나 정작 우이가 놀란 것은 그 옷이 무림인들이나 입을 법한 색이 바랜 청의 무복이라서가 아니었다.

바로 방 가운데 놓여진 한 쌍의 도끼 때문이었다.

보는 것만으로도 가슴이 서늘해지는 느낌이 드는 잘 손질된 두 자루의 도끼. 손잡이에 정교하게 새겨진 해[日]와 달[月]의 문양은 이것이 실로 평범한 물건이 아님을 나타내 주고 있었다.

"음양쌍부(陰陽雙斧)!"

우이가 떨리는 목소리로 말했다.

그 말에 이 노인이 고개를 끄덕이며 말했다.

"과연 자네는 알아보는구먼."

"그러면 영감님께서 바로?"

"그렇다네. 내가 바로 그 사람이네."

우이는 놀람을 감추지 못했다. 이 노인은 대수롭지 않게 말했지만 이 노인이 말한 그 사람이란 실로 놀랄 만한 인물이었던 것이다.

사십 년 전 녹림들이나 사용한다고 천대받던 도끼를 사용해 강호를 진동시킨 한 젊은이가 있었다.

쌍부(雙斧) 이단양(李端陽).

한 자 반 길이의 짤막한 한 쌍의 수부(手斧)에 강호의 고수들은 연이어 패배를 맛봐야 했다.

새로운 영웅의 탄생이었다.

당시 사파제일쾌검(邪派第一快劍)이라 불리던 혈검(血劍) 사우군(司雨君)이 그에게 패하면서 그는 강호 출도 이후 최고의 절정기를 맞이했다.

이후 그는 그 한 쌍의 도끼로 천하십대고수의 자리에까지 올랐고 한 번 마음먹은 것은 결코 변하지 않는다 해서 단심단양(丹心端陽)이라 불리기도 했다.

당시 그를 흠모한 많은 젊은 무인들이 검과 도를 버리고 도끼를 들었고 한 쌍의 도끼가 강호에 유행처럼 퍼져 나가던 시절이 있었을 만큼 당시 이단양의 위명은 쟁쟁했던 것이다.

그러던 그가 하루아침에 강호에서 사라져 버렸다.

그가 마지막으로 상대했던 이는 바로 환희옥불(歡喜玉佛) 원양(元陽)이었다. 원양은 수많은 강호 여협의 순결을 앗아가며 강호를 공포에 떨게 했던 희대의 색마였다.

원양의 머리통은 이단양의 도끼에 단 세 수만에 쪼개졌고 그 후 이단양은 강호에서 자취를 감추었다.

그에 대해 다들 말들이 많았지만 아무도 그 정확한 이유를 아는 이가 없었다. 오 년이 지나고 십 년이 지나도 그가 다시 강호에 나타나지 않자 모두들 그가 암습을 당해 죽었다고 생각했다. 그렇지 않고서야 그렇게 명성이 자자한 인물이 하루아침에 사라질 수는 없기 때문이었다. 그게 벌써 삼십 년 전의 일이었다.

그러한 인물이 영춘객잔에서 허드렛일을 하고 있었다는 것은 실로 놀라운 일이 아닐 수 없었다. 그는 우이가 본격적으로 강호에 출도하기 이전 인물로서 우이 역시 그에 대한 이야기는 전대 맹주의 입을 통해서 몇 번 들었을 뿐이다.

그런 우이가 단박에 이단양 노인의 음양쌍부를 알아본 것은 우이 역시 평소 이 노인이 범상한 인물이 아니라는 것을 직감하고 있었고 음양쌍부라 불리는 해와 달이 새겨진 한 쌍의 수부에 대한 위명은 익히 들어왔던 바였기 때문이다.

"자네가 강호인이었다는 것을 내 이미 짐작하고 있었네."

"미리 말씀드리지 못해 죄송합니다."

우이의 말에 이 노인이 미소를 지으며 말했다.

"아니네. 자네에게도 다 사정이 있겠지."

그 말에는 이 노인 자신의 숨겨진 사정이 묻어나고 있었다.

"젊은 나이치고는 그 공부(工夫)가 작지 않음을 느꼈네."

"과찬이십니다."

"흐음……"

이 노인의 표정이 잠시 어두워졌다.

우이의 무공이 높고 그 재능이 크게 느껴질수록 그러한 젊은이가 이 작은 객잔에서 일할 수밖에 없는 숨겨진 사연이 걱정되었기 때문이다.

만약 원한에 의해 몰락한 가문의 생존자라면 언젠가 흉수가 찾아올지도 모를 일이었다.

그러나 이 노인은 그러한 것을 우이에게 묻지 않았다.

우이가 품속에서 아연에게서 받아온 전표를 꺼내놓으며 말했다.

"연이에게 이것을 주었다 들었습니다. 혹시……?"

우이의 물음에 이 노인이 담담하게 말했다.

"연이를 잘 부탁하네. 자네를 알게 된 지 얼마 되진 않았지만 왠지 자네라면 연이를 믿고 맡길 수 있을 것 같네."

"떠나시려는 것입니까?"

"사람의 만남이란 게 언젠가는 헤어짐이 있기 마련 아니겠나? 때가 된 것일 뿐이네."

이 노인은 최대한 담담하게 말했다.

우이는 이 노인의 결심을 바꿀 수 없다는 것을 느꼈다.

"뭐 하나 물어봐도 되겠나?"

"네."

"그들을 받아들인 이유가 무엇인가?"

그들이라면 흑오와 종대를 말했다.

우이가 잠시 망설이다가 말을 꺼냈다.

"그냥… 지켜주고 싶다는 생각이 들었습니다."

"흐음……."

이 노인이 대답 대신 우이를 말없이 응시했다. 그러나 우이가 어떤 생각을 하고 있는지 알 수 없었다.

사실 우이의 마음속에는 그에 대한 답이 있었다.

우이는 과거 강호에서 가장 강하고 확실한 정의를 지켜주었다.

무림맹주 호위.

그때의 삶은 쾌적했으며 단순했고 큰일을 한다는 보람과 우월감마저 느낄 수 있었다.

그러나 지금은 너무나 약하고 불확실하기만 한 것들이 우이의 삶에 끼어들어 끊임없이 울고 있었다.

그것은 너무나 약해 잠시만 한눈을 팔면 깨져 버릴 것 같은 불안감을 주었으며 끈적거리며 우이의 발목을 잡아끌었다.

무림맹을 나온 이후 내내 혼란스러웠던 우이였지만 이제는 어렴풋이 알 수 있었다.

그 가져다 버리고 싶은 것들을 지켜내는 것이 의와 협을 지키는 것보다 어쩌면 훨씬 더 힘들지도 모른다는 것을.

마교 교주가 던져 낸 이기어검을 막고 무림맹을 지켜내는 것보다 삼류 무사가 생각없이 휘두른 녹슨 검으로부터 영춘객잔을 구해내는 것이 더 힘들지도 모른다는 것을. 바야흐로 그 시험대에 자신이 올랐다는 것을.

삶이 던져 준 이 시험을 통과할 때쯤 우이는 알게 될 것이다, 지켜준다는 것의 진정한 의미를.

"과연 자네는 특이한 사람일세."

이 노인이 웃으며 말했다.

그러나 우이는 웃지 않았다.

"어디로 떠날 작정이십니까?"

이 노인은 말없이 고개를 가로저었다. 이 노인의 눈에서 아련한 아쉬움이 스쳐 지나갔다.

"혹시 구원(舊怨)이 있으신 겝니까?"

이 노인이 자신도 모르게 짤막한 한숨을 내쉬었다.

그 순간 우이는 이 노인에게 말할 수 없는 어떤 위기가 다가와 있다는 것을 느낄 수 있었다. 흉수가 찾아온 것이 틀림없었다.

“모든 게 다 업보일세.”

이 노인이 또다시 회한이 가득 담긴 긴 한숨을 내쉬었다.

“저도 함께 따라가겠습니다.”

“그럴 필요 없네.”

“분명 제 도움이 필요하실 겁니다.”

“너무나 위험한 일이네.”

그 말과 함께 이 노인이 자리에서 일어섰다. 우이가 황급히 따라 일어서던 바로 그때였다.

타탁!

이 노인의 손이 번개처럼 움직여 우이의 혈도를 짚었다.

생각지도 못한 이 노인의 기습적인 손놀림이었기에 우이는 미처 피하지 못했다.

“보통의 고수라면 다섯 시진 후에나 움직일 수 있겠지만 자네라면 두 시진이면 충분할 걸세. 뭐, 그 정도면 충분하겠지. 부디 아연이를 잘 부탁하네.”

“안 됩니다, 영감님!”

“혹 나중에 시간이 되면 선안사(仙安寺)로 와주게.”

선안사라면 이곳에서 이십여 리 떨어진 곳에 위치한 작은 산사였다. 이 노인은 언제나 멀리 떨어진 그곳까지 가서 나무를 해왔고 우이도 한두 번 따라나선 적이 있었기에 그곳을 알고 있었다.

왜 이렇게 멀리까지 나무를 하러 오냐는 물음에 이 노인은 그저 말없는 미소만 지었던 것이다.

이 노인은 지금 죽음을 각오하고 있었다. 아마 선안사에 가서 보게 될 것은 그의 시체가 될 것이다.

“영감님!”

우이의 만류에도 불구하고 이 노인은 뒤도 돌아보지 않고 나가 버렸다. 반쯤 열려진 방문 사이로 이 노인의 멀어져 가는 모습이 보였다.

선 채로 우이가 눈을 감았다.

이 노인의 행동이나 말로 봐서 오늘 찾아온 흉수는 실로 대단한 자임에 틀림없었다. 그렇지 않고서야 쌍부 이단양으로 하여금 죽음을 각오한 길을 나서게 할 수는 없을 것이다.

우이의 몸에서 변화가 일어나기 시작했다.

몸속의 모든 피가 격렬하게 휘돌기 시작했다. 막힌 혈도를 뚫기 위한 지극히 신묘한 몸의 변화가 시작된 것이다. 세차게 몰아치다 다시 다독이기를 서너 차례. 마치 꼼짝하지 않겠다고 버티는 어린아이를 달래는 어미의 심정과도 같았다.

슈우우우!

피부를 뚫고 나올 듯이 핏줄기가 불끈불끈 솟아올랐다.

"하아아압!"

우이가 한바탕 긴 사자후(獅子吼)를 내지르며 몸을 움직인 것은 이 노인이 방문을 나선 지 정확히 반 시진 후였다. 이 노인이 예상한 시간의 반의 반이 걸렸고 그것은 우이의 능력에 대한 이 노인의 과소평가의 정도이기도 했다.

방문을 나선 우이가 선안사로 부는 바람에 몸을 실었다.

*　　　　*　　　　*

작은 오솔길을 걷고 있는 일노일녀(一老一女).

"어디로 가나요?"

"알 것 없다."

가슴을 시원하게 만드는 기분 좋은 목소리의 물음이었지만 대답은 냉랭하기만 했다. 바로 담백과 제갈혜였다.

제갈혜는 담백의 가공할 무위(武威)에 애초부터 탈출할 생각을 버렸고 그 덕분에 마음만은 편해졌다. 물론 그렇다고 하루에도 몇 번씩 머리 속을 휘젓는 이런저런 상념까지 모조리 없앨 수는 없었다.

'다들 걱정하고 있겠지?'

소향과 동료들의 얼굴이 떠올랐다.

'그들은 무사히 구화산에 도착했을까? 나를 구하러 이곳에 왔을까? 혹시 포기해 버린 것은 아닐까? …아닐 거야. 반드시 구하러 올 거야.'

제갈혜의 마음은 다시 복잡해졌다.

객잔에서 살육을 벌인 것도 벌써 사흘 전의 일이었다.

요 며칠간 담백과 함께하면서 제갈혜는 담백에 대해 몇 가지 새로운 사실을 알게 되었다.

그는 모질고 잔인한 성격이었지만 적어도 돌이킬 수 없는 악종은 아니었다. 그는 나름대로의 기준을 가지고 있었다. 자신에게 무례하게 굴지 않는 한 상대를 함부로 죽이지 않았다.

어쩌면 너무 강한 자존심이 그의 악명의 정체였는지도 모르겠다는 생각이 들었다. 그만큼 그는 자신 스스로에 대해서도, 그리고 자신의 무공에 대해서도 자부심이 강했다.

무인이라면 당연히 그러하겠지만 특히 담백의 무(武)에 대한 자부심은 병적이었다. 영춘객잔에서의 지나친 살육은 정체 모를 청년과의 무공 대결의 결과에 대한 분노가 아니었을까?

제갈혜는 분명 그러할 것이라는 생각이 들었다.

"너는 두렵지 않느냐?"

빠르지도 느리지도 않던 발걸음을 딱 멈추고 담백이 나지막이 물었다.

"무엇을 두려워해야 하죠?"

"내가 너를 죽여 버릴 수도 있다는 것."

"그렇겠지요."

"그런데도 넌 날 전혀 두려워하지 않는 것 같구나."

"요 며칠간 제가 느낀 게 있어요. 말씀드려도 될까요?"

"무엇이냐?"

제갈혜가 길 옆 작은 바위 위에 살짝 걸터앉았다. 그녀의 행동은 너무나 자연스러웠고 담백 역시 그러한 행동을 제지하지 않았다. 대신 말없이 뒷짐을 진 채 저 멀리 지는 해를 바라보았다.

노을이 담백의 얼굴을 붉게 물들였다.

"선배님은 너무 외로워서 강한 분이세요."

"무슨 뜻이냐?"

담백이 돌아보지 않은 채 말했다.

"잔인해서 강한 사람이 아니라는 뜻이죠."

"흐음."

담백은 표정에 살짝 변화가 일어났지만 등 뒤쪽의 제갈혜는 그것을 볼 수 없었다.

"아버지께서 언젠가 말씀하셨죠. 강호에는 많은 강자들이 있지만 그중 가장 바람직하지 못한 경우는 잔인한 강자요, 가장 애처로운 이는 외로운 강자라고."

담백은 말없이 지는 해를 바라보고 있었다.

"개방귀 같은 말장난일 뿐이다. 천하제일지(天下第一智)라는 자가 고작 딸을 앞에 두고 그 따위 말이나 하다니."

말은 거칠었지만 담백의 표정은 담담했다.

담백이 다시 걸음을 옮기기 시작했다. 뒤따라가는 그녀는 담백의 걸음이 아까와는 다르게 빨라졌다는 것을 느낄 수 있었다. 그것은 바로 담백의 마음이 흔들리고 있다는 증거이기도 했다.

담백의 뒤를 따라 말없이 산을 오르던 그녀는 이윽고 한 작은 사찰에 도착할 수 있었다.

입구에 아담하게 세워진 오동나무 팻말에는 '선안사' 라는 세 글자가 또렷하게 적혀 있었다.

재회(2)

"미안해. 모든 게 나 때문이야."

피 묻은 도끼가 바닥으로 힘없이 떨어졌다.

어둠 속에서 사내가 미친 듯이 울부짖었다.

"미안해. 미안해!"

사내의 목소리는 어둠 속을 공허하게 메아리칠 뿐이었다. 그러나 그는 실성한 사람처럼 미안하다는 말만을 반복하고 있었다.

꽈르르릉!

벼락 소리와 함께 잠시 밝아지는 순간, 그 찰나의 순간에 볼 수 있던 것은 한 구의 시체와 여인의 눈물이었다.

그 순간 짤막한 탄식과 함께 상념이 깨졌다.

"허억!"

한 사내가 두 눈을 부릅뜨며 자리에서 몸을 벌떡 일으켜 세웠다.

온몸이 식은땀으로 흠뻑 젖은 그는 바로 이 노인이었다.

기억하는 것만으로도 숨이 막혀오는 참담함.

떨쳐 버리려면 더욱 집요하게 달라붙는 악몽 같은 그날의 기억.

이 노인은 크게 숨을 들이마셨다. 선안사의 상쾌한 저녁 공기가 음울한 그의 기분을 조금은 위로해 주는 듯했다.

미처 이 노인의 땀이 채 마르기도 전에 저 멀리서 두 사람이 걸어 들어왔다. 이제는 끝을 내야 할 슬픈 운명이 걸어 들어오고 있었다.

바로 담백과 제갈혜였다.

담백이 자연스럽게 이 노인과 십여 장 떨어진 곳에 마주 서자 제갈혜는 한 옆으로 자리를 비켰다. 마치 약속이라도 한 듯한 자연스러운 행동이었다. 제갈혜는 담백이 눈앞의 노인을 만나러 이곳에 왔다는 것을 알 수 있었다.

“삼십 년 만이군.”

“벌써 그렇게나 되었나?”

담백의 차가운 말에 이 노인이 고개를 끄덕이며 대답했다.

삼십 년 만에 만나는 사람들치고 두 사람은 너무나 담담했다.

그러나 제갈혜는 알 수 있었다.

담백의 두 눈은 차분하게 가라앉아 있었지만 그 속에는 차가운 증오가 이글거리고 있다는 것을. 타오르는 증오보다 가라앉은 증오가 더욱 무섭게 느껴졌다.

이 노인은 마치 담백의 그러한 마음을 이해라도 한다는 듯한 표정이었다.

“자네가 날 찾아낸 것은 정말 의외였네.”

이 노인의 말에 담백이 대답했다.

“오랜 시간 찾았으니까.”

말을 마친 담백이 가만히 고개를 들어 저 멀리 산봉우리를 올려다보았다. 이 노인이 태호의 한 허름한 객잔에 숨어 있다는 소식을 듣고 그 얼마나 흥분했던가?

막내 제자 놈이 들고 간 비급 따위는 눈에 들어오지도 않았다. 어차피 자신의 도움 없이 비급을 완전하게 익히는 것은 불가능한 일이었고 비급을 완전하게 익히지 못한다면 어차피 신경 쓸 필요가 없는 일이었다.

산을 내려와 태호로 오던 길에 우연히 제갈혜 일행을 만나고 비급의 행방을 찾게 되었지만 담백의 마음은 벌써부터 이곳에 와 있었다. 내려오자마자 영춘객잔을 찾았다. 흑오파의 조무래기들에게 심하게 손을 쓴 것도 바로 이 노인에게 자신이 왔음을 알리기 위함이었다.

아니나 다를까, 자신의 수를 알아본 이 노인이 약속 장소를 알려왔다. 오래전 그들만이 알아볼 수 있는 암호(暗號)를 사용해서.

삼십 년이었다.

반 갑자 인생을 분노와 증오로 보냈다.

"그런 곳에서 평생을 숨어 있을 수 있다고 생각했나?"

"과연 강호는 넓고도 좁다는 것을 느꼈네."

"왜 하필 이곳에서 만나자고 했나?"

담백의 말에 이 노인은 그저 미소만 지을 뿐이었다.

그렇게 두 사람은 한동안 아무 말도 나누지 않았다.

"그녀는?"

침묵을 깬 것은 담백이었다.

놀랍게도 그의 목소리는 떨리고 있었다.

옆에서 그 모습을 지켜보던 제갈혜는 깜짝 놀라지 않을 수 없었다.

'도대체 어떤 여인이길래?

담백을 긴장시킬 여인이라면?

그런 담백을 보며 이 노인이 담담하게 말했다.

“그녀는⋯ 죽었네.”

이 노인의 말에 충격을 받은 듯 담백의 신형이 순간 크게 휘청거렸다.

“거짓말!”

“사실이네.”

“그걸 말이라고 해, 이 개자식아!”

담백의 온몸이 부들부들 떨렸다. 그 한마디에 담백의 평정심이 깨져 버린 것이다.

그 모습에 제갈혜는 담백이 진정 분노하고 있다는 것을 느낄 수 있었다. 담백은 눈도 깜짝하지 않고 사람을 죽이는 사람이었지만 결코 저러한 욕설을 하는 사람은 아니었다.

그는 욕설 따윈 필요없는 사람이었다. 욕을 해주고 싶은 상대는 모두 죽여 버렸으니까. 그래서 그의 입에서 나온 욕설은 왠지 어울리지 않아 보였다.

“친구의 약혼자를 데리고 달아난 놈의 입에서 그게 나올 말이냐!”

담백의 입에서 비통한 말이 흘러나왔다.

“아!”

제갈혜는 자신도 모르게 외마디 탄식을 내뱉었다.

그 한마디로 저 두 사람의 관계를 단번에 알 수 있게 된 것이다. 담백의 성격이 왜 저렇게 잔인하게 되었는지도 조금은 알 것 같았다.

“이제 그녀를 그만 잊게.”

“⋯그럴 리가 없어.”

평소의 이 노인을 아는 사람이라면 결코 이해할 수 없으리만큼 이 노인은 냉정하게 담백을 대하고 있었다.

그것은 분명 의도된 행동이었다.

“그녀는 죽었네. 이제 자네도 과거의 망령에서 그만 벗어나게.”

담백은 넋이 나간 사람처럼 한참을 멍하니 서 있었다.

그러다가 갑자기 고함을 질러댔다.

"크아아아악!"

내공이 실린 고함이 아니었다. 그래서 듣는 이를 더욱 처연하게 만드는 그런 슬픔과 증오가 담긴, 불가항력의 운명에 대한 나약한 인간의 처절한 울부짖음처럼 들렸다.

그러한 모습을 이 노인은 마치 예상이라도 한 사람처럼 말없이 바라보고 있었다.

한참을 그렇게 괴성을 질러대던 담백이 서서히 고개를 치켜들었다.

그는 평온을 되찾은 것처럼 보였지만 어딘지 모르게 조금 전과는 다른 표정이었다. 그것은 바로 그의 두 눈 때문이었다.

그의 두 눈은 평소의 오만함이나 날카로움 대신 필살(必殺)의 의지만이 고요하게 가라앉아 있었던 것이다.

상대를 죽이기로 마음먹은 것이다.

그러한 담백을 보며 이 노인이 도끼를 들며 말했다.

"이제 우리도… 끝내세."

대답 대신 담백의 신형이 날아올랐다.

슈우욱!

순식간에 담백의 손가락에서 세 줄기의 지풍(指風)이 매섭게 날아갔다.

펑! 펑! 펑!

세 번의 폭음이 연이어 터져 나왔다.

이 노인의 도끼가 연이어 여섯 번이 휘둘러지고서야 그 공격을 모두 막아낼 수 있었다.

"우욱!"

이 노인이 한 모금의 피를 뱉어냈다.

단 한 수의 교환으로 두 사람의 무공의 고하가 한순간에 드러난 것이었다.

피를 닦아내는 이 노인의 표정은 변함이 없었다. 오히려 그의 눈에는 어떤 알지 못할 시원함마저 깃들어 있는 것처럼 보였다.

"역시 대단하군."

이 노인은 진심이었다.

이전에도 담백에 비해 반 수 정도 아래였던 그였다. 하물며 영춘객잔에 오면서부터는 거의 강호를 떠난 것이나 마찬가지였다. 단 일 수에 죽는다 해도 전혀 이상한 일이 아니었다. 오히려 고수들 간의 싸움일수록 작은 차이가 치명적인 결과를 낳는 법이었다.

담백의 입꼬리가 살짝 말려 올라갔다. 상대를 죽일 때 언제나 짓는 표정이었는데 이제 삼십 년 만에 만난 옛 친구를 보면서 다시 그 표정을 짓고 있었다.

"정말 더럽군."

"그렇지?"

두 사람은 적어도 자신들의 꼬여 버린 운명에 대해서 공감하고 있었다.

이 노인이 도끼를 힘차게 말아 쥐었다.

슈우우욱!

이번에는 다섯 가닥이었다.

이 노인의 두 손이 번개처럼 움직였다. 그도 한때는 천하십대고수의 한 사람이었다. 무인의 본능이 꿈틀거리며 온몸을 타고 올라왔다. 그러나 역부족이었다.

"쿠엑!"

이번에는 한 사발이나 되는 선혈을 뱉어냈다.

도끼를 든 두 손이 부들부들 떨려왔다.

초식의 고하를 떠나 내공의 차이가 너무 크게 나고 있었다.

그 집요한 공격을 완벽하게 피할 수 있다면 내공의 차이를 극복할 수 있겠지만 상대는 귀견수 담백이었다. 그의 공격은 피하고 싶다고 해서 피할 수 있는 그러한 것이 아니었다.

그에 비해 담백은 마치 먹잇감을 갖고 노는 맹수처럼 여유로워 보였다.

"겨우 그 정도냐?"

이 노인이 다시 담백을 자극했다. 마치 죽고자 안달 난 사람처럼 그는 죽음을 향해 달려가고 있었다.

담백이 마지막 일격을 위해 천천히 두 손을 치켜들었다.

그 모습을 보며 이 노인이 허리를 곧게 뻗었다.

'그것을 사용한다면?'

이 노인은 자신의 마지막 초식을 잠시 떠올렸다. 그것이라 해도 결국 자신은 죽게 되겠지만 담백 역시 무사하지는 못하리라.

그러나 이 노인은 고개를 가로저었다.

이 노인의 두 눈 속에는 오래전 헤어진, 그동안 너무나 오랫동안 보고 싶었던 친구가 들어 있었다.

그것을 아는지 모르는지 매정하기만 한 담백의 손이었다.

담백의 손에서 천둥 치는 소리와 함께 아홉 갈래의 폭풍이 휘몰아쳤다. 천지일기공(天地一氣功)의 마지막 초식이라 알려진 구절풍(九節風)이었다.

쿠오오오!

그것은 죽음의 바람이었고 이 노인의 행동은 지금까지와 달랐다. 두 손을 휘둘러 그것을 막는 대신 그는 타인이 알아볼 듯 말 듯한 미소를 지으며 두 눈을 꼭 감았던 것이다.

'잘 있게, 친구. 정말 미안했네.'

누군가 제갈혜의 등에 메인 검을 뽑아 그녀의 머리를 넘어 폭풍 속으로 뛰어든 것도 바로 그때였다.

따랑따랑! 따랑랑랑!

그것은 지금까지 단 한 번도 들어보지 못한 소리였다.

마치 경쾌한 방울 소리 같기도 했고 타악기를 두드리는 소리 같기도 했다. 그 소리는 시간 차를 두고 정확히 아홉 번을 울려 퍼졌다.

그리고 찾아온 순간의 정적!

'이제 끝난 것인가?'

이 노인이 다시 눈을 떴을 때 폭풍은 가라앉아 있었다.

갈가리 찢겨 나갈 줄 알았던 자신이 무사히 서 있다는 것도 알 수 있었다.

그리고 자신의 앞으로 보이는 낯익은 등.

바로 우이였다.

우이가 그제야 참고 참은 긴 숨을 내뱉었다.

얼마나 쉬지 않고 달려왔음인가?

우이가 이 노인을 돌아보며 미소 지으며 말했다.

"늦지 않아 다행입니다."

목숨을 구한 이 노인이나 자신의 검을 빼앗긴 제갈혜도 놀랐지만 가장 크게 놀란 사람은 바로 담백이었다.

담백은 분명히 볼 수 있었다.

사내가 처음 저 멀리 나타났을 때부터 담백은 그를 보았다. 그는 이곳으로 달려오고 있었지만 담백은 신경 쓰지 않았다.

어차피 그가 이곳에 도착하였을 때 이 노인은 죽은 이후일 테니까. 그만큼 먼 거리였다.

그러나 사내는 그 불가능한 거리를 거짓말처럼 좁혀왔다.

거리를 기만한 움직임이었다. 마치 천하제일의 경공 고수의 숨겨둔 수제자가 거북이를 놀려대며 '날 봐' 하며 내달리는 움직임이었다.

그러나 그때까지만 해도 담백은 조금 놀란 정도였다. 극쾌(極快)는 극강(極强)으로 누를 수 있다고 믿고 있는 담백이었으니까.

문제는 그 재빠른 놈이 자신의 아홉 갈래 공격을 모두 막아내었다는 데 있었다.

"어떻게 이런 일이!"

담백의 두 눈이 경악으로 흔들렸다.

담백은 자신의 두 손을 내려다보았다.

그리고 혹시 자신이 무엇인가 실수를 한 것이 아닐까 하는 마음마저 들었다.

그러나 우이가 다시 담백을 향해 고개를 돌렸을 때 담백은 자신의 실수가 아니었음을 알 수 있었다.

담담하다 못해 웃고 있다는 느낌마저 주는 편안한 인상의 청년.

'반로환동(返老還童)?'

순간 담백의 머리 속에 떠오른 생각이었다.

그러나 그는 이내 고개를 가로저었다. 그러한 것도 구별해 내지 못할 정도로 담백의 수준은 낮지 않았다. 상대는 분명 생가죽을 뒤집어쓴 파렴치한 노괴도, 무(武)의 극의(極意)를 깨달아 나이를 거꾸로 먹는다는 이야기 속의 신선도 아니었다.

'그렇다면?'

자신의 기도 앞에 저러한 모습을 보일 수 있는 젊은이를 본 적이 있었던가? 문득 객잔에서 만난 젊은 놈이 떠올랐다. 그놈도 분명 만만치 않았지만 그때는 전력을 다한 것이 아니었다.

'그러나 지금은?'

상대가 마치 거짓말처럼 검을 휘둘러 구절풍을 막아냈다. 상대를 찢어 발겨야 할 지풍은 검의 움직임에 흔적도 없이 사라져 버렸다.

마치 오랫동안 믿고 있었던 자신의 무공으로부터 배신당한 느낌이었다.

'왜 검이 부러지지 않은 거지?'

상대의 검 또한 구절풍을 막아낼 정도의 보검이 아니었다. 놀라움이 가득한 얼굴로 이곳을 쳐다보고 있는 제갈혜의 등에 매달린 빈 검집이 그것을 말해 주고 있었다.

담백의 머리 속이 순간 혼란스러워졌지만 한 가지만은 분명히 알 수 있었다.

구절풍을 막아냈다면 남은 초식은 하나뿐이라는 것을.

단 한 번도 사용해 본 적이 없었던 마지막 한 수.

천지일기공을 대성한 뒤 스스로 창안해 낸 초식이었다.

그러나 극성(極成)으로 사용해 본 적이 없는 미완성의 초식이었다.

그도 그럴 것이, 단 한 번도 그것을 제대로 사용할 상대를 만나지 못했기 때문이다.

담백의 두 손이 떨려오기 시작했다.

마지막 밑천을 강요당하는 묘한 불쾌감이 온몸을 휘감기 시작했다.

그러한 담백의 변화를 알아챈 이 노인이 황급히 말했다.

"자네가 나설 자리가 아니네."

마지막 순간 눈을 감는 바람에 어떻게 되었는지 알지 못했다.

누군가 끼어들었다고 손속에 사정을 둘 담백이 아니었다.

그렇다면 우이의 무공이 자신이 상상했던 그 이상이라는 것을 뜻했다. 자신이 제압한 혈도를 풀고 지금 이 시간에 이곳에 나타난 것만 봐도 알 수 있는 일이었다.

이 노인은 머리 속이 복잡해졌지만 우선 우이를 이곳에서 나가게 해야 한다는 생각이 들었다. 상대가 바로 담백이기 때문이었다.

"돌아가게."

"그럴 수 없습니다."

우이가 단호하게 말했다.

"이건 내 개인적인 문제일세."

"하지만 영감님의 목숨이 걸린 문제이기도 합니다."

"내 목숨이네. 자네가 참견할 문제가 아니야."

우이가 한숨을 내쉬었다.

맞는 말이었다. 강호에는 강호의 법칙이 있었고 개인의 은원은 그들 스스로의 문제일 뿐이었다. 이곳으로 달려오는 내내 지금 하는 행동이 과연 옳은 일인가에 대해 고민했었다. 주제넘은 짓이 아닐까?

그러나 자신이 개입하지 않으면 이 노인은 반드시 죽게 될 것이다. 아연이 슬퍼할 것도 문제였지만 그보다 오랜 시간 누군가의 목숨을 지켜왔던 우이였기에 그냥 두고 볼 수만은 없는 일이었다.

"목숨을 내주어야 할 만큼의 일입니까?"

우이가 담담하게 물었다.

이 노인에게 물은 것 같기도 했고 담백에게 묻는 것 같기도 했다.

그 말에 이 노인의 표정이 복잡해졌다.

"그렇다."

대답은 담백의 입에서 나왔다.

말을 마친 담백의 몸에서 변화가 일기 시작했다.

그의 기도가 서서히 바뀌고 있었다.

최후의 초식을 사용하기로 마음먹은 것이었다.

방금 전까지의 그 차가운 분노가 사라지고 있었다.

그 대신 담백의 눈동자에 공허함이 떠올랐다. 일체의 감정을 배제한 투명한 두 눈.

그를 보고 있던 제갈혜는 갑자기 온몸에 오싹한 소름이 돋는 것을 느꼈다.

마치 태풍의 고요한 가운데 서 있는 기분.

그 어떤 것도 관심이 없다는 듯한 태도에서 분노 이상의 공포를 느낄 수 있었다.

그 누구도 살아남지 못할 것이라는 확신이 들었다.

이 노인의 표정 역시 당혹감에서 자포자기의 심정으로 바뀌었다.

'늦었다! 아, 이제 모두 죽게 될 것이다.'

자신의 문제 때문에 우이까지 죽게 만들 줄이야! 우이의 무공이 아무리 자신의 예상 밖이었다고 해도 담백을 상대할 수는 없을 것이다. 아연의 눈물이 떠오르자 이 노인의 마음이 아려왔다.

담백은 이제 완전히 다른 사람이 되었다.

"모두 죽이겠다!"

그 말에 우이의 표정이 차갑게 굳어졌다.

"약하다는 이유로 죽어줘야 할 목숨은 이 세상 어디에도 없습니다."

우이의 말에 담백이 무표정한 얼굴로 두 손을 서서히 들어 올렸다.

그러한 담백의 행동에 우이는 가볍게 한숨을 내쉬었다.

그리고 왼손에 들고 있던 검을 오른손으로 바꾸어 들며 말했다.

"전 그런 불의한 폭력이 정말 싫습니다."

18 마지막 초식

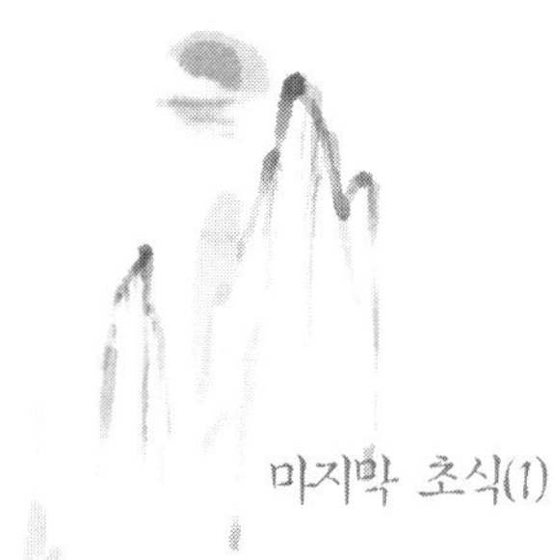

마지막 초식(1)

'최선을 다하지 않으면 죽는다.'

검을 바꾸어 쥐는 우이의 모습에 담백의 심장이 세차게 뛰기 시작했다. 평생의 공력이 손끝으로 모여들고 있었지만 담백의 마음은 흔들리고 있었다.

단 한 번도 경험해 보지 못한 감정이 슬며시 담백의 심장을 두드리기 시작했다. 그것은 바로 공포심이었다.

담백이 과연 공포심이란 것을 느껴본 적이 있었던가?

자신을 향해 더 이상 검을 뽑지 못하는 강호를 내려다보는 그 기분을 한껏 만끽하던 지난날이었다.

최선을 다할 상대를 만나는 쾌감? 절대 강자의 고독?

적어도 담백에게 있어 그런 말은 허무맹랑한 개소리요 삼류들의 막연한 추측에 불과한 것이다.

강호에서 최선을 다함은 목숨을 걸어야 한다는 말이고 자신의 목숨이 걸린 일은 결코 즐겁지 않다는 것을 담백은 잘 알고 있었다. 게다가 절대란 것을 즐기기에는 인간의 한평생은 너무나 짧지 않는가?

'출수 준비를 하는 상대를 왜 그냥 보고만 있는 것일까?

'고수 간의 다툼이란 저러한 것일까?

평범한 이들이 보면 들 만한 생각이었지만 제갈혜의 생각도 크게 다르지 않았다.

그녀가 지금까지 배워왔던 무공의 경지란 결국 얼마나 빨리, 그리고 얼마나 정확하게 상대를 쓰러뜨리냐였고 그러한 결과를 얻기 위해서는 되도록 상대에게 기회를 줘서는 안 된다는 것이었다.

'그런데 왜?

제갈혜의 그러한 의문에 반해 이 노인은 확실히 알 수 있었다.

주위 공기는 바뀌어 있었고 그들의 비무는 이미 시작되었다는 것을.

칼날 같은 예기(銳氣)가 피어올라 이미 담백의 주변을 감싸고 돌기 시작했던 것이다. 허술해 보이는 그 속에 무시무시한 기운이 숨겨져 있었던 것이다.

'막아낼 수 있을까?

우이가 검을 들어 가슴을 가렸다.

그리고 검 뒤로 완전하게 몸을 숨겼다.

일반 고수들이 그토록 도달하고자 애쓰는 신검합일(身劍合一)의 경지였지만 우이는 결코 이것으로 담백의 공격을 막아낼 수 없다는 것을 알고 있었다. 담백의 몸에서 끝없이 흘러나오는 날카로운 예기를 잠시 피할 수 있을 뿐이었다.

검 속에 몸을 숨긴 채 우이가 눈을 감았다.

칠 년 전 그날이 문득 떠올랐다.

천마!

"대단한 젊은이군. 이름이 무엇인가?"

바닥에 떨어진 자신의 팔을 내려다보며 그가 물었다.

우이는 아무 말도 하지 않았다.

과연 처음부터 그와 일 대 일로 겨루었다면 어떻게 되었을까?

구파일방의 장로들에 이어 권왕과의 대결에서 이미 많은 내력을 소모한 천마였다.

우이가 하고 싶은 말은 따로 있었지만 끝내 그 말을 하지 못했다.

저 멀리 달려오는 구파일방의 제자들을 보며 쓰러진 권왕 앞을 막아섰을 뿐이었다.

비밀 통로를 통해 사라져 가던 천마가 잠시 고개를 돌렸다.

우이와 천마의 눈이 마주쳤다.

천마는 자신을 향해 살짝 미소를 지어주었다. 그 미소에는 분노도 원망도 들어 있지 않았다. 그저 영원히 잊을 수 없는 쓸쓸함만이 가득할 뿐이었다.

천마를 떠올리자 자연 또 한 사람의 얼굴이 떠올랐다.

사부님!

아마 홀로 천마를 상대할 수 있을 만한 사람은 사부밖에 없을 것이다.

"네 이름이 무엇이냐?"

언제나 자신을 향해 환하게 웃던 사부님의 얼굴.

왜 그토록 사부님에게 잘해 드리지 못했을까?

헤어지는 그날까지 언제나 자신은 수동적이었다. 왜 그랬을까? 죽고자 했던 목숨이기 때문이었을까? 이토록 큰 가르침에 대한 고마움을 왜 그때는 몰랐을까? 사부를 생각하면 언제나 철없던 지난날에 대한 아쉬움만이 남았다.

천마와 사부님에게 결국 하지 못했던 말은 같았다.

그것은 바로…….

담백의 몸이 서서히 허공으로 떠올랐다.

담백이 주는 압박감은 천마와 사부를 떠올리게 할 만큼 대단한 것이었다.

두 손은 하늘로 향한 상태였다. 마치 주위의 기를 빨아들이는 듯한 자세였다.

우이가 검을 서서히 앞으로 내밀었다.

서서히 움직이는 우이의 검끝에 검화가 피어오르기 시작했다.

꽃이 피어나고 잎이 자라기 시작했다.

제갈혜는 놀라움에 가득 찬 눈으로 그 광경을 말없이 지켜보았다.

이 노인이 침을 꿀꺽 삼켰다.

우이의 경지는 자신이 상상한 것보다 훨씬 높다는 것을 느낄 수 있었다.

담백의 몸에서 나오는 기운들이 더욱 거세어질수록 우이의 검끝에서 피어나는 검화는 더욱 정밀하고 아름답게 피어올랐다.

마치 담백이 모든 것을 파괴해 버리겠다는 기세라면 우이는 그것을 반드시 막아내겠다는 기세였다.

"우욱!"

제갈혜가 한 모금의 선혈을 뱉어냈다.

두 사람 사이를 휘감던 기운이 그녀에게까지 영향을 끼쳤던 것이다.

이 노인이 제갈혜에게 다가가 조용히 그녀의 등에 손을 댔다.

제갈혜의 표정에서 고통이 사라지며 그녀의 눈이 이 노인을 향했다.

감사의 눈빛을 이 노인은 그저 한 번 고개를 끄덕이는 것으로 대신했다.

제갈혜의 시선이 다시 우이와 담백에게로 향했다.

그녀에게 있어서 일생에 단 한 번 볼까 말까 한 기연일 수도 있는 겨룸이었다.

“타앗!”

담백의 입에서 웅혼한 기합과 함께 두 손끝에서 한줄기 장력이 터져 나왔다.

그러나 그 장력의 방향은 우이 쪽이 아니었다.

장력은 공중을 향해 솟아올랐다.

새하얀 구체의 형상을 한 채 그것은 허공에서 잠시 멈췄다.

모두의 시선이 그것을 향했다.

제갈혜는 그 모양이 너무나 아름답다는 생각이 들었다. 사람의 몸에서 어떻게 저러한 것이 나올까 하는 감탄이었다.

‘혹시?’

순간 우이의 마음속으로 불길한 예감이 솟구쳐 올랐다.

생각과 동시에 우이의 몸이 순식간에 이 노인과 제갈혜 쪽으로 달려갔다.

“이미 늦었다!”

담백의 외침과 동시에 그 구체가 거대한 폭음과 함께 폭발했다.

수백 가닥의 경기가 사방으로 쏟아져 나갔다.

담백의 마지막 초식은 주변의 살아 있는 모든 것을 초토화시키는 그런 파멸의 초식이었던 것이다.

‘아!’

그것은 장관이었다.

수백 줄기의 유성비가 동시에 하늘에서 떨어지는 것 같았다.

제갈혜의 입이 벌어졌다.

이 노인은 아무도 저것을 막을 수 없을 것이라는 생각이 들었다.

모두 죽게 될 것이라는 불길한 예감이 들어맞는 순간이었다.

자신도 모르게 이 노인의 두 눈이 감겼다.

샤아아아!

그 순간 우이의 검에서 빛이 쏟아져 나왔다.

빛 속에서 우이의 검이 번개처럼 움직이기 시작했다. 우이의 손이 보이지 않을 정도로 빠르게 움직였다.

펑!

먼저 날아든 장력 하나가 우이의 검끝에 튕겨 사라졌다.

펑!

두 번째 장력이 다시 튕겨져 나갔다.

그리고 모두들 똑똑히 볼 수 있었다.

우이의 검끝에서 만들어지고 있는 하나의 거대한 막.

검기로 만들어지는 검도(劍道)의 최고 경지.

그것은 바로 검막이었다.

펑펑펑펑펑!

작은 폭음 소리가 연이어 터져 나왔다.

"검막?"

담백은 순간 간이 쪼그라드는 기분이 들었다.

상대가 검막을 쳐서 자신의 공격을 받아낼 줄은 상상도 하지 못했던 것이다.

담백의 장력이 마치 폭우처럼 우이가 펼쳐 놓은 검막으로 쏟아져 내렸다.

제갈혜의 가슴이 터질 듯이 뛰었다.

태어나서 처음 보는 경지였다.

검기로 막을 만드는 경지는 수없이 들었다. 그러나 그것을 진실로 믿은 적은 단 한 번도 없었다.

검을 얼마나 빨리 휘둘러야 검막을 만들 수 있단 말인가?

어찌 막을 이룰 때까지 앞서의 검기가 사라지지 않을 수 있단 말인가?

결코 인간이 이룰 수 없는 경지라 생각했었다.

그러나 그러한 경지가 자신의 눈앞에서 펼쳐지고 있었다.

펑펑펑펑펑!

유성비가 내리는 것처럼 담백의 장력은 끝없이 쏟아져 내렸다.

장력에 부딪칠 때마다 검막이 크게 휘었다.

그러나 그것들은 끝내 우이의 검막을 통과하지 못했다.

텅!

마지막 장력이 검막에 부딪쳤다가 사라졌다.

마침내 죽음의 비가 그친 것이다.

곧 이어 서서히 검막이 사라졌다.

그 안에는 놀란 표정의 이 노인과 제갈혜가 멍하니 서 있었고 그 앞에는 처음의 모습 그대로 우이가 서 있었다.

스르르르!

우이의 검날이 먼지가 되어 사라졌다.

우이의 입에서 한줄기 핏물이 흘러내렸다.

담백의 공격은 상상보다 훨씬 뛰어났던 것이다. 게다가 뒤쪽의 이 노인과 제갈혜를 위해 자신을 지키기 위한 것보다 더욱 큰 검막을 만들어내야만 했다.

그러나 우이는 쓰러지지 않고 담담한 시선으로 담백을 올려다보았다.

담백의 신형이 공중에서 서서히 내려왔다.

그의 표정은 넋을 잃은 사람처럼 보였다. 아주 짧은 순간이었지만 십 년은 늙어버린 얼굴이었다.

바닥에 내려선 담백이 힘없이 말했다.

"너는 도대체 누구냐?"

말을 마치자마자 담백은 그 자리에 쓰러졌다.

꿈속에서 담백은 사십 년 전 연인과 친구를 만났다.

그들과 함께 자신도 웃고 있었다.

무엇이 그리 좋은지 셋은 술을 나눠 마시며 함께 노래를 불렀다.

잔을 부딪쳐 앞으로의 우정을 맹세하였다.

그러한 자신의 밝은 얼굴이 너무나 낯설게 느껴졌다.

그러나 분명 자신의 모습이었고 자신의 행복이었다. 지금의 잔인한 담백의 미래 따윈 단 한 번도 생각하지 못했던 젊은 시절.

그러했는데 도대체 왜?

담백이 눈을 번쩍 떴다.

"여긴?"

순간 낯선 방에 자신이 누워 있다는 것을 담백은 알 수 있었다.

'내가 졌던가?'

담백은 몸을 억지로 일으켰다.

방에는 자신 외에도 두 사람이 더 있었다.

한 사람은 이 노인이었고 또 한 사람은 늙은 여승(女僧)이었다.

"괜찮은가?"

이 노인이 걱정스럽게 물었다.

담백은 말없이 고개만 끄덕였다.

놀람과 분노로 기혈이 잠시 막혔을 뿐 내상을 입지는 않았던 것이다.

무심코 여승에게 시선이 간 담백의 두 눈이 커졌다.

비구니의 모습이 낯이 익었던 것이다.

'누구지?'

그때 그 늙은 여승에게서 나오는 청천벽력 같은 한마디.

"오라버니."

담백은 순간 심장이 멎어버리는 느낌을 받았다.

놀란 담백을 보며 여승이 다시 말을 이었다.

"죄송해요."

"당신은… 당신은……."

여승은 바로 삼십 년 전 자신을 버리고 이 노인과 도망을 가버린 자신의 약혼녀 설란(雪蘭)이었던 것이다. 이 노인이 죽었다고 말한 여인이기도 했다.

담백의 몸이 부들부들 떨리기 시작했다.

"이게 도대체 어떻게… 왜 당신이 여기에?"

담백은 말을 잇지 못했다.

그토록 증오하던 그녀였다. 자신을 버리고 친구와 함께 사라져 버린 약혼녀였다. 그러나 증오했던 만큼 너무나 그리웠던 그녀이기도 했다. 그런 그녀가 마치 술래잡기를 하다 이제야 미안하다는 얼굴로 불쑥 나타났다. 게다가 비구니의 모습으로.

"설란……."

담백의 입에서 그녀의 이름이 흘러나왔다. 너무나 불러보고 싶었던 이름이다.

"평생 오라버니를 다시 만나지 못하리라 생각했는데 결국 이렇게 만나게 되는군요."

설란이 한숨을 내쉬며 말했다.

눈가의 잔잔한 주름이 세월의 덧없음을 말하고 있었지만 그녀는 예전의 모습 그대로였다.

그리고 그 모습에는 연인을 배신한 여인의 부끄러움이나 뻔뻔함은 보이지 않았다. 다만 운명의 기구함만을 원망하는 아쉬움만이 남아 있을 뿐이었다.

그 옆으로 고개를 숙인 채 이 노인이 말없이 앉아 있었다.

"도대체 어떻게 된 것이오? 왜 당신이 이런 모습을 하고 있는 것이오?"

"크윽, 모든 게 내 잘못이네."

이 노인이 고개를 떨구며 울부짖듯 말했다.

그 모습에 설란이 고개를 저으며 말했다.

"다 부처님의 뜻이겠지요."

담백의 얼굴이 굳어졌다.

담백이 이를 악물며 다시 물었다.

"어떻게 된 일인지 어서 말하게."

한참을 고개를 숙인 채 아무 말도 않던 이 노인이 힘겹게 입을 열었다.

"환희옥불(歡喜玉佛) 원양(元陽)."

"그 색마 놈은 갑자기 왜?"

그 순간 담백의 심장이 쿵 하고 내려앉았다.

"설마?"

"미안하네. 날 만나러 오다가 그만 그놈에게……."

담백의 얼굴 빛이 하얗게 질렸다.

"정말 미안하네. 내가 지켜주지 못했네. 크흑, 내가 지켜주지 못했네."

담백은 전신의 힘이 모두 빠져나가는 느낌을 받았다. 머리 속이 빙글빙글 돌기 시작했다.

쿵! 쿵!

이 노인이 방바닥에 이마를 찧었다.

이마가 터져 피가 솟구쳐 올랐다.

그러나 이 노인은 멈추지 않았다.

설란이 이 노인의 몸을 잡아 일으켰다.

이 노인의 얼굴은 온통 흘러내린 피와 눈물이 뒤섞여 엉망진창이었다.

"왜 내게 얘기하지 않았지?"

담백이 미친 듯이 외쳤다.

"그건 제가 원한 일이에요."

설란이 담담하게 대답했다.

"오라버니께서 알게 된다면 자결하겠다고 했어요. 지금 돌이켜 보면 한심한 생각이었지만 그때는 어쩔 수 없었지요."

모두의 인생을 바꾸어놓은 이야기였지만 설란의 어조는 담담했다. 너무나 오래된 이야기였다.

"자결하려는 것을 양 오라버니가 말렸지요. 그때 죽었어야 했는데… 이대로 죽는다면 오라버니에게 더 큰 슬픔을 남기는 것이라는 말에……"

"크아악!"

담백이 다시 괴성을 질렀다.

심장을 도려내는 아픔이 느껴졌다.

"허엉!"

가슴속 깊은 곳에서 올라오는 비통함에 담백은 울음을 터뜨렸다. 눈물은 나오지 않았고 울음만이 공허하게 흘러나왔다.

이 노인의 눈에서는 끊임없이 눈물이 쏟아져 내렸다.

설란은 울지 않았다. 대신 두 눈을 감은 채 손에 쥔 염주를 꼭 쥐었을 뿐이다. 그러나 그녀의 손은 부들부들 떨리고 있었다.

"크흑!"

담백은 대충 알 수 있을 것 같았다.

삼십 년간 그토록 증오하며 그들을 찾아 헤매면서도 끝없이 들었던 의구심이 이제야 풀리고 있었다.

이 노인과 설란은 결코 그를 배신한 것이 아니었다. 몸을 버린 기구한 한 여인과 친구의 연인을 지켜주지 못했다는 자책감에 빠져 버린 친구만이 있을 뿐이었다.

"그 이후로 이곳저곳을 떠돌아다녔지요. 아녀자의 몸으로 강호를 헤매었지만 요행히 별다른 위험이 없었지요. 그 모든 게 양 오라버니가 몰래 저를 따라다니며 뒤를 봐주신 것이라는 것을 안 게 불과 오 년 전이었답니다. 그때는 제가 이미 이곳 선안사에 몸을 의지한 후였고 양 오라버니께서 객잔에서 일하시면서 가끔 이곳으로 나무를 하러 오신다는 것을 알았지요."

설란의 말이 끝났지만 담백과 이 노인은 아무 말도 하지 않고 멍하니 방바닥만 쳐다보고 있었다.

"왜 죽으려고 했나?"

담백이 이 노인을 향해 힘없이 물었다.

"모두 내 탓이네. 그날 만나자고 약속을 한 것도 바로 나였네. 그러지만 않았어도……. 자네 손에 죽는 게 옳다고 생각했네. 이곳에서 자넬 만나자고 한 것도 내가 죽고 두 사람이 만나게 되느냐 마느냐는 하늘의 뜻에 맡기고자 한 마음이었다네."

이 노인의 말에 담백은 고개를 저었다.

"틀렸네. 그건 두 번 나를 죽이는 행동이야."

삼십 년 전 그들이 말없이 사라졌을 때 담백의 마음은 이미 한 번 죽었다. 만약 오늘 이 노인을 죽이게 되었다면 담백의 마음은 또다시 죽음을 맞게 되었을 것이다.

"원양의 머리통을 쪼개고 죽음으로 내 실수를 만회하려 했네. 그러나 험난한 강호를 떠도는 그녀를 두고 그냥 죽을 수도, 자네에게 연락을 할 수도 없었네. 자네가 알게 되면 그녀는 틀림없이 자결하고 말 테니까."

"정말 둘 다 바보 같은 사람들이야."

"그래, 친구의 정인(情人)도 지켜주지 못한, 난 그런 멍청한 놈일세."

담백이 길고 긴 한숨을 내쉬었다.

그 한숨 속에는 지난 긴긴 세월 담백의 가슴속에 눌어붙어 자신을 괴롭혔던 증오가 조금씩 뜯겨 나오고 있었다.

'이제 우리가 얼마나 앞으로 더 살 수 있을까?

"멍청한 사람들 같으니라구."

말은 그러했지만 담백의 얼굴에는 평온함이 떠올랐다.

"아미타불……."

설란의 나지막한 불호만이 지난 애증의 세월을 위로라도 하려는 듯 담담히 흘러나오고 있었다.

마지막 초식(2)

"감사드립니다."

제갈혜의 인사에 우이가 살짝 고개를 끄덕였다.

그녀를 처음 보는 순간 우이는 그녀가 바로 현무단의 신입 단원이었다는 것을 기억해 내었다. 객잔에서 소동을 일으켰을 때 이미 한 번 그들을 본 우이였다. 더구나 제갈혜와 같은 여인을 알아보지 못할 수는 없었다.

순간 우이는 자신의 정체를 밝혀야 하는가에 대한 갈등에 빠졌다.

'그녀가 왜 담백과 함께 있는 것일까?

싸움이 끝난 후 우이는 그가 귀견수 담백이라는 것을 알 수 있었다. 그러한 신공(神功)을 발휘할 수 있는 오 척 단신의 노인에 대한 위명은 우이 역시 들어본 적이 있기 때문이었다.

'현무단에 어떠한 변고가 생긴 것일까?

우이의 얼굴이 잠시 어두워졌다.

그러나 직접적으로 그녀에게 사정을 물어보려면 자신의 정체 역시 밝혀야 했다.

그러한 우이를 보며 제갈혜는 자신이 지닌 모든 기억력을 다 동원해서 사내의 정체를 짐작해 보려 했지만 모두 허사였다.

'과연 강호란 내가 상상조차 할 수 없는 곳이구나.'

제갈혜의 솔직한 속마음이었다. 불과 며칠 사이였지만 담백을 상대할 수 있는 젊은이를 두 사람이나 만난 그녀였다. 그것은 실로 가볍지 않은 경험이었다.

"제 이름은 제갈혜라고 합니다."

제갈혜가 다시 정중하게 고개를 숙여 인사를 건네왔다. 상대의 이름을 넌지시 묻는 것이었지만 우이는 그저 미소만 지을 뿐 자신의 이름을 말해 주지 않았다.

인상적인 사내였다.

자신을 보며 순수한 미소를 지을 수 있는 남자는 흔하지 않았다. 자신을 바라보는 이 사내의 두 눈 속에는 그 어떤 욕망도 들어 있지 않았다.

제갈혜에게 있어 그러한 남자는 남궁소천뿐이었다.

그러다 문득 한 남자가 떠올랐다.

수줍음 가득한 순수한 눈빛의 사내. 바로 담린이었다.

좋은 남자들은 항상 비슷한 향기를 지니고 있다는 생각이 들었다.

덜컥!

그때 방문이 열리고 이 노인과 담백, 그리고 설란이 걸어나왔다.

담백의 눈에서는 이제 그 어떤 적개심도 사라지고 없었다.

우이가 담백을 향해 정중하게 고개를 숙였다.

순간 담백이 '훙' 하는 표정이 되었지만 그렇다고 자신의 패배를 인정하지 못할 만큼 소심하지는 않았다. 그러나 스스로의 자존심에 큰 상처를 입었다. 아마 설란을 다시 만나지 않았다면 그나마 지금의 평정심조차 유지하지 못했을 것이다.

그러한 담백의 마음을 이해한다는 듯 이 노인이 나지막이 말했다.

"요즘 가끔 이런 생각을 하네. 장강의 앞 물결이 뒷 물결을 끌고 가는 게 아니라는 것을. 뒷 물결에 밀려나며 흘러가는 것이지."

"흥!"

이 노인의 말에 담백이 코웃음을 쳤다. 담백은 인정할 수 없었다. 제아무리 그렇다 해도 장강은 역시 장강일 수밖에 없다.

'내가 바로 장강이다.'

담백은 크게 외치고 싶었지만 외치지 못했다.

결국 인정할 수밖에 없는 일이었다. 인정할 수 없는 게 아니라 단지 인정하기 싫을 뿐이라는 것을 스스로도 잘 알기 때문이었다.

"강호는 이제 우리들의 것이 아니네."

이제는 중늙은이가 되어버린 옛 친구의 말에 담백은 평소의 그의 성격과는 전혀 무관한 행동을 보였다. 그저 뒷짐을 진 채 하늘을 올려다본 것이다.

"이제 어떻게 할 생각인가?"

이 노인이 담백을 향해 물었다.

담백은 잠시 설란을 보다 다시 하늘을 올려다보았다.

한 조각 구름이 조용히 흘러가고 있었다.

잠시 후 담백의 입에서는 전혀 예상외의 말이 나왔다.

"자네와 함께 가겠네."

순간 이 노인이 담백의 말을 이해하지 못한 듯 멍한 표정이 되었다.

"그게 무슨 말인가?"

"흥! 건방진 놈! 남의 약혼녀를 삼십 년이나 독차지하다니……."

여전히 이 노인은 담백의 속뜻을 알아들을 수 없었다.

"자네가 일하는 그곳에 나도 머무르겠네. 얼마 남지 않은 세월 더 이상 자네에게 란이를 빼앗길 수는 없는 노릇 아닌가? 더 이상 그녀를 못 만나게 감시해야겠네."

그제야 담백의 말을 이해할 수 있었다.

담백은 자신과 함께 영춘객잔에서 남은 생을 보내고자 하는 것이었다.

이 노인의 눈에서 울컥 눈물이 솟아올랐다.

그 얼마나 그리워하던 친구였던가? 그 친구가 지난 일들을 이제 용서하고자 하고 있는 것이다.

그러한 담백의 속마음을 알게 된 설란의 얼굴에 미소가 떠올랐다.

"따로 보관해 둔 좋은 차가 있습니다."

가끔 놀러 오라는 그녀의 말이었다.

"훙! 그 차는 나만 마실 테다! 그게 공평하겠지?"

"이보게, 여태껏 나도 차를 얻어먹은 적은 없다네."

담백이 두 주먹을 불끈 쥐었다.

"다시 붙어볼 텐가?"

"좋네. 사실 아까는 내가 봐준 거였네."

이 노인의 말에 모두들 웃음을 터뜨렸다.

담백이 우이를 바라보았다.

담백이 이 노인과 함께 가려는 이유에는 우이에 대한 호기심도 포함되어 있었다. 자신의 패배가 아직 실감나지 않았고 믿기지도 않았다. 언젠가 다시 한 번 겨루어볼 것이다.

이번에는 제갈혜를 보며 담백이 말했다.

"너도 일단 함께 가자. 그곳에서 잠시 기다렸다가 비급을 가져오면 곧 풀어주마."

제갈혜가 살짝 고개를 끄덕였다. 담백의 마음이 이곳을 올 때와는 많이 달라졌다는 것을 느낄 수 있었다.

제갈혜가 내심 안도의 한숨을 내쉬었다.

하루아침에 담백이 다른 이로 바뀌지는 않겠지만 이미 그는 변화를 시작했다. 시작이 반이라는 것은 사람의 마음에 가장 크게 적용되는 것일 것이다. 결국 작은 마음가짐 하나의 차이가 그 사람의 모든 것을 바꾸어 놓을 수도 있으니까.

설란과 아쉬운 작별을 하고 일행은 산을 내려왔다.

그들이 영춘객잔에 막 돌아왔을 때 영춘은 객잔의 막바지 공사에 한창이었다.

신이 난 영춘이 콧노래를 부르며 우이에게 말했다.

"어딜 다녀온 겐가? 이제 한 이삼 일 후면 모든 공사가 끝나게 될 걸세."

"잠시 드릴 말씀이 있습니다."

우이가 미안한 기색으로 그의 손을 이끌었다.

"으헉! 여기서 말하게. 난 뒤채에 가기 싫어."

흑오와 종대 때문에 근래에는 뒤채 근처에도 가지 않는 영춘이었다.

그러나 영춘은 억지로 우이의 손에 이끌려 뒤채로 왔다.

두 마리의 토끼가 무서워 뒤채에 갈 수 없었던 영춘은 그곳에서 아가리를 쩍 벌린 집채만한 호랑이를 보게 되었다.

"헉!"

담백을 본 영춘의 몸이 돌처럼 굳어졌다.

그런 영춘에게 이 노인이 미안한 기색으로 당분간 자신과 담백이 함께 지낼 것이라는 말을 조심스럽게 꺼냈다. 물론 지난 일들은 강호의 일에 불과하니 너무 신경 쓰지 말라는 말과 객잔 식구들에게 절대 해를 끼치지 않을 것이라는 말들을 열심히 덧붙였지만 영춘의 귀에는 아무 말도 들리지 않았다.

영춘은 죽음을 각오하고서라도 '이번에는 절대 안 돼!' 라고 외치려 했지만 결코 그 말을 꺼낼 수 없었다. 영춘을 바라보며 담백이 나지막이 으르릉거렸기 때문이다.

한편 장작을 패니 물을 길어오니 하면서 하루 종일 어떻게 하면 우이에게 잘 보일까를 궁리하던 흑오와 종대가 한 옆에서 그들의 대화를 들었다.

흑오는 그 노인이 담백이라는 것을 아는 순간에 남은 한쪽 눈이 아파오는 것을 느끼며 그 자리에서 기절했고 멋도 모르는 종대는 제갈혜가 머무른다는 말에 만세를 불렀다.

또다시 그렇게 영춘객잔의 식구가 늘어났다.

담백이 함께 있게 되었다는 사실이 객잔 식구들에게 알려졌다.

복대는 드디어 영춘객잔을 위해 자신이 나설 때라며 담백을 향한 도전장을 썼다. 그러나 누가 은근히 말려주기를 기대했던 복대는 아무도 그를 제지하지 않자 평소 내가 죽기를 바랐냐며 애꿎은 아평을 괴롭혀 결국 울리고야 말았다.

주방에서 한달음에 달려나온 달호는 비장한 표정으로 이제야 떠날 때가 되었다는 말을 멋있게 했지만 그 소식을 듣고 달려온 빚쟁이들로 인해 저녁 내내 시달려야 했다.

가장 좋아한 것은 아연이었다. 아연은 이 노인이 무사히 돌아왔다는 사실만으로도 너무나 기뻤기에 담백의 문제에 대해서는 아무 걱정도 하지 않았다.

아연은 '당신 주변에 모여드는 사람들을 볼 때 당신의 전직은 약장사가 틀림없어요' 라고 우이를 놀려댔고 우이는 평소대로 머리를 긁적이며 그저 웃기만 했다.

그러나 정작 머리를 싸매고 누워 ‘이 객잔의 주인은 바로 나야!’ 를 외치던 영춘은 바로 다음날 또다시 두 사람의 식구가 늘어나게 될 것을 결코 짐작조차 하지 못했다.

⑲ 강북제일미

영춘객잔의 뒤채 별관의 방 하나가 담백과 제갈혜를 위한 임시 거처로 정해졌다. 담백은 이 노인과 함께 기거하면 되었지만 제갈혜가 문제였다.

방 하나라도 아껴 장사를 하려는 영춘의 불퉁한 입이 담백이 내민 금덩이에 쏙 들어갔다. 그리고 그 천하에서 가장 도도하고 무서운 일꾼이 영춘에게 물었다.

"난 앞으로 무슨 일을 하면 되느냐?"

영춘은 자신도 모르게 '그냥 살려만 주세요' 라고 대답할 뻔하였다.

"그냥… 이곳으로 나오지만 않으시면……."

영춘의 대답이 채 끝나기도 전에 담백은 차갑게 돌아서 들어가 버렸다.

"휴……."

요즘 들어 하루에 십 년씩 늙어가는 영춘이었다.

　제갈혜는 당분간 별채를 벗어나지 않기로 했다. 그녀가 공사 중인 객잔으로 나갔다가는 한바탕 소동 끝에 모두들 일손을 놓아버릴 게 뻔하기 때문이었다.

　그러한 제갈혜를 담백은 특별히 감시하지 않았다. 그래도 그녀는 도망갈 수 없었다. 만약 그러한 짓을 했다가 담백이 제갈가를 방문하는 일이라도 생긴다면 그때는 정말 끔찍한 일이 벌어질지도 모를 일이었다.

　강호사대세가의 하나이자 영춘객잔보다 그 인원이나 규모가 수백 수천 배는 큰 제갈가였지만 그 후원에서 장작을 패는 사람 중에는 담백의 공격을 검막으로 막아낼 사람이 없기 때문이었다.

　어쨌든 제갈혜는 영춘객잔 내의 자유로운 포로였다.

　담백과 이 노인이 나무 하는 것을 핑계로 선안사로 출발하자 구석에 숨어 있던 흑오와 종대가 모습을 드러냈다.

　"저 짜리몽땅한 영감이 그렇게 강합니까?"

　종대가 담백이 저 멀리 사라졌음에도 조심스럽게 물었다. 밤새 흑오에게 세뇌당하다시피 담백의 무서움에 대해 들었기 때문이다.

　"한마디로 까불면 바로 죽는다."

　흑오가 한마디로 담백을 정의 내리자 종대가 목을 움켜쥐며 말했다.

　"사부보다 더 강할까요?"

　"더 강할 것 같은데……."

　"헉! 설마요?"

　"적어도 우리 사부는 함부로 사람을 죽이지는 않잖아? 근데 저 영감은 달라. 지나가다가도 그냥 콱!"

　흑오가 두 손가락을 구부려 종대의 눈을 찌르려 하자 종대가 기겁하며 피했다.

　"어서 빨리 무공을 배워야겠어요."

"그래야겠다."

"경공부터 가르쳐 달라고 해야겠어요. 여차하면 튀어야죠."

종대의 말에 흑오가 진지하게 고개를 끄덕였다. 그 말은 분명 일리가 있는 것이었다.

흑오와 종대가 어떻게 하면 담백의 눈을 피해 한시라도 빨리 절세의 무공을 배울 것인가에 대해 고민을 나누고 있을 때 그런 그들을 보며 또 다른 작은 작전회의가 열리고 있었다.

바로 복대와 아평이었다.

흑오와 종대가 담백을 보며 기겁하듯이 복대와 아평이 두려워하는 상대는 바로 흑오와 종대였다.

복대와 아평에게 담백은 그저 이 노인의 친구 정도로 여겨졌고 실제로도 그러했다. 아무리 담백의 성격이 차갑고 잔인해도 이 노인이 일하는 객잔의 조무래기 점소이들에게 손쓸 담백이 아니었다.

결국 실질적인 무서움의 정도는 흑오와 종대가 훨씬 더 컸다. 천 리 밖 호랑이보다 눈앞의 살쾡이가 더 무서운 법이었다.

"사부님이 저 아저씨들에게 무공을 가르쳐 줄까?"

아평이 혹시라도 말소리가 그들에게로 새어 나갈까 숨까지 죽여가며 물었다.

"글쎄……."

"그럼 어떻게 되는 거야?"

과연 저들까지 무공을 배우게 된다면 모두들 사형제가 되는 것이 아닌가?

'흑오 사형?'

생각만 해도 끔찍한 일이었다.

"형, 무서워."

“괜찮아. 내가 있잖아.”

전혀 위안이 못 되는 복대의 큰소리에 아평이 여전히 두려운 듯 조심스럽게 말했다.

“혹시 사부님의 무공을 독차지하려고… 우리를……?”

아평이 말을 채 끝내지 못한 채 부들부들 떨었다. 자신이 말을 꺼냈지만 생각만 해도 너무 무서웠던 것이다. 그 말에 지켜주겠다는 복대의 손이 더 떨리기 시작했다.

그렇게 영춘객잔 내의 보이지 않는 암투가 한창 벌어지고 있던 그때 아연은 생사의 갈림길에 서 있었다.

찰나의 순간 아연은 많은 것을 볼 수 있었다.

기억할 수 있는 가장 어렸을 때의 모습이 떠올랐다.

아마 네 살 무렵인 것 같았다.

그녀는 방에서 혼자 놀고 있었다. 부모님이 일을 나가시고 나면 어린 시절 그녀는 언제나 혼자였다.

다시 시간이 조금 지나며 어린 동생을 업고 부모님이 일하시는 밭으로 달려가는 모습이 떠올랐다. 아마 일곱 살 무렵이리라.

시간은 다시 흘렀다.

이번에는 엄마 일을 도와 뒤에서 수레를 미는 아홉 살 때의 모습이 보였다. 우연히 보게 된, 무인에게 열병을 앓던 열네 살 사춘기의 모습도 보였다.

시간은 계속 흘러 드디어 우이를 보는 순간이 되었다.

주방으로 고개를 들이밀던 우이와 시선이 마주치던 그 순간 그에게서 어떤 운명을 느꼈다. 열네 살 두근거림이 백 배는 커져서 다시 그녀의 심장을 두드리는 순간이었다.

슈우우욱!

그에게 떨어지던 새파랗게 날이 선 도끼 날이 그녀의 머리 위로 날아온다고 느끼는 순간 시간은 다시 흘러가기 시작했다.

눈을 떴을 때에는 자신을 덮치는 거대한 마차가 눈에 들어왔다.

잠시 전,

객잔 수리가 이제 막 끝나고 몰려드는 피곤함에 아연은 객잔 앞 의자에 앉아 나른한 기지개를 켜고 있었다.

시장 사람들의 도움으로 일은 생각보다 빨리 끝날 것 같았다. 적어도 오늘 저녁이나 늦어도 내일은 문을 열 수 있을 것 같았다. 영춘은 연신 싱글벙글이었다.

두두두두!

그때 시장통을 휘젓는 말발굽 소리가 들려왔다.

그리고 귀를 찢는 비명 소리.

"아악!"

아연이 고개를 돌렸을 때 객잔 앞에서 팥죽을 파는 오씨 할머니의 여섯 살 난 손자 아룡(兒龍)을 거대한 사두마차가 덮치고 있었던 것이다.

본능적으로 아연이 몸을 날렸다.

이미 구하기는 늦었다고 생각되었지만 눈앞에서 여섯 살 난 아이가 짓눌려 죽게 되는 것을 두고 볼 수만은 없었다.

아룡을 감싸 안으면서 그녀는 어렸을 때부터 지금까지의 자신의 삶을 순간적으로 모두 볼 수 있었던 것이다.

'미안해요.'

순간 그녀는 자신이 죽는다는 두려움보다 우이에 대한 아쉬움과 미안함이 앞섰다.

이제 막 시작한 사랑이었다. 제대로 사랑다운 사랑 한번 못해보고 이렇게 끝난다는 것이 너무나 아쉬웠다.

'내가 너무 큰 욕심을 부려 하늘이 벌을 주시는 거로구나.'

휘익!

그 순간 그녀는 몸이 공중으로 붕 하고 날아오르는 것을 느꼈다.

아용을 품 안에 안은 채 그녀가 하늘로 날아올랐다.

누군가 자신을 안아서 날아올랐던 것이다.

자신의 발 아래로 새하얀 말의 갈기가 휘날리며 지나갔다.

다시 마차의 지붕이 지나가는 것이 보였다.

'어떻게 된 거지?

그녀가 나비처럼 사뿐히 땅바닥으로 내려섰다.

그녀의 품에서 아용이 내려섰다.

"아용아!"

오씨가 미친 듯이 손자를 부르며 달려왔다.

아용은 할머니가 왜 눈물을 흘리는지, 왜 이리 아프도록 힘껏 안아주는지 이유도 모른 채 여전히 방실거리고 있었다.

그 모습을 지켜본 몇몇 시장 상인들이 안도의 한숨을 내쉬었다.

아연이 고개를 돌리자 우이가 굳은 얼굴로 서 있었다.

"아, 당신이……."

그녀는 긴장이 풀리면서 다리에 힘이 빠졌다.

우이가 그녀의 몸을 받쳐 주었다.

아연은 그의 가슴이 참 넓다는 생각이 들었다.

반면 우이는 화가 머리 끝까지 치밀어 올랐다.

만약에 자신이 이 자리에 없었거나 한발 늦었다면 어떻게 되었을까? 태연하게 서 있는 것 같았지만 우이는 어금니를 꼭 깨물며 끓어오르는 분노를 억지로 참고 있었다.

“고맙네, 고마워.”

오씨가 달려와서 아연의 손을 잡고 우이를 부둥켜안았다.

그녀의 짙은 주름을 타고 눈물이 흘러내렸다.

아들이 죽고 며느리와 사는 오씨였다. 효심 가득한 며느리와 칠십 평생 다른 사람에게 싫은 소리 한 번 안 한 오씨의 유일한 낙이 마차에 짓이겨질 뻔했다.

만약 그렇게 되었다면 결과적으로 그 마차에는 네 사람이 치인 게 될 것이다. 죽은 아들이 마흔 넘어 본 늦둥이를 눈앞에서 보낸다면 오씨나 그 며느리는 결코 남은 생을 살아갈 자신이 없을 것이기 때문이었다.

히이잉!

마차가 저만치에서 멈춰 섰다.

마부석에 앉아 있던 사내가 뛰어내려 이쪽으로 달려왔다.

시장 골목에서 마구 마차를 몰았던 자라면, 게다가 어린 생명을 죽일 뻔한 자라면 당연히 지어야 할 미안한 표정 대신 분노가 가득한 얼굴이었다.

“네년 때문에 말이 다치기라도 했으면 어쩌려고 했느냐! 저게 한 마리에 얼마 짜리인 줄 알기나 하느냐?”

세에에엑!

그의 손에 들린 채찍이 신경질적으로 날아들었다.

목표는 바로 아연이었다.

아마 아연이 없었다면 어린 아용에게 날아갔을지도 모를 채찍질이었다.

그러나 아무 소리도 나지 않았다.

그 채찍의 끝을 우이가 무서운 표정으로 쥐고 있었던 것이다.

“이놈이! 죽고 싶은 게냐?”

오씨가 달려나온 것은 바로 그때였다.

자신의 손자를 구하기 위해 벌어진 일이었다.

그 때문에 우이나 아연이 봉변을 당할까 두려웠던 것이다.

화려하게 장식된 마차를 보니 보통 집안이 아니었다. 이런 경우 분란이라도 일어난다면 결과는 보나마나 좋지 않을 것이다. 백 번을 싸우고 천 번을 하소연해도 소용없다는 것을 칠십 평생 지겹게 보아온 그녀였다.

"나으리, 죄송합니다요."

늙은 노파의 안타까운 몸짓은 사내의 발길질에 채어 뒤로 넘어졌다.

우이의 짙은 두 눈썹이 꿈틀거리는 순간 누군가 그 사내를 덮쳐 갔다.

"이런 개호로새끼!"

욕설이 채 사내의 귓속에 박히기도 전에 사내의 얼굴이 떡이 돼서 날아갔다. 누군가 맹렬히 달려와 그의 얼굴에 박치기를 한 것이다.

종대였다.

웅성거리는 소리에 바깥을 내다보던 종대가 대충 돌아가던 사정을 단박에 알아차렸다. 그리고 그는 미래의 사부님 앞에서 개과천선한 자신의 의협심을 보여줄 기회를 놓치지 않았던 것이다.

마부사내가 마차에 부딪쳐 쓰러졌다.

끼이익!

드디어 마차 문이 열렸다.

그리고 그 '개호로새끼'의 주인이 마차에서 내렸다.

종대의 입이 떡 벌어졌다.

미녀와 함께 시간을 보내는 것은 남자에게 있어서 행복한 일이 아닐 수 없다.

더구나 그 대상이 강북제일미(江北第一美) 단목혜(端木慧)라면 그 기뺨은 백 배가 될 것이다.

강남에 강남제일화(江南第一花) 제갈혜가 있다면 강북에는 강북제일미 단목혜가 있었다.

그녀들의 분위기는 서로 상반되었다.

제갈혜가 도도하고 고귀한 분위기라면 단목혜는 단아하고 수수한 분위기였다.

강북의 미를 대표하는 자존심답게 그녀는 가히 빨려 들어갈 것 같은 매력을 지니고 있었다. 비록 면사로 얼굴의 반을 가리고 있었지만 작은 천 조각으로 그녀의 아름다움을 모두 가릴 수는 없었다.

그런 의미에서 공야방은 참으로 행복한 사내가 아닐 수 없었다.

지난 사흘간 단목혜와 같은 마차를 탈 수 있었으니 말이다.

물론 그 옆에 앉은 암살쾡이만 없었다면 더욱 좋았겠지만.

검게 탄 얼굴에 거친 피부, 게다가 자신을 마치 단목혜를 호시탐탐 노리는 색마인 양 무섭게 노려보는 저 찢어진 눈이라니…….

그녀는 바로 태숙아(太叔芽)라 불리는 단목혜의 호위 무사였다.

그녀 때문에 단목혜에게 수작다운 수작 한번 못 걸어본 그였기에 그녀가 좋게 보일 리 없었다.

공야방은 산 좋고 물 좋은 무당산에서 칠 년이나 수련을 하고도 별달리 정신을 차리지 못한 백이문의 망나니 둘째였다.

그는 속가임에도 특별하게 무당 내에서도 장로급에 해당하는 무천(無天) 진인을 사부로 모실 수 있었다.

물론 아버지인 백이문주가 막대한 금력을 쏟아 부은 이유 때문이라는 것을 알 법도 한데 공야방은 무당에서 자신의 재능을 알아봐 주었기 때문이라고 생각했다.

어쨌든 그는 무천 진인의 제자로 칠 년간의 무공 수련을 마치고 이제

하산하는 길이었다.

자신의 사부인 무천 진인과 단목혜의 아버지인 단목 대협은 절친한 사이였다.

마침 무천 진인을 만나러 무당에 들른 단목혜의 하산 길이 바로 태호였고 그 사실을 알게 된 공야방은 자신의 하산 일정을 일주일이나 당기면서까지 동행하기를 자처했던 것이다. 물론 호위를 핑계 삼아서였다.

"피곤하지 않으시오?"

은근한 공야방의 말에 단목혜는 가볍게 고개를 저었다.

그녀는 말을 아끼는 여인이었다.

"태호에는 처음이신가요?"

"아니요. 어렸을 때 몇 번 와봤습니다."

청아한 그녀의 목소리에 공야방은 다시 한 번 침을 삼켰다.

"이제 곧 저희 집에 도착할 겁니다. 예까지 오셨으니 며칠 쉬다 가시지요."

공야방의 말에 단목혜는 정중하게 거절했다.

"말씀은 감사하지만 저희는 그냥 객잔에서 묵겠습니다."

"그럴 수는 없지요. 사부님의 얼굴을 봐서라도 그렇게는 안 되지요. 제 집이 태호에 있는 이상 제가 대접해 드리는 게 당연한 도리지요."

사부에 도리까지 들먹이기 시작한 공야방이었다.

단목혜의 얼굴에 난처함이 깃들었다.

단목혜는 사실 공야방이 부담스러웠다.

무천 진인의 제자였기에 흔쾌히 동행을 허락했다. 그러나 동행하는 동안 느낀 그의 눈빛은 수양을 중요시하는 무당의 청명한 눈빛이 아니었다.

단목혜 역시 어려서부터 많은 사내들의 주목을 받으며 자란 여인이었다. 그녀가 가진 재주 중에 가장 뛰어난 것은 아미(峨嵋)의 정유(鄭幽) 사태에게 전수받아 이미 칠성(七成)까지 이른 소청기공(小淸氣功)도 아니었고 일곱 살 때부터 어려운 경전(經典)들을 읽어낸 명석한 두뇌도 아니었다. 바로 상대의 눈빛에서 탐욕과 순수를 구분할 줄 아는 재능을 가지고 있었던 것이다.

불행히도 공야방의 눈빛은 전자에 속했다.

그러나 사부의 이름까지 들먹이는데 거절하기도 곤란해 난감한 표정만 짓고 있었던 것이다.

덜컹!

마차가 크게 흔들린 것은 바로 그때였다.

그리고 곧 이어 마차가 멈춰 서며 밖이 소란스러워졌다.

공야방은 인상을 찌푸리지 않을 수 없었다. 그에게는 중요한 순간이 아니던가? 다 된 밥에 코 빠뜨리는 순간이었지만 그러나 이런 때일수록 침착하고 대범해야 멋있게 보인다는 것을 잘 아는 공야방이었다.

공야방은 마차 문을 열고 내렸다.

기회다 싶어 단목혜와 태숙아가 따라 내렸다.

마차에서 내린 공야방은 인상을 쓰지 않을 수 없었다.

일단 마부가 얼굴을 감싸 쥐고 마차 옆에 쓰러져 있었다.

그 앞으로 웬 얼뜨기 같은 놈이 자신을 따라 내리는 단목혜를 보며 입을 쩍 벌리고 있는 것이 아닌가?

게다가 늙다리 노파가 쓰러져 있었고 그 옆에서 꼬마 놈이 빽빽 울음을 터뜨리고 있었다.

그뿐만이 아니었다. 웬 젊은 연놈이 무서운 눈초리로 이쪽을 노려보고 있었다.

칠 년 만에 돌아오는 집이다.

게다가 천하제일의 미녀까지 동행해서 온 길이었다.

더러운 시장통에서 이 무슨 난리란 말인가?

원래 성격 같았으면 벌써 주먹이 날아가고 발길질이 날아갔을 것이다. 무당 도사들이 칠 년간 가르치고도 교화해 내지 못한 그 더러운 성격을 사흘 전에 만난 단목혜의 미모가 간신히 붙잡고 있었다.

"무슨 일이오?"

공야방이 최대한 점잖게 말했다.

그러나 얼뜨기는 여전히 입을 다물지 못한 채 단목혜만 쳐다보았고 젊은 연놈은 들은 척도 않고 노파를 일으켜 세우고 있었다.

공야방의 속이 다시 뒤집어졌다.

"저것들이 갑자기 뛰어드는 바람에……."

그때 마부가 얼굴을 감싸 쥐며 일어나서 말했다.

"이런 개……!"

다시 종대가 욕설을 퍼부으며 달려나가려고 하자 놀란 마부가 공야방의 뒤로 몸을 숨겼다.

"아이가 다칠 뻔했소. 앞으로 조심해 주시오."

공야방을 보며 우이가 굳은 표정으로 말했다.

우이는 최대한의 인내력을 발휘해야만 했다. 아연을 영원히 못 볼 뻔했다는 생각에 아직도 가슴이 두근거렸다.

그의 말에 공야방의 안색도 덩달아 굳어졌다.

우이의 말은 다른 사람의 귀에는 정중한 부탁으로 들렸지만 공야방의 귀에는 훈계로 들렸던 것이다.

"이런 건방진 놈! 감히 내가 누군 줄 알고!"

홧김에 말을 해놓고 단목혜가 보고 있다는 생각에 뜨끔했지만 이미 내친걸음이었다.

"당신이 누구요?"

우이가 담담하게 물었다.

'감히 내가' 라는 말을 쓰며 자신의 존재를 알리려는 사람치고 알 만한 가치가 있는 사람을 본 적이 없는 우이였다.

반면 그렇게 노골적으로 물어올 줄 생각지 못한 공야방이었다.

"엥?"

백이문의 소공자라고 말하기도, 무당의 제자라고 말하기도 애매했다. 씩씩대며 기껏 공야방이 생각해 낸 말은 바로 '그럼 넌 누구냐?' 였다.

"난 여기서 일하는 사람이오."

우이의 손가락 끝에는 '영춘객잔' 이라는 네 글자가 붉은 천 안에서 바람을 맞으며 신나게 헤엄치고 있었다.

"뭐야? 그럼 점소이?"

공야방이 결국 주먹을 휘두르며 몸을 날렸다.

그러나 그 결정은 미녀도 잃고 매도 맞는, 그에게 있어서는 최악의 선택이었다.

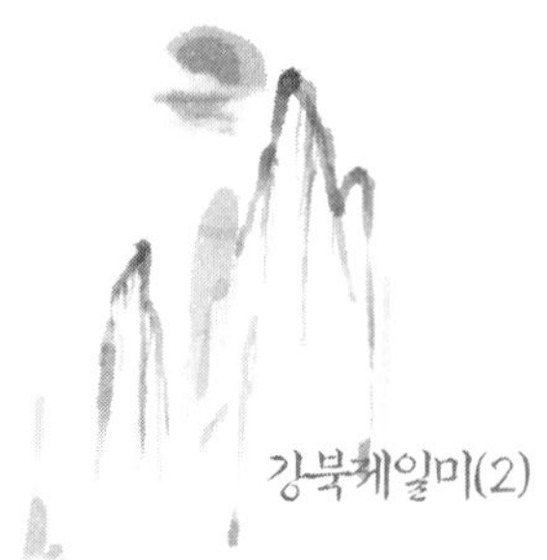

강북제일미(2)

백이문주 공야무는 또다시 자신이 지을 수 있는 가장 황당한 표정이 되었다. 올해 들어 벌써 두 번째였다.

첫 번째는 바로 살귀삼웅이 얻어터지고 들어온 날이었다.

그리고 오늘 다시 얼굴 근육을 이리저리 움직여 그날의 그 황당한 표정을 그대로 재현하고 있었다.

사실 이번이 그때보다 더 놀랍고 당황스러웠다.

무공을 배우러 갔던 둘째 아들놈이 돌아온 것까지는 좋았다. 편하게 돌아오라고 마차까지 마중 보냈었다.

어려서부터 애지중지 아끼고 아끼던 아들이었다. 무당파 제자로 만들기 위해 기둥뿌리가 흔들린 아들이었다.

이제 드디어 그 결실을 보게 되는 날이었다.

그런데 그런 아들이 얼굴이 피떡이 돼서 돌아온 것이다.

공야방의 볼에 난 시커먼 손바닥 자국을 보며 공야무가 소리쳤다.

"도대체 이게 어떻게 된 일이냐?"

공야방은 아무 말도 할 수가 없었다.

객잔에서 일하는 놈이랑 시비가 붙어 이렇게 되었다는 소리를 어떻게 한단 말인가?

공야방이 고개를 푹 숙였다.

"혹시 신도방 놈들에게 기습이라도 당한 것이냐?"

그 말에 공야방의 고개가 번쩍 들렸다.

'그렇군. 왜 그 생각을 못했지?

자신이 무당산으로 떠날 때도 그랬고 신도방과의 갈등이 끊이지 않는 백이문이었다.

고개를 끄덕이며 눈을 부라리는 공야방을 보며 공야무가 부랴부랴 살귀삼웅을 불러들였다.

아직도 얼굴에 멍 자국이 가시지 않은 그들이었다.

고개를 푹 숙인 채 병든 닭 모양 비실대는 것이 이제 그들의 전성기는 이미 지나갔구나 하는 생각이 들었다.

무인들에게 패배는 죽음보다 더 안 좋을 수도 있었는데 지금의 살귀삼웅이 바로 그런 경우였다.

어쨌든 여차여차 눈, 코, 입을 만들어 붙이고 볼에 남은 손 자국 크기를 맞춰보는 등 결국 양쪽의 가해자가 동일 인물이라는 사실을 밝혀낼 수 있었다.

"신도방 이놈들!"

공야무가 대청이 떠나가도록 소리를 질렀다.

신도방에서 파견한 그 고수에게 자신의 아들도 당한 것이다.

신도방주가 지금쯤 얼마나 비웃고 있을까를 생각하니 머리로 올라오는 모든 혈도가 동시에 막혀 쓰러질 것만 같았다.

한편 공야방의 안색은 풀어졌다.

듣고 보니 그자는 신도방에서 고용한 고수였던 것이다.

공야방의 나름대로 냉철한 분석이 시작되었다.

그들은 의도적으로 마차를 멈추게 했다.

그 과정에서 노파와 아이까지 동원해 자신을 방심하게까지 만든 것이다.

그리고 상대 살수는 자신이 객잔에서 일하는 점소이라고 격장지계를 써서 자신을 흥분시켰던 것이다.

'그 때문에 난 무당파의 무공을 사용할 생각을 못했지. 그깟 놈 정도야 한주먹 거리도 안 되니까. 방심한 사이 순식간에 멱살을 잡혔고.'

그러나 멱살이 잡혔을 때 온몸의 힘이 다 빠져나가는 것 같아 꼼짝도 할 수 없었다. 왜였을까?

'아! 그렇지! 독! 난 이미 독에 중독되어 있었던 거야. 아, 그 마부 옆에 서 있던 놈! 생김새가 더러운 게 독공의 고수였구나.'

모든 게 착착 들어맞았다. 주눅 들었던 공야방의 표정이 다시 의기양양해졌다.

'그럼 그렇지.'

공야방이 벌떡 일어났다. 이러고 있을 때가 아니었다.

그가 정신을 차렸을 때는 이미 마차에 실려 백이문에 도착한 이후였고 단목혜는 내리고 없었던 것이다.

아마 자신이 얻어맞는 것을 보고 크게 실망했을 것이다.

'오해를 풀어야 해.'

공야방은 다급해졌다.

그에게 있어 아름다운 여인에게 오해받는 것만큼 초조한 일은 세상에 없었다.

아들의 퉁퉁 부은 얼굴을 보며 공야무는 고민에 빠졌다.

"도대체 어떤 놈일까?"

살귀삼웅과 자식 놈을 이렇게 만들 정도면 분명 대단한 놈임에 틀림없었다.

그쪽에서 고수를 쓴다면 이쪽에서도 그에 걸맞는 고수를 동원해야 한다. 물론 백이문에는 살귀삼웅을 능가하는 고수들이 여럿 있었다.

이제 그들이 나서야 할 때가 된 것이다.

그들 중 누가 적당할까를 고민하는 공야무의 머리 속이 복잡해졌다.

복잡한 생각을 뒤로 미루려는 듯 고개를 젓던 공야무가 불현듯 물었다.

"참, 패아는 어디 있느냐?"

공야패를 말하는 것이었다.

"대공자님은 아침 일찍 나가셨습니다."

옆을 지키고 섰던 무인 하나가 정중하게 대답했다.

"쯧쯧, 그래도 동생이 오는 날인데……."

'흥!'

어려서부터 공야패에게 당하고만 자라온 공야방이었다.

잔머리 굴리는 데는 공야패를 따라갈 수가 없었고 못된 짓을 함께 하더라도 형인 공야패는 귀신처럼 빠져나갔다. 덕분에 모든 책임과 꾸중은 항상 자신의 몫이었다.

'이제는 쉽지 않을걸?'

제아무리 잔머리를 잘 굴린다지만 무당 제자인 자신에게는 이제 안 통할 것이다. 강호는 뭐니 뭐니 해도 힘센 놈이 최고가 아닌가?

이제 바야흐로 자신의 시대가 시작된 것이다.

공야방은 기분이 좋아져서 한껏 웃었지만 이내 비명을 질러야 했다.

온통 멍투성이의 얼굴은 그에게 웃음을 허용하지 않았던 것이다.

"두고… 보자."

자신의 시대가 열리는 첫날부터 공야방의 발음은 새고 있었다.

＊　　　＊　　　＊

태숙아는 그녀를 이해할 수 없었다.

아니, 조금은 이해할 수 있었다.

그 느물거리던 공야방을 호쾌하게 두들겨 패준 사내.

그 순간 태숙아는 십 년간 목구멍을 간질이던 가시가 뽑히면 이런 기분이지 않을까 하는 생각이 들었다.

아마 정도의 차이야 있겠지만 단목혜 역시 비슷한 기분을 느꼈을 것이다.

무당파 제자인 공야방을 혼내줄 수 있는 정도의 실력을 가진 사내.

게다가 허름한 객잔에서 일하고 있는 알 수 없는 신비함.

충분히 호기심이 생길 만했다.

그러나 태숙아가 이해할 수 있는 범위는 여기까지였다.

단목혜가 상촌의 일류객잔을 놔두고 구태여 이 낡고 허름한 객잔에서 식사를 하고자 할 필요까지는 없었던 것이다.

단목혜가 누구인가?

바로 강북제일미라 불리는 강호 최고의 미인이 아니던가?

그러나 마차에서 내려 그를 본 순간부터 단목혜는 이상해졌다.

공야방이 두들겨 맞고 마차에 실려 떠나자 단목혜는 영춘객잔 안으로 발걸음을 옮겼다.

객잔은 이제 막 공사가 끝나 영춘은 내일부터 영업을 시작하려고 했지만 단목혜가 식사가 되냐고 물었을 때 영춘의 고개는 자연 끄덕여지고 있었고 발걸음은 이미 주방을 향하고 있었다.

흑오와 종대, 담백을 생각하면 머리가 지끈거리지만 제갈혜에 이어 천하제일의 미녀를 보게 되는 호사(好事)가 마치 영춘을 위로라도 하려는 듯 찾아든 것이다.

복대와 아평은 벌써부터 난리였다.

제갈혜가 더 아름다운가 단목혜가 더 아름다운가로 입씨름이 벌어졌다. 귀 얇고 줏대없는 우리의 복대는 순식간에 제갈혜를 배신하고 단목혜의 손을 들어주었다. 어린 나이지만 아평은 그래도 제갈혜가 훨씬 더 예쁘다면서 일편단심을 보였다.

복대와 아평은 서로 심부름을 하려 앞장섰고 달호는 주방에서 고개를 내민 채 눈을 떼지 못했다.

그런 시선들은 이미 익숙한 듯 단목혜와 태숙아는 별달리 신경도 쓰지 않았다.

이제 막 내부 수리를 마친 가게 안은 나무 향기가 진하게 배어 있었다.

탁자를 내려다보던 단목혜의 시선에 이채가 감돌았다.

단목혜는 손을 뻗어 탁자를 천천히 만졌다.

태숙아는 그녀가 무슨 이유로 그러는지 알 수 없었다.

그녀는 아주 신중하게 탁자의 결을 느끼고 있었던 것이다.

"저녁은 뭘로 드릴까요?"

영춘은 부러운 눈으로 탁자를 내려다보며 그녀에게 물었다.

담백과 함께 왔던 그 여인에 비해 지금의 여인도 전혀 손색이 없다는 생각이 들었다. 오히려 얼굴을 반쯤 가린 면사가 궁금증을 자극해서 그녀를 더욱 신비롭고 아름답게 만들어주고 있었다.

"소고기 볶음이과 만두, 그리고 술 한 병 주세요."

이미 주방에서는 소고기를 볶기 시작했을 것이다.

아까부터 이곳만 훔쳐보던 달호가 자신이 낼 수 있는 모든 실력을 다 동원해서 요리를 만들고 있을 것이다. 혹여 자신의 간이라도 빼서 넣을까 걱정될 정도로 열성이었다.

돌아서 가려는 영춘을 단목혜가 불러 세웠다.

"뭐 좀 여쭤봐도 될까요?"

"뭐든 물어보시구려."

"이 탁자에 쓰인 나무, 어디서 난 거죠?"

영춘은 예상 못한 물음에 머리를 긁적였다.

"엥? 그건 왜 물으시나?"

순간 태숙아의 인상이 일그러지자 놀란 영춘이 황급히 대답했다.

"우이가 구해왔으니 그에게 물어보면 알 거요."

"우이? 방금 우이라고 했나요?"

단목혜가 자리에서 벌떡 일어나며 말했다.

그때 별채 쪽 입구에서 우이가 들어왔다.

"아, 마침 저기 오는구려. 불러 드릴까?"

"됐어요."

우이를 멍하니 바라보며 단목혜가 넋 나간 사람처럼 말했다.

그런 그녀의 행동에 태숙아는 고개를 갸웃거렸다.

자신이 아는 단목혜는 결코 쓸데없는 짓을 하는 사람이 아니었다. 탁자를 만져 보았을 때 그녀는 무엇인가를 알아낸 것이다.

"오늘 저녁은 시장 분들을 초대하는 게 어떨까요? 그동안 고생한 분들에게 대접은 해야지요."

객잔으로 들어서며 우이는 말했다.

"좋은 생각이네. 모두 불러야지."

영춘은 신이 나서 밖으로 달려나갔다.

그런 영춘을 보며 우이는 미소를 지었다.

그때 단목혜의 면사가 가볍게 흔들렸다. 그녀는 자신의 호흡이 빨라지는 것을 느낄 수 있었다.

주방 쪽으로 가려는 우이에게 단목혜가 조심스럽게 말했다.

"우 호위님?"

단목혜의 작고 귀여운 입에서 그 누구도 예상치 못한 말이 튀어나왔다.

덜컥!

순간 우이의 가슴이 철렁 내려앉았다.

우이가 놀란 표정으로 그녀를 돌아보았다.

"우 호위님 맞죠?"

단목혜의 눈에서 눈물이 글썽였다.

잠시 단목혜를 멍하니 보던 우이의 머리 속에서는 오래전 과거의 한 조각 기억이 선명하게 떠오르기 시작했다.

팔 년 전 자신을 유난히 따랐던 전전대(前前代) 무림맹주 권왕의 외손녀. 이름이 단목혜였던가? 별처럼 눈이 반짝이던 그 아이는 그때도 면사 쓰는 것을 좋아했었다.

"오라버니!"

단목혜가 울면서 우이의 품에 안겼다.

영춘과 객잔 식구들의 입에서 부러움인지 질투인지 모를 괴성이 터져 나왔다.

주방을 나오던 아연이 그 모습을 보았다.

그녀의 손에서 접시가 미끄러져 내렸다.

접시는 산산이 부서졌지만 단목혜는 우이의 품에서 떨어지지 않았다.

태숙아는 단목혜를 호위한 지 오 년이 지나서야 처음으로 그녀의 눈물을 보았다.

단 한 차례도 남자에게 관심이 없었던 그녀가 남자 품에 안겨 눈물을 흘릴 줄은 정말 상상도 하지 못한 일이다.

강북제일미의 눈물은 실로 사람의 애간장을 녹일 만큼 매혹적이었지만 한 사람에게만은 그다지 큰 힘을 발휘하지 못했다.

바로 단목혜를 무심히 보고 있는 우이였다.

단목혜가 자신을 알아보자 우이는 무척이나 놀랐다.

더구나 '우 호위' 라는 호칭을 듣는 순간 놀란 가슴은 아직까지 뛰고 있었다. 영춘객잔에 온 지 두 달여 만에 드디어 자신의 과거를 아는 사람과의 첫 만남이기도 했다.

"네가 이렇게 아름답게 자라다니……."

"피, 어렸을 때는 더 예뻤어요."

우이의 말에 단목혜가 혀를 내밀며 말했다. 물론 그녀의 면사에 가려 다른 사람들은 보지 못했다.

그녀의 그런 모습에 태숙아는 기절하지 않은 게 다행일 만큼 놀라고 있었다.

단목혜에게 저런 모습이 숨어 있었던가?

언제나 단정하고 지적인 모습만을 보여오던 단목혜였다. 저러한 애교 섞인 말은 한 번도 본 적도, 들은 적도 없었다.

만약 단목혜를 열렬히 사모하는 사천당문(四川唐門)의 소가주 당철(唐哲)이 저 모습을 보았다면 당가의 모든 극독(劇毒)을 우이가 뒤집어쓰게 될 것이라는 생각이 들었다.

"그런데 왜 여기에?"

단목혜의 물음에 우이는 잠시 말이 없었다. 그렇다고 딱히 표정이 어두워지거나 하지도 않았다.

담담하게 우이가 말했다.

"어쩌다 보니 그렇게 되었다."

우이의 표정에서 그녀는 그동안 그에게 많은 일들이 있었음을 알 수 있었다.

단목혜를 보고 있자니 자연 우이는 그 호방(豪放)하고 시원스러운 성격의 권왕이 떠올랐다.

맨주먹 하나로 강호를 무릎 꿇린 남자.

"크하하! 자네는 정말 멋진 친구야!"

언제나 우이를 좋은 친구라고 말해 주던 그였다.

퇴임이 가까워 오던 어느 날 권왕이 불쑥 말했다.

"우 호위."

"네."

"우리 의형제 맺을까?"

"안 됩니다."

"배분이니 예의니 다 따지고 보면 부질없는 거네. 강호는 뭐고 강호인은 또 뭔가? 의와 협? 좋아, 좋다구. 물론 그것도 중요하지. 하지만 적어도 난 아니네. 상식이 깨지고 불가능이란 단어가 존재하지 않는, 내가 생각하는 강호란 바로 그러한 자유 그 자체라네. 크하하!"

권왕이 그 큰 주먹을 휘두르며 호탕하게 말했다.

우이가 미소만 짓고 있자 권왕이 다시 애처럼 졸라댔다.

"이건 명령이야."

"그래도 안 됩니다."

"자네 이러긴가? 내 다른 사람들에게는 절대 비밀로 하겠네."

"다른 사람들의 이목 때문이 아닙니다."

"흐음? 그럼 무엇 때문인가?"

"제가 손해라서 안 하겠다는 겁니다."

우이의 표정에는 이미 장난기가 가득했다.

"엥, 그건 무슨 말인가?"

"이렇게 젊은 동생을 얻는 것과 늙은 형을 얻는 것이 어찌 같겠습니까? 제가 손해지요. 그래서 싫습니다."

"크하하! 옳은 소리야!"

언제나 호탕한 그였고 그랬기에 그를 모신 지난 오 년이 아깝지 않았다. 무림맹주로서 정치적으로는 실패한 그였지만 그런 건 우이와는 아무 상관 없는 일들이었다.

문득 그가 보고 싶다는 생각이 들었다.

"오라버니?"

단목혜가 조심스럽게 입을 열었다.

"응?"

"아까 그분……."

그녀는 아연에 대해 묻고 있었다.

여자들은 여자끼리 통하는 직감이라는 게 있고 어지간히 둔한 여자가 아닌 이상 대부분 그것은 정확하기 마련이다.

단목혜가 그녀와 시선이 마주쳤을 때 그녀는 아연이 우이를 좋아하고 있다는 것을 느낄 수 있었다.

그 느낌을 확인하고 있는 단목혜였다.

"아연이?"

"예쁜 이름이군요."

"마음도 착하지."

우이의 말에 단목혜의 눈빛이 반짝 빛났다.

"혹시 오라버니께서 좋아하시는 분인가요?"

우이는 긍정도, 부정도 하지 않았다.

하지만 그의 밝은 표정에서 단목혜는 그가 그녀를 좋아하고 있다는 것을 느낄 수 있었다.

그녀의 가슴이 아릿하게 쓰려왔다.

어린 시절 그녀는 친구가 없었다.

무림맹주의 외손녀라는 제약은 그녀에게서 진정한 친구란 것을 빼앗아갔다. 언제나 조심스런 삶이었다.

그런 그녀가 외할아버지를 만나러 무림맹을 찾았을 때 그곳에서 우이를 보게 되었다.

따뜻하고 맑은 눈빛으로 자신을 번쩍 안아주던 그는 어린 단목혜에게 오빠이자 친구였고, 그리고 그녀도 모르는 사이에 자리 잡게 된 그녀의 첫사랑이기도 했다.

외할아버지가 맹주를 퇴임하고 난 뒤 우이를 볼 기회가 거의 없게 되었지만 그녀의 마음속에는 언제나 그가 자리 잡고 있었던 것이다.

마차에서 내려 처음 우이를 보았을 때 그녀는 정말로 숨이 멎는 줄 알았다. 처음에는 잘못 본 게 아닐까 했다. 비슷한 사람일 거라고 생각했다.

우이가 저런 차림으로 이곳에 있을 리가 없었기 때문이다.

그러나 영춘객잔의 탁자를 보는 순간 그가 바로 우이였다는 확신이 들었다.

탁자는 초절정의 고수의 검에 의해 잘려졌다는 것을 알 수 있었던 것이다. 그 순간 아까 보았던 그가 자신이 알고 있는 우이가 분명하다는 확신이 들었던 것이다.

단목혜는 우이를 정면으로 볼 수 없었다.

심장이 두근거려 견딜 수 없었기 때문이다.

그러나 그런 마음도 몰라주고 우이는 그저 팔 년 전 어린 동생을 보는 그 눈빛 그대로 자신을 보고 있었다.

"태호에는 왜 온 거냐?"

우이의 물음에 단목혜의 얼굴이 어두워졌다.

그 순간 우이는 그녀에게 어떠한 문제가 생겼다는 것을 알 수 있었다.

"…여기서 누구를 만나기로 했어요."

힘없는 단목혜의 말에 우이는 그녀가 무엇인가 감추고 있다는 것을 알았지만 내색은 하지 않았다.

"참, 아까 그자와는?"

공야방을 말하는 것이었다.

단목혜의 아미가 찡그려졌다.

"우연히 동행하게 됐을 뿐 상관없는 사람이에요."

그 말에 우이가 안심이 된다는 표정을 지었다. 혹시라도 단목혜와 관련이 있는 사람이라면 그녀가 곤란해질 수도 있었다.

"저… 일을 마칠 때까지 여기서 묵어도 되죠?"

단목혜가 살짝 볼이 붉어지며 말했다.

그녀의 말에 정작 우이는 그저 '그래' 라고 대답했을 뿐이지만 그들의 대화를 질투에 가득 찬 눈으로 훔쳐보고 있던 사람들, 즉 영춘객잔의 남자들은 모두 만세를 불렀다.

그들은 모두 여섯이었다.

과거였다면 저 여인을 어디로 팔아넘길까를 고민했을 전직 파락호 둘과 천하제일고수를 꿈꾸는 어린 점소이 둘, 이번에야말로 노총각 신세를 벗어날지도 모른다는 희망에 부푼 꿈 많은 중년의 숙수였다. 그리고 그들 속에는 단지 미녀들을 보는 것만으로도 왠지 젊어지고 있다는 기분에 덩달아 만세를 부른 영춘도 슬그머니 끼어 있었다.

⓴ 보표유정

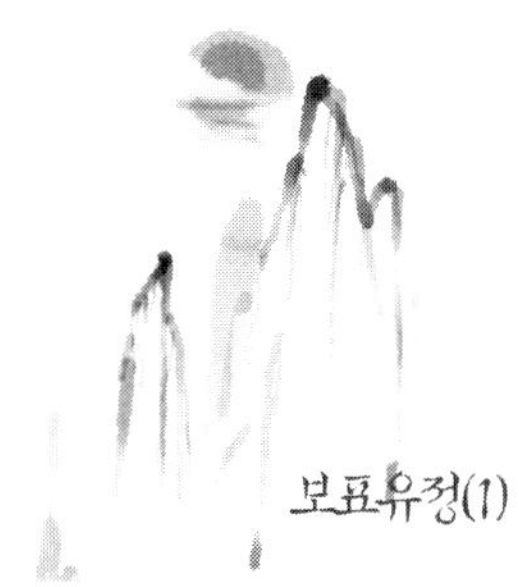

보표유정(1)

마치 눈물로서 죽은 이를 데려올 수 있다고 믿는 사람처럼 신도방주의 딸 화경은 어미의 무덤 앞에서 울고 또 울었다.

한참을 그렇게 울던 화경이 자리에서 일어났다.

이런 날이면 그녀가 어김없이 찾는 곳이 있었다.

바로 고갯마루의 그 국수집이었다.

오늘도 화경은 어김없이 그곳으로 발걸음을 향했고 그녀가 천막에 도착했을 무렵에는 이미 그녀의 눈물은 말라 있었다.

그 뒤를 언제나처럼 비영이 말없이 따르고 있었다.

중년 여인은 오늘 또다시 곤욕을 치르게 되리라. 그러나 비영은 그러한 화경을 그저 묵묵히 지켜볼 수밖에 없었다.

스윽!

천막 안으로 화경을 따라 들어서던 비영이 흠칫 놀랐다.

뒷덜미를 타고 올라오는 차갑고도 이질적인 느낌.

묘한 위화감이 비영을 엄습했다.

비영의 눈이 날카롭게 실내를 살피기 시작했다.

구석에서 국수를 먹고 있는 사내 다섯. 옆에 놓인 커다란 짐들로 봐서는 뜨내기 장사꾼들이었다.

그리고 구석에 홀로 등을 돌린 채 국수를 먹고 있는 사내 하나.

그들이 들어서자 평소와 변함없는 중년 여인의 표정.

모든 것이 평상시와 다름없는 모습이었다.

'그런데 왜지, 이 기분은?'

분명 알 수 없는 위기감이 비영을 흔들어 깨우고 있었다.

이런 기분이 든 날에는 틀림없이 큰일이 벌어졌다.

화경은 다른 날보다 더 침울한 표정으로 여인에게 말했다.

"국수 줘."

곧 바닥에 쏟아질 국수였지만 언제나 그렇듯이 여인은 정성껏 국수를 만들기 시작했다.

화경을 바라보는 그녀의 표정은 언제나 애틋했다.

화경이 아무리 못살게 굴어도 결코 싫은 내색을 하지 않았다. 친딸이라고 해도 참기 힘들 것 같은 발악이었지만 그저 여인은 화경을 안타깝게 여길 뿐이었다.

"우리 아빠 좋아하지?"

불쑥 화경이 물었다.

그런 화경에게 여인은 담담한 미소만 지어 보였다.

"좋아하면 혼인해. 이제 반대 안 할게."

힘없이 화경이 말했다.

중년 여인이 깜짝 놀라 고개를 들었다. 지금껏 단 한 번도 이런 이야기를 꺼낸 적이 없는 화경이었다.

"난 상관없어. 어차피 난……."

화경은 말을 맺지 못했다.

비영은 다른 때 같았으면 화경을 억지로 끌고 나갔을 것이다.

그러나 평소와는 다른 화경의 행동에 잠시 망설이고 있었다.

"그럴 수는 없어요, 아가씨."

여인이 국수를 내놓으며 말했다.

그녀의 말에 이번에는 화경이 깜짝 놀랐다. 평소 아무 말도 하지 않던 그녀가 오늘 대답을 한 것이다.

"왜? 아빠가 싫어?"

여인은 말이 없었다.

"나 때문이지? 그렇지?"

화경이 흥분된 목소리로 말했다.

잠시 화경을 말없이 바라보던 여인이 이제는 때가 되었다는 표정으로 입을 열었다.

"전 예전에 이미 혼인했던 몸이고 아직도 그 사람을 잊지 못하고 있답니다."

여인의 말에 화경이 벌떡 일어났다.

"그 사실, 우리 아빠도 알고 있어?"

화경이 떨리는 목소리로 묻자 여인이 조용히 고개를 끄덕였다.

"뭐야? 알고 있으면서도 아줌마를 좋아하는 거야?"

화경의 고개가 숙여졌다.

모든 여자들은 당연히 아버지를 좋아할 것이고 선택권은 항상 아버지에게 있다고 생각해 온 화경이었다. 아버지는 태호 사람들이라면 감히 정면으로 쳐다보지도 못하는 신도방주였다.

자신만이 유일하게 아버지를 미워할 자격이 있다고 생각했다.

　지금껏 이 여인도 아버지를 좋아하고 있다고 생각했다. 자신이 반대해 왔기 때문에 아버지와 이 여인이 자신의 눈치만 보고 있다고 생각했다.

　산을 내려오면서 그녀는 큰마음을 먹었다.

　무덤 속의 엄마에게 허락도 받았다.

　‘그냥 허락해 주자. 아빠가 불쌍해.’

　그런데 그게 아니었다.

　“바보 같아.”

　화경이 갑자기 국수 그릇을 바닥으로 던졌다.

　조금씩 녹아내리던 화경의 마음이 다시 국수가락처럼 얽혀 바닥에 흩뿌려졌다.

　“국수나 파는 주제에…….”

　여인은 아무 말도 하지 않았다.

　어린 그녀가 그러한 것을 이해할 거라 생각하지 않았다. 그러나 언제까지 그냥 두고 볼 수만은 없었다.

　“국수 맛있어?”

　구석에 있던 중년 사내에게 화경이 물었다.

　손님을 상대로 한 화경의 심술이 다시 시작되었다. 이렇게 행패라도 잔뜩 부리지 않으면 못 견딜 것 같은 화경이었다.

　그러나 오늘은 달랐다.

　“궁금하면 직접 먹어봐, 꼬마야.”

　쿵!

　화경의 심장이 덜컥 내려앉았다.

　그 목소리는 너무나 음침하고 기괴해서 듣는 이로 하여금 귀를 막고 싶은 충동을 주었다.

　화경은 당황하지 않을 수 없었다. 너무나 예상 밖의 상황이었다.

사내가 서서히 몸을 돌렸다.

그리고 사내의 눈빛을 보는 순간 화경은 온몸이 얼어붙는 한기를 느꼈다.

항상 그녀의 옆에는 비영이 있었기에 어떤 상황에도 겁을 내본 적이 없었다. 그러나 이번에는 비영이 있음에도 겁이 났다.

화경은 자신도 모르게 뒷걸음질치며 비영을 돌아보았다.

비영은 말없이 그를 노려보고만 있었다.

화경은 비영이 이토록 심각한 표정을 짓는 것을 본 적이 없었다. 반면에 사내는 여유로운 미소까지 짓고 있었다.

"왜, 겁나니, 꼬마야?"

질그릇 깨지는 목소리를 내며 사내가 국수 그릇을 화경에게 내밀었다.

비영의 옷자락을 움켜쥐는 화경의 손이 덜덜 떨렸다.

'이것이었구나.'

비영은 드디어 그 불쾌감의 원인을 알 수 있었다.

그것은 바로 저 사내의 존재 때문이었던 것이다.

옆 자리에서 국수를 먹던 장사꾼들이 일어났다.

그들의 손에는 보따리 대신 검이 쥐어져 있었다.

천막 안으로 새로 서너 명의 손님이 들어왔다.

그들은 허기 대신 살의를 가지고 들어왔다.

중년 부인과 화경의 얼굴이 사색이 되었다.

이미 그들은 거미줄에 걸려들었다.

남은 것은 과연 저 지독한 살기를 뿜어내고 있는 음침한 거미를 상대할 수 있느냐 하는 것뿐이었다.

수확을 거둬들이는 기쁨은 비단 농부들만의 것은 아닐 것이다. 그물을 건져 올리는 뱃사람들이나 덫을 확인하러 가는 사냥꾼들도 다들 비슷한 보람을 가지고 있었다.

고갯마루를 오르는 공야패가 바로 그러한 마음이었다.

그의 발걸음은 가벼웠으며 절로 콧노래가 나왔다.

방금 전 사냥감이 그물 안으로 들어왔다는 소식을 전해 들은 그는 속으로 쾌재를 불렀다.

참으로 시기 적절한 소식이었다.

오늘 무당에서 공야방이 돌아온다고 했다.

'멍청한 놈!'

공야패가 칠 년 만에 보게 되는 동생에 대한 변하지 않는 평가였다.

아버지인 공야무는 자신과 동생의 균형있는 조화를 내심 바랬던 것 같다. 자신이 머리 역할을 하고 동생은 몸통 역할을 하는 그런 구도로 백이문을 발전시켜 나가기를 바랬고 또 그렇게 되리라 믿고 있을 것이다.

그러나 그것은 아버지의 착각이었다.

적어도 공야패는 동생 공야방과 함께 백이문을 운영해 나가고 싶은 마음이 전혀 없었다.

그에게 무인이란 명령을 내리면 언제라도 달려나가서 죽을 수 있는 장기판의 졸(卒)과 같은 존재였다. 공야방은 그 졸 중에서도 아주 고약한 졸이 될 것이다.

장기판의 졸이 시시콜콜 말대꾸를 하고 간섭하려 든다면? 그럴 땐 어떡할 것인가? 그 해답은 공야패에게 있어 간단한 것이었다. 졸을 떼고 장기를 두면 되는 것이다.

저 멀리 고갯마루의 천막이 보였다.

챙챙챙!

병장기 부딪치는 소리가 들려왔다.

‘아직까지?’

공야패의 표정에 의아함이 떠올랐다. 벌써 사냥이 끝났을 시간이라 생각했기 때문이다.

그러나 공야패는 초조해하지 않았다.

오늘의 사냥꾼은 바로 백마단의 단주 사악평(司岳平)이었다.

이십 년 전 백마단이 만들어진 이래 처음 백 명의 인원 중 아직까지 살아 있는 유일한 인물이 바로 그였다.

수십 차례의 실전에서 단련된 그의 무공과 어떠한 상황에서도 살아남는 생존 감각을 지닌 백마단 제일의 독종이 바로 그였다.

그라면 결코 예외는 없다.

공야패는 느긋하게 발걸음을 옮겼다.

공야패의 높은 기대만큼이나 사악평은 잘해내고 있었다.

다만 상처 입은 맹수의 발톱이 여전히 날카롭다는 게 문제였지만 곧 끝날 것이다.

이미 서너 명의 사내들이 쓰러져 있었다.

사악평은 비영에 대해 내심 감탄하고 있었다.

오늘 화경을 붙잡기 위해 동원된 인원은 모두 스무 명이었다. 백마단 내에서도 고르고 고른 자들이었다.

벌써 여섯 명이 죽거나 못 쓰게 됐다. 처음부터 스무 명 모두가 합공을 시작했으니 놈의 무공이 얼마나 무서운지 알 수 있었다.

아마 화경이 없었다면 쓰러진 자가 아닌 남아 있는 자가 고작 여섯이었을 것이다.

하지만 화경을 지켜가며 싸워야 하는 비영으로서는 시간이 지날수록 몸의 상처가 더욱 늘어갔다.

파악!

다시 또 하나의 혈선(血線)이 비영의 몸에 그려졌다.

그러나 비영은 쓰러지지 않았다. 대신 그 탄력으로 몸을 수직으로 눕히며 뒤쪽에 있던 사내의 배에 검을 쑤셔 넣었다.

"크악!"

사내가 비명을 지르며 고꾸라졌다.

비영의 몸 위로 다시 서너 개의 칼이 떨어져 내렸다.

비영은 본능적으로 몸을 굴렸다.

따당!

먼지가 확 피어나면서 검이 아슬아슬하게 비영을 스쳐 갔다.

"비영!"

화경은 어쩔 줄을 몰라 발만 동동 굴렀다.

비영은 그런 화경 주위를 맴돌며 미친 듯이 검을 휘둘렀다.

그러나 비영을 공격하는 사내들의 움직임은 체계적이었으며 또한 집요했다. 마치 늑대를 사냥하는 노련한 사냥개들처럼 조금씩 사냥감의 살점을 떼어냈다.

또다시 비영이 화경을 놓쳤다.

그사이를 틈타 사내 하나가 거칠게 화경의 손목을 낚아챘다.

"안 돼!"

비영이 몸을 날려 검을 휘둘렀다.

사내는 쓰러졌지만 그 대가로 비영의 어깨에서 피가 분수처럼 터져 올랐다.

"아악!"

비영의 몸에서 피가 솟구치는 것을 보며 화경은 거의 절규하다시피 외쳤다.

비영은 상처를 돌볼 틈이 없었다.

다시 그녀의 손을 끌고 비영이 다시 달렸다.

그러나 몇 걸음 가지 못해 사내들이 다시 막아섰다.

검은 화경을 향해 휘둘러졌지만 피는 비영의 몸에서 튀었다.

비영을 제압하기 위한 의도적인 공격이었다.

그러나 비영으로서는 속수무책이었다.

"제가 잡혀갈 테니 이제 그만 하세요!"

화경이 울부짖듯 소리를 질렀다.

그 듣기 좋은 제안에도 불구하고 사악평은 누런 이를 드러내며 웃을 뿐 수하들을 제지하려는 움직임은 보이지 않았다.

바로 그때 누군가 걸어왔다.

"하하! 좋은 구경거리를 놓칠 뻔했군요."

공야패가 마치 산책이라도 나온 한량처럼 건들거리며 나타났다.

"넌, 넌 백이문의 개새끼!"

공야패를 알아본 화경이 소리쳤다.

"안녕, 귀여운 아가씨?"

"이 더러운 악적 놈아! 네가 감히!"

지금까지 누가 왜 습격하는지도 모르고 있던 화경이었다.

그녀의 악다구니에도 공야패는 여전히 즐거운 표정이었다.

신도방주의 딸 화경.

팽팽한 국면을 단번에 바꿀 적의 가장 큰 약점.

지금까지 그냥 방치해 둔 것이 도저히 이해가 안 될 만큼 공야패에겐 매력적인 인질이었다.

그러나 공야패가 미처 모르는 것이 있었다.

지난 신도방과 백이문과의 육십 년간의 긴 싸움에도 불구하고 신도방주와 백이문주는 단 한 번도 서로 인질을 이용한 적이 없었다.

그것이 무인의 자존심이자 명예라고 생각했기 때문이다.

요즘처럼 위험한 시기에 화경을 이토록 자유롭게 방치해 둔 것도 다 그러한 이유 때문이었다.

서로 죽이지 못해 안달이었지만 임철군은 공야무를 믿고 있었다. 적어도 그는 무공도 모르는 어린 여자애를 이용해 승리를 얻으려는 사람이 아니란 것을 알고 있기 때문이었다.

임철군의 공야무에 대한 안목은 아무 이상이 없었다.

문제는 공야무의 아들 공야패가 신도방과 백이문의 싸움에 끼어들 정도로 자랐고 그 망할 놈의 인생 사전에는 길가에 떨어진 개똥은 있을지 언정 무인의 명예란 존재하지 않는다는 데 있었다.

보표유정(2)

사람에게는 적어도 한 번은 인생을 바꿀 기회가 찾아오기 마련이다.

대부분의 사람들은 그 기회가 자신에게 온 것조차 모른 채 기회를 놓쳐 버리고 만다. 혹 운 좋게도 그 기회를 잡아 모든 것을 건다 해도 한순간의 실수나 욕심에 모든 것을 그르쳐 버리는 경우가 많았다.

비영에게도 그러한 기회가 왔었다. 다행히 비영은 그러한 기회가 자신에게 왔다는 것도 알았고 실수를 하지도, 욕심을 부리지도 않았다.

그러나 비영은 끝내 자신의 인생을 바꾸지 못했다.

화경을 호위한 지 삼 년이 되던 해, 비영에게 남해검문(南海劍門)의 전대 문주의 제자가 될 기회가 찾아왔다. 신도방이라는 이류방파의 철부지 여자 아이의 보표와 남해검문 전대 문주의 제자는 애초부터 비교의 대상이 아니었다. 한마디로 그에게 있어 기연이라 할 수 있는 일이었다.

떠나겠다는 말을 하려던 날 공교롭게도 화경이 손목에 칼을 댔다.

어미를 잃은 슬픔과 일에 미친 아비의 무관심 때문이었다.

그때 화경의 나이 고작 아홉이었다. 결국 비영은 화경을 떠나지 못했다.

'만약 그때 떠났다면……?

"크윽!"

비영이 다시 한 사발이나 되는 피를 토해냈다.

이미 그의 무릎은 접혀 있었고 이마에서 흘러내리는 피로 눈앞은 보이지 않았다. 마치 피눈물을 흘리고 있는 것처럼 보였다.

'이대로 쓰러지면 안 돼!'

비영은 이미 반 토막난 검에 기대 일어서려고 안간힘을 썼다.

그러나 이미 풀려 버린 다리에는 힘이 들어가지 않았다.

"흑흑, 비영!"

화경이 달려와 그를 부축해 안았다.

비영이 그녀의 손을 뿌리쳤다. 홀로 일어나려고 애썼지만 몸은 말을 듣지 않았다.

이제 사내들은 더 이상 공격하지도 않았고 그런 그녀를 제지하지도 않았다. 이제 비영이 더 이상 저항할 힘이 없다는 것을 알았기 때문이다.

"가세요. 어서… 가세요……."

"미안해! 나 때문이야! 그동안 내가 잘못했어! 내가 잘못했어!"

화경이 비영의 얼굴에 흘러내리는 핏물을 닦으며 미친 듯이 외쳤다.

"아가씨……."

비영의 힘겨운 목소리가 겨우 흘러나왔다.

"미안해. 제발 죽지 마."

화경이 고개를 돌려 공야패를 보며 외쳤다.

"제발… 비영을 살려주세요! 뭐든 하라는 대로 다 할게요!"

화경의 말에 공야패가 말했다.

"오호, 뭐든지라? 이거 가슴 설레는데?"

공야패의 느물거림에 사내들이 킬킬댔다.

그때 비영의 손이 화경의 입을 막았다. 피로 얼룩진 비영의 손에서 피비린내가 났다.

"화경아, 여자는 그런 말… 함부로 하는 게 아니… 크윽!"

처음으로 비영이 화경의 이름을 불렀다.

그녀를 호위하기 시작한 이후로 처음이었다. 이별을 예감이라도 하는 듯한 낯선 호칭에 화경의 온몸이 애처롭게 떨렸다.

"비영 오라버니, 죽으면 안 돼! 내가 잘못했어! 제발!"

혈도를 제압당한 채 한 옆에 아무렇게나 던져진 중년 여인의 눈에서 안타까운 눈물이 흘러내렸다.

짝짝!

그 모습을 지켜보던 공야패가 박수를 두 번 치며 앞으로 나섰다.

"이별이 너무 길어도 좋지 못한 법, 이제 마무리를 지어야죠?"

공야패가 사악평을 보며 말했다.

그 말에 사악평이 비릿한 살기와 함께 직접 앞으로 나섰다.

비영은 자꾸만 감기려는 눈을 억지로 떴다.

희미한 시야 속으로 사악평이 걸어왔다.

비영은 마지막 혼신의 힘을 다해 억지로 몸을 일으켜 세웠다.

그리고 힘겹게 말했다.

"아가씨, 끝까지 지켜드리지… 못해 죄송합니다."

힘겨운 비영의 말에 화경의 눈에서 다시 눈물이 쏟아져 내렸다.

"비영! 안 돼! 죽지 마!"

비영이 화경의 앞을 가로막고 섰다. 그리고 서서히 부러진 검을 앞으로 내밀었다.

자신이 화경에게 해줄 수 있는 마지막 몸짓이었다.

자신을 죽이지 않고는 아무도 지나가지 못한다는 마지막 신념의 몸짓
이었다.

그러한 모습에 사악평이 잠시 주춤했다. 그러나 그는 백마단주였다.

다시 사악평이 걸음을 옮겼다.

화경은 숨이 꽉 막혔다. 가슴이 답답하고 심장이 터질 것만 같았다.

무엇이라 말해야 하는데 입이 떨어지지 않았다.

이렇게 비영이 죽는다는 게 실감나지 않았다. 비영이 죽으면 따라 죽
어야겠다는 생각만 머리 속에 가득했다.

사악평이 손을 들어 비영을 내려치려 들자 화경이 비명을 지르며 두
눈을 감았다.

"아악! 안 돼!"

바로 그때였다.

"잠깐!"

공야패와 사악평이 놀라 뒤돌아봤을 때에는 어느 틈엔가 일남일녀가
그들의 바로 뒤까지 와 있었다.

사내들이 순간적으로 흩어지며 그들을 포위했다.

사악평의 눈빛이 차갑게 가라앉았다. 이렇게 기척없이 접근했다는 것
은 그들의 실력이 보통이 아님을 말해 주는 것이기 때문이었다.

"너흰 누구냐?"

사악평의 표정이 차갑게 굳었다.

그러나 여인은 사악평의 물음에 대답하고 싶은 생각이 없어 보였다.

여인이 뚜벅뚜벅 걸어 화경의 옆으로 걸어갔다. 그 뒤를 사내가 말없
이 따랐다.

그들의 행동이 너무나 자연스러워 아무도 제지하지 못했다.

비영을 보며 여인이 말했다.

“아가씨 보표인가?”

여인의 물음에 화경이 눈물과 핏물이 범벅된 얼굴로 간신히 고개를 끄덕였다.

“…제발 살려주세요.”

겨우 말을 마친 화경이 그 자리에 쓰러졌다.

너무 놀라 심력의 소모가 컸던 탓에 결국 탈진하고 만 것이었다.

쓰러진 그녀의 앞에 비영은 여전히 꼼짝도 하지 않고 서 있었다. 죽었는지 살았는지조차 알 수 없었다.

그러나 두 눈을 부릅뜬 채 앞을 노려보고 있는 그의 모습에서 적어도 한 가지 사실만은 알 수 있었다.

그는 죽어서도 자신의 어린 주인을 지키고 싶어한다는 사실을.

그러한 모습을 보며 여인이 짤막한 한숨을 내쉬며 말했다.

“주위에 미운 놈들 있으면 다 보표를 시켜야 해. 정말이지, 이건… 너무 힘들고 더러운 직업이야.”

여인은 바로 이제 막 태호에 들어선 소향이었다.

소향이 공아패 일행을 향해 몸을 돌렸다.

그녀의 손에는 지금 그녀의 착잡한 심정을 말해 주기라도 하듯 한 자루의 차가운 비도가 들려 있었다.

그런 그녀의 뒤에서 위지천이 말없이 웃고 있었다.

『보표무적』 3권에 계속…

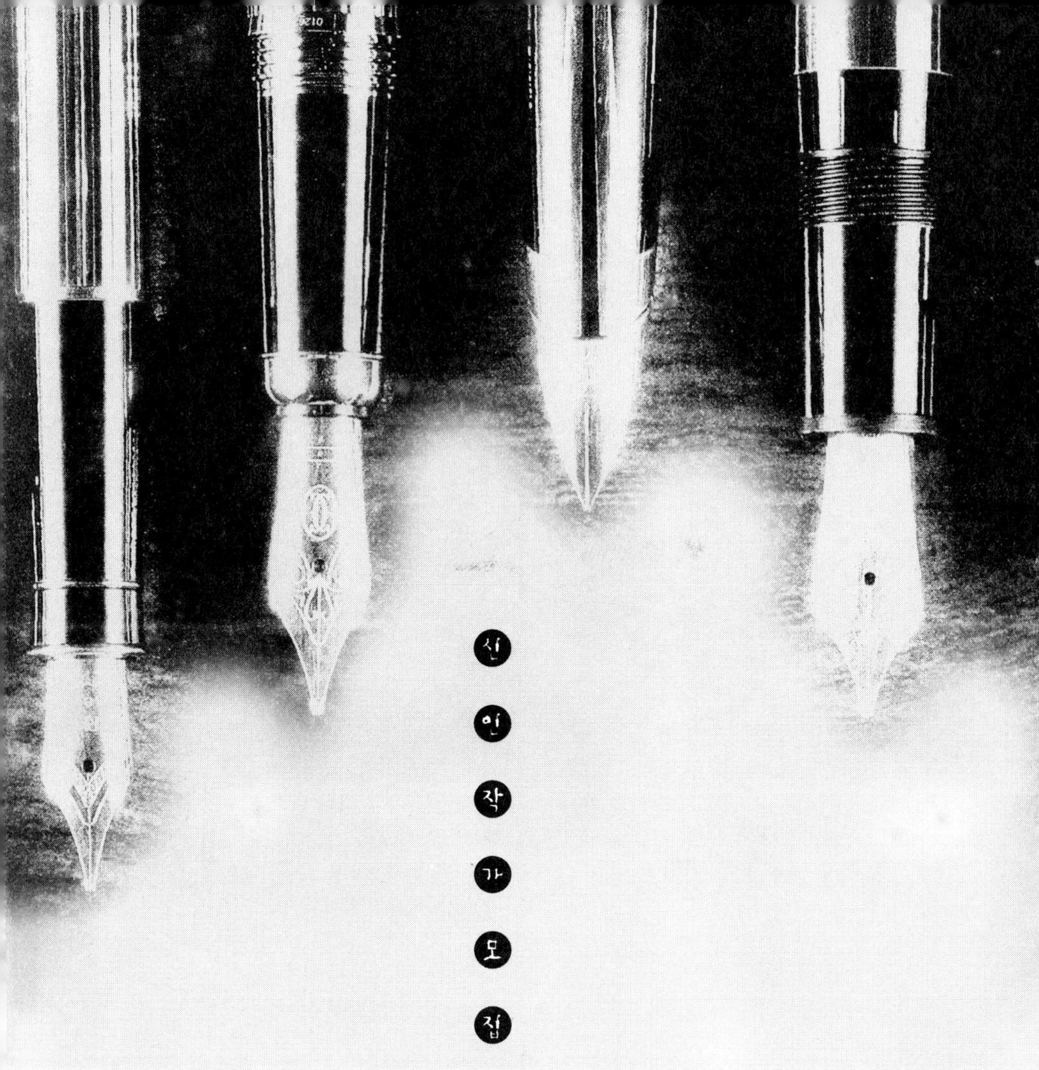
신

인

작

가

모

집

시작이 반이라고 했습니다.
작가의 길에 대한 보이지 않는 벽을 과감히 깨뜨리십시오!
청어람은 작가 지망생 여러분들의
멋진 방향타가 되어드리겠습니다.

저희 도서출판 청어람에서는
소설 신인 작가분들을 모집합니다.
판타지와 무협을 사랑하시는 분들의 많은 참여를 바랍니다.
소정의 원고(A4용지 150매)를 메일이나 우편으로 보내주시면
검토 후 출판 여부를 알려드리겠습니다.

주소:경기도 부천시 원미구 심곡1동 350-1 남성B/D 3F 우편번호420-011
TEL:032-656-4452 · FAX:032-656-4453
http://www.chungeoram.com
e-mail:chungeoram@chungeoram.com